WARRIORS 貓戰士

外傳之XXI

說不完的故事7

A Warrior's Choice

艾琳·杭特(Erin Hunter) 著
謝雅文、蔡心語 譯
梅林Huwalli 繪

晨星出版

目錄

WARRIORS

貓戰士

黛西的親屬

Daisy's Kin

特別感謝基立・鮑德卓

冬青叢：黑色母貓。
蕨歌：黃色虎斑公貓。
蜂蜜毛：帶黃斑的白色母貓。
火花皮：橘色虎斑母貓。
栗紋：暗棕色母貓。
嫩枝杈：綠眼睛的灰色母貓。
鰭躍：棕色公貓。
殼毛：玳瑁色公貓。
梅石：黑色與薑黃色相間的母貓。
葉蔭：玳瑁色母貓。
點毛：帶斑點的虎斑母貓。

見習生　（六個月大以上的貓，正在接受戰士訓練）
月桂掌：金色虎斑公貓。導師：鼠鬚。
焰掌：黑色公貓。導師：百合心。
雀掌：玳瑁色母貓。導師：煤心。
香桃掌：淺棕色母貓。導師：鷹翼。

貓后　（懷孕或正在照顧幼貓的母貓）
黛西：來自馬場的奶油黃色長毛貓。

長老　（退休的戰士和退位的貓后）
雲尾：藍眼睛的白色長毛公貓。
亮心：帶薑黃斑塊的白色母貓。
蕨毛：金褐色的虎斑公貓。

各族成員

雷族 *Thunderclan*

族長　**松鼠飛**：綠眼睛、有一隻白色腳掌的深薑黃色母貓。

副手　**獅焰**：琥珀色眼睛、金色的虎斑公貓。

巫醫　**松鴉羽**：藍眼睛、失明的灰色虎斑公貓。

赤楊心：琥珀色眼睛、深薑黃色的公貓。

戰士　（公貓，以及沒有年幼子女的母貓）

白翅：綠眼睛的白色母貓。

樺落：淡褐色的虎斑公貓。

鼠鬚：灰白相間的公貓。見習生：月桂掌。

罌粟霜：淺玳瑁與白色相間的母貓。

鬃霜：淺灰色母貓。

百合心：藍眼睛、帶白斑的嬌小深色虎斑母貓。見習生：焰掌。

蜂紋：帶黑條紋、毛色極淺的灰色公貓。

櫻桃落：薑黃色母貓。

錢鼠鬚：棕色與奶油黃相間的公貓。

煤心：灰色的虎斑母貓。見習生：雀掌。

花落：玳瑁與白色相間的母貓，帶花瓣形狀的白斑。

藤池：深藍色眼睛、銀白相間的虎斑母貓。

鷹翼：薑黃色母貓。見習生：香桃掌。

露鼻：灰白相間的公貓。

竹耳：深灰色母貓。

暴雲：灰色的虎斑公貓。

撲步：灰色母貓。

光躍：棕色的虎斑母貓。

鷗撲：白色母貓。

塔尖爪：黑白相間的公貓。

穴躍：黑色公貓。

陽照：棕色與白色相間的虎斑母貓。

長老　**橡毛**：嬌小的棕色公貓。

影族 *Shadowclan*

族長　**虎星**：深棕色的虎斑公貓。

副手　**苜蓿足**：灰色的虎斑母貓。

巫醫　**水塘光**：帶白斑的棕色公貓。
影望：灰色的虎斑公貓。
蛾翅：帶斑點的金色母貓。

戰士　**褐皮**：綠眼睛、玳瑁色的母貓。
鴿翅：綠眼睛、淺灰色的母貓。
兔光：白色公貓。
冰翅：藍眼睛的白色母貓。
石翅：白色公貓。
焦毛：耳朵有撕裂傷的深灰色公貓。
亞麻足：棕色的虎斑公貓。
麻雀尾：魁梧、棕色的虎斑公貓。
雪鳥：綠眼睛、純白色的母貓。
蓍草葉：黃眼睛、薑黃色的母貓。
莓心：黑白相間的母貓。
草心：淺褐色的虎斑母貓。
螺紋皮：灰白相間的公貓。
跳鬚：花斑母貓。
熾火：白色與薑黃色相間的公貓。
肉桂尾：白色腳掌、棕色的虎斑母貓。
花莖：銀色母貓。
蛇牙：蜂蜜色的虎斑母貓。
板岩毛：毛髮滑順的灰色公貓。

灰白天：黑白相間的母貓。

紫羅蘭光：黑白相間的母貓，黃色眼睛。

貝拉葉：綠眼睛、淡橘色的母貓。

鶴鶉羽：耳朵黑如鴉羽的白色公貓。

鴿足：灰白相間的母貓。

流蘇鬚：帶棕斑的白色母貓。

礫石鼻：棕褐色公貓。

陽光皮：薑黃色母貓。

見習生 **鶊掌**：金色虎斑母貓。導師：兔跳。

貓后 **花蜜歌**：棕色母貓。

長老 **鹿蕨**：失聰的淺褐色母貓。

天族 *Skyclan*

族長　**葉星**：琥珀色眼睛、棕色與奶油黃相間的虎斑母貓。

副手　**鷹翅**：黃眼睛、深灰色的公貓。

巫醫　**斑願**：腿上有斑點、帶斑點的淺褐色虎斑母貓。
躁片：黑白相間的公貓。

調解者　**樹**：琥珀色眼睛、黃色公貓。

戰士　**雀皮**：深棕色的虎斑公貓。
馬蓋先：黑白相間的公貓。
露躍：健壯的灰色公貓。
根躍：黃色公貓。
針爪：黑白相間的母貓。
梅子柳：深灰色母貓。
鼠尾草鼻：淺灰色公貓。
鳶撓：紅褐色公貓。
哈利溪：灰色公貓。
櫻桃尾：綠色眼睛，玳瑁色和白色相間的母貓。
雲霧：黃眼睛的白色母貓。
花心：薑黃色與白色相間的母貓。
龜爬：玳瑁色母貓。
兔跳：棕色公貓。見習生：鷦掌。
蘆葦爪：嬌小的淺色虎斑母貓。
薄荷毛：藍眼睛、灰色的虎斑母貓。
蕁水花：淺褐色公貓。
微雲：嬌小的白色母貓。

河族 *Riverclan*

族長　霧星：藍眼睛、灰色的母貓。

副手　蘆葦鬚：黑色公貓。

巫醫　柳光：灰色的虎斑母貓。

戰士　暮毛：棕色的虎斑母貓。

鯉尾：深灰色羽白色相間的母貓。見習生：水花掌。

錦葵鼻：淺棕色的虎斑公貓。

黑文皮：黑白相間的母貓。

豆莢光：灰白相間的公貓。

閃皮：銀色母貓。

蜥蜴尾：淺褐色公貓。見習生：霧掌。

噴嚏雲：灰白相間的公貓。

蕨皮：玳瑁色母貓。

松鴉爪：灰色公貓。

鴞鼻：棕色的虎斑公貓。

金雀花爪：灰色耳朵的白色公貓。

夜天：藍眼睛、深灰色的母貓。

風心：棕色與白色相間的母貓。

見習生　水花掌：棕色虎斑公貓。導師：鯉尾。

霧掌：灰白色母貓。導師：蜥蜴尾。

貓后　捲羽：淡褐色母貓。生下兩隻小母貓小霜和小靄，以及一公貓小灰）。

長老　苔皮：玳瑁色與白色相間的母貓。

風族 *Windclan*

族長　兔星：棕色與白色相間的公貓。

副手　鴉羽：深灰色公貓。

巫醫　隼翔：灰毛帶白色雜毛、像是披了紅隼羽毛的公貓。

戰士　夜雲：黑色母貓。
斑翅：帶雜毛的棕色母貓。見習生：蘋果掌。
葉尾：琥珀色眼睛的深色虎斑公貓。見習生：木掌。
木掌：棕色母貓。
燼足：有兩隻深色腳掌的灰色公貓。
風皮：琥珀色眼睛、黑色的公貓。
石楠尾：藍眼睛、淺棕色的虎斑母貓。
羽皮：灰色虎斑母貓。
伏足：薑黃色公貓。見習生：歌掌。
雲雀翅：淡褐色的虎斑母貓。
莎草鬚：淺褐色的虎斑母貓。見習生：振掌。
微足：胸口有星形白毛的黑色公貓。
燕麥爪：淡褐色的虎斑公貓。
呼鬚：深灰色公貓。見習生：哨掌。
蕨紋：灰色的虎斑母貓。

見習生　蘋果掌：黃色虎斑母貓。導師：斑翅。
木掌：棕色母貓。導師：葉尾。
歌掌：玳瑁色母貓。導師：伏足。
振掌：棕白色公貓。導師：莎草鬚。
哨掌：灰色虎斑母貓。導師：呼鬚。

長老　鬚鼻：淺棕色公貓。
金雀尾：藍眼睛、毛色極淡、灰白相間的母貓。

月池
被遺棄的
兩腳獸窩
天族營地
舊雷族小徑
雷族營地
天空橡樹
湖
風族營地
斷半橋
兩腳獸地盤
轟雷路
符號說明
部族
雷族
河族
影族
風族
天族
星族
北方

綠葉
兩腳獸地盤
兩腳獸窩
兩腳獸小徑
兩腳獸小徑
空地
影族營地
半橋
小轟雷路
綠葉
兩腳獸地盤
半橋
貓兒視角
小島
小河
河族營地
馬兒地盤

被遺棄的
工人小路
採石路
水晶池
符號說明
地形
礦場
落葉林區
松樹林
兔丘林
沼澤
聖域湖
兔丘
湖
小路
北方
兔丘
馬廄場
兔丘路

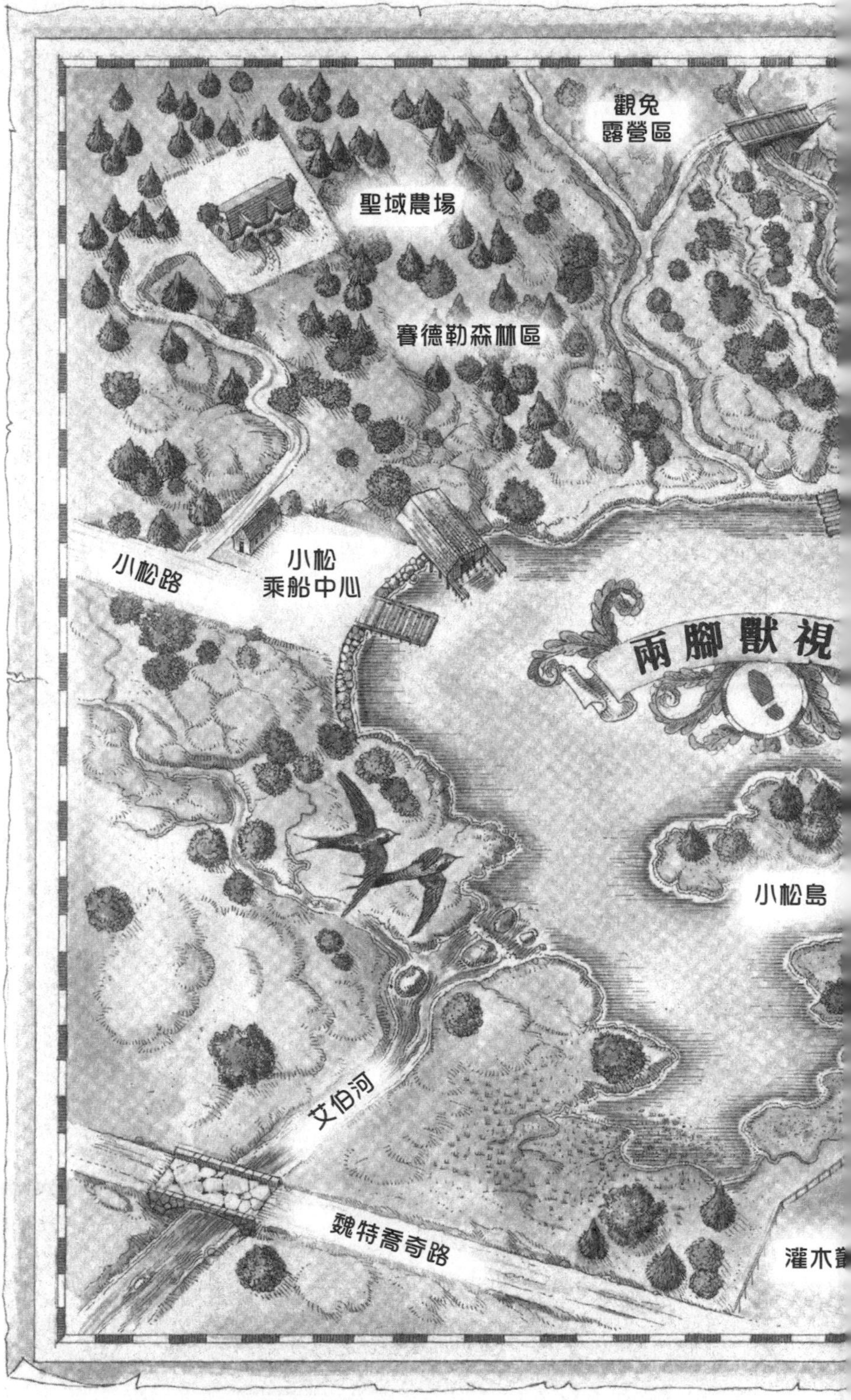
觀兔
露營區
聖域農場
賽德勒森林區
小松路
小松
乘船中心
兩腳獸視
小松島
文伯河
魏特喬奇路
灌木

第一章

黛西蜷臥在育兒室的床墊，苔蘚蔓生的莖騷弄她的鼻頭，她也無動於衷。她沒有力氣伸手將它拂去或梳理她奶油色的長毛，全身仍因幾天前下的雨，覆著乾硬的泥巴。煤心的見習生雀掌一早帶來給她的老鼠仍擱在地上，她一口也沒嚐。

她心不在焉地望著育兒室的圍牆。她的眼裡看不見整齊交織的刺藤或陽光灑入的縫隙，而是湧現自己的孩子玫瑰瓣和莓鼻的身影，他倆歷經大戰為部族捐軀，倒臥在營地中央。當時她將他們身上的鮮血舔淨，捋順他們的毛髮後守夜。然而，如今她已無法再為他們多做些什麼了。

我已無法再為族裡的任何貓多做些什麼了，她心想。**我無能為力。**

星族遺棄了世間的貓族，對巫醫也靜默無語，雷族的命運因而開始走下坡。殘忍、專制的族長棘星讓大家的日子雪上加霜，最後族貓發現他根本不是原本的棘星。許久前亡故的戰士英魂尋求復仇的機會，不知怎地居然逃脫星族的狩獵場，趁棘星喪失一條生命時占據了他的軀體。

冒牌貨在真相大白後的那場戰役成了階下囚，如今被關押在影族領地，各族族長和巫醫正在商討該如何處置他。全族上下都在發愁，不知真的棘星或星族是否會歸來；這個節骨眼則由松鼠飛代理雷族族長，獅焰擔任副族長。

不管黛西再怎麼為部族的興亡憂愁，心底還是為玫瑰瓣和莓鼻以及另外兩個在數月前喪生的孩子蟾蜍步和榛尾哀悼。

現在的我真的屬於育兒室嗎？她問自己。**這個小貓出生和受到呵護的地方？畢竟我有這麼多親生子女都走了。**

這已不是黛西第一次起心動念要離開，她有不少族貓徵詢松鼠飛的許可暫別雷族。翻爪、刺爪、飛鬚和拍齒昨天全都走了，說要靜下來想想。更令貓兒震驚的是，就連前副族長灰紋也加入出走的行列。沒有貓知道這位長老在想什麼、為何做出這樣的決定。

如果連灰紋這麼備受敬愛的貓都懷疑雷族是不是他該待的地方，那麼我質疑這裡是否為歸屬也不足為奇了。

一道暗影落在育兒室的入口，鼠鬚走進來了。他先是停下腳步，然後踏著小心翼翼的步伐，穿過鋪滿苔蘚的地面，走向黛西。

我唯一倖存的孩子……

黛西抬起頭，對他眨眨眼，欣賞他那強壯、充滿肌肉的身軀和濃密柔軟的白灰色毛皮。令她欣慰的是至少還有鼠鬚作伴，但她同樣深愛的那些孩子離世，也令她悲痛欲絕。思念的浪潮連綿不絕，她心如刀割。

「妳已經在這裡待好幾天了，」鼠鬚溫柔地說，彷佛察覺母親內心強烈的掙扎。「想不想出來幫族裡的忙？也許出去狩獵或巡邏會讓妳好過一點。」

「不曉得欸……」黛西扯開沙啞的嗓門；這是她好幾天來第一次說話。「我可能無法勝任。」

「我知道。」鼠鬚低著頭，用鼻子愛撫母親的肩膀。「可是玫瑰瓣和莓鼻會希望妳放下，當一隻樂於幫忙的族貓，妳一直以來都以此為榮的。」

黛西努力按捺胸口燃起一把怒火。**我的「樂於幫忙」換得了什麼？**她憤恨地問自己。**孩子幾乎死光了，只剩下鼠鬚陪我作伴……**

但黛西明白她遲早都得踏出育兒室，想辦法放下。雷族需要萬眾一心共度難關。她深吸了幾口氣，然後微點了個頭。

「很好。」鼠鬚如釋重負地呼嚕一聲，黛西則勉強起身，跟著他步入營地。

黛西一現身，便發現幾道驚訝的目光投射向她，彷彿她的族貓不敢相信她最後竟然出現了。她試著視若無睹，集中精神注視族裡的成員：她看到松鼠飛待在石頭窪地，她綠色的眼眸緊盯著獅焰，只見他正將鬃霜、櫻桃落和暴雲整隊，集結成一支狩獵隊。他們步出營地的同時，黛西看見火花皮的孩子焰掌和雀掌正雀躍不已地奔向他們的導師。

「他們真強壯能幹，」她喃喃自語。「要不了多久，他們就要參加命名儀式了。」

「他們能長得這麼好，妳也有功勞，」鼠鬚邊對她說，邊用鼻子碰她耳朵。「他們還在育兒室時，多虧有妳照料。」

想起她是怎麼幫火花皮照顧新生小貓，舔拭那一黑一玳瑁色的小毛球，直到他們可以鑽進母親的毛裡開始吸奶，黛西就感到揪心。

如今這兩位見習生幾乎認不得她了。他們強壯又能幹，迫不及待地跟隨導師步出營地。

那時他們需要我，但感覺起來已經是好久以前的事了，黛西心想。

黛西伸出爪子梳理寢室的苔蘚和蕨叢。這是她今天第二次重新整理被褥了，她想要找到一根荊棘或冬青葉的碎片，證明自己不是在浪費時間。自從鼠鬚第一次把她勸出育兒室，已經過了半個月了；雖然她現在偶爾參與狩獵和巡邏，但她心裡有數，她永遠都不可能成為一位真正的戰士。

「我的職責是照顧小貓，」她說。「我自己的孩子和雷族所有的小貓。所以沒有小貓，我就無用武之處了，不是嗎？哦，星族啊，我真是百無聊賴！」

自從貓族發現他們以為是棘星的貓其實是冒充的，到現在彷彿已過了好幾個月，但各族首領似乎還是拿不定主意該怎麼處置他，導致他現在還是在影族領土當階下囚。鬃霜和點毛離開雷族，和來自天族的根躍與針爪一同上路尋找姊妹幫，希望那群母貓能幫他們解開謎團，了解真正的棘星魂魄是否仍在世上。

過去幾次貓族集會，黛西只待在外圍，但就連她都知道各族首領在脣槍舌劍。不過這些都比不上在族裡少了棘星當家這段期間，松鼠飛和獅焰為了領導雷族，彼此之間的惡言相向、赤口毒舌。就連現在她都能聽見育兒室外傳來的尖厲貓叫，只不過沒聽出個所以然。

他們已不是我所認識的貓了，黛西反思。**這裡也不是我所認識的雷族了。未來該何去何從呢？**

她發出一聲長嘆，步入營地。藤池正率領一支狩獵巡邏隊走過新鮮獵物堆，四隻貓兒的嘴裡都銜著獵物，滿載而歸。焰掌和雀掌從長老窩拽了一大球濕掉的被褥，松鼠飛則躍上倒塌的岩石，獅焰只好掉頭走向戰士的寢室。這本該是營地裡再尋常不過的祥和日常生活，但黛西看見潛藏其中的緊張氣氛如揮之不去的暗潮洶湧。她知道不是每隻貓都接受松鼠飛擔任新的族長，而且大家都希望這只是暫時的權宜之計。

但目前還有哪隻貓能擔起這個重責大任？她問自己。松鼠飛不但是火星的孩子，還是棘星的伴侶。她能夠近距離地觀察前兩任領袖的行事作風。松鼠飛是名優異的副族長，黛西常覺得她是天生當領袖的料。她深愛雷族。黛西也看得出來，讓雷族歷久不衰是她的使命。

但願我也有能讓自己支撐下去的使命感。

她走去新鮮獵物堆，準備挑選食物的同時，營地入口的曳步聲令她猛然轉頭。只見鼠鬚衝進營地，後頭跟著匆促奔跑的見習生桂掌，而火花皮殿後。鼠鬚在營地狂奔，最後在松鼠飛坐著的高岩架底下止步。

「松鼠飛！」他呼喚道。「馬場的小灰在外頭。他說他想見黛西。」

黛西聽了身子一繃，既好奇又忐忑。她曾住在湖另一頭的馬場，當時小灰是她伴侶，也是她第一窩小貓的父親。不過，由於害怕馬場的兩腳獸會把小貓帶走，黛西便帶著孩子離開馬場。她為自己和小貓在雷族安身立命。從那時候起，她在前往大集會的途中行經馬場，偶爾會見到小灰；但除了大風暴降臨前那次艱辛的會面，他們都沒有機會和彼此多說什麼。她想不透小灰現在有什麼話非得跟她說不可。**鼠鬚還記得小灰是他的父親嗎？**她很納悶。**我上回帶他去馬場時，他已經到懂事的年紀了。**

松鼠飛起身，弓起背伸了個長長的懶腰。「他有沒有說是什麼事？」她問鼠鬚。灰白色的公貓搖搖頭。「他只說想見黛西。」

黛西走上前，站在兒子身旁，向族長畢恭畢敬地微點個頭。「如果妳同意的話，我希望能和他講講話。」她說。

松鼠飛遲疑了一下，然後點了個頭。「鼠鬚，帶他進來吧。看緊他就是了。」

鼠鬚三步併作兩步地穿過林間空地，消失在荊棘隧道中。營地四處的貓一聽見這消息紛紛聚攏，眼底閃著猜疑的光，肩膀的毛也開始倒豎。松鼠飛從倒塌的岩石步向營區地面，走到黛西附近。

沒這個必要，黛西暗忖，但她沒把心底話說出口。**小灰又沒有危險性。不需要有誰保護我。**

彷彿過了四分之一個月那麼久，鼠鬚才回來，領著小灰走進石頭窪地。瞧見這兩隻公貓並肩而行，同樣強壯而肌肉發達，都長著蓬鬆的灰白毛皮，黛西心想沒有貓會懷疑他們不是父子。她也注意到鼠鬚一臉尷尬，即使他們血緣如此親近，兒子在他幾乎素昧平生的父親面前卻感到侷促不安。

小灰前來拜訪是好事，黛西心想。**或許他和鼠鬚能多了解彼此一點。能再跟他講**

講話也挺好的。但一萌生這個念頭，另一股椎心刺骨的哀痛便席捲而來：她想起她在戰爭中喪生的孩子。莓鼻也是小灰的兒子；**哦，星族，我得把這個壞消息告訴他了！**

後來，黛西察覺小灰臉上凝重的神情，才發現他不是來順道敘舊的。他此行來雷族營地，是有要事在身。

第二章

小灰一見著黛西，就奮不顧身地奔向營地的另一頭，速度快得松鼠飛非得邁步向前，準備中途攔截，而其他幾隻族貓也緩緩靠攏。

小灰一到黛西身邊，便用身子蹭她，深情地舔了一下她的耳朵。「真高興見到妳！」他開懷地說。

黛西用鼻頭輕觸小灰的肩膀，回禮示好，同時也意識到族貓放鬆戒備。她能嗅出他身上恐懼的氣息，也看出他焦慮的目光。

「怎麼了？」松鼠飛問道。

小灰打起精神，面向族長，充滿敬意地點了個頭。「我是來向黛西求助的，」他回答。「我的伴侶香茜在馬場準備分娩了，可是過程很不順利！我非常擔心，記得黛西說過貓族裡有貓能在遇到這等麻煩時伸出援手。」他以懇求的眼神瞄了一下黛西，接著說：「我知道我不是你們的族貓，但很希望得到妳的首肯，出借其中一名族貓，一下就好。」

黛西鎮定地回望小灰，思量他的請求。她和香茜初次見面的體驗不太好。想到小灰這麼容易就放下先前同居的絲兒——她非常在乎的貓——並找到替代的對象，黛西就心如刀割。儘管如此，得知有貓后分娩在即、需要援助，一股使命感就從她的耳梢流竄到腳底。**族裡目前遭遇的困難，我或許無能為力，但如何幫助香茜，我卻遊刃有餘，再說只要開口要我幫忙的，我一向不會拒絕。小灰真正需要的是我，精確地說應該是我和**

巫醫。

她甩了甩一身皮毛，準備立刻出發。她心裡很清楚，自己離開馬場、返回貓族，把第一窩小貓從他身邊帶走後，她對他多有虧欠。**至少我能幫他接生這窩小貓，將他們平安帶到世上。**

看見小灰對自己未出世的小貓那麼擔心，她不禁感到一絲痛惜，因為即將再度成為家長的是小灰，而不是她。其實她並不嫉妒香茜，只是一想起她自己的小貓剛出生那麼稚嫩可愛的模樣，她心裡就隱隱作痛。**沒關係，**她對自己說。**就算我不是他們的母親，還是可以幫助這些小貓。一直以來，我也都幫忙照顧其他貓后的孩子呀！**只是，經歷雷族近來的風波後，她不確定這個時機離開族裡恰不恰當。

小灰懇求的目光依舊緊盯不放。「香茜現在很痛苦，」他繼續說。「她用盡了力氣，但小貓就是生不出來。求求你們，請幫幫忙，事不宜遲！」

小灰的聲音隱含著絕望，腳爪緊抓營區地面的土壤，讓黛西下定決心。「我想去幫忙，」她邊說邊轉向松鼠飛，畢恭畢敬地點了個頭。「還可以再派一位巫醫嗎？」

松鼠飛猶豫片刻，若有所思地眨眨眼，然後點點頭。「貓后需要協助，我不能見死不救，」她回答。「即使這些小貓不是在族裡生的，我們還是樂見新生命的到來，畢竟最近大家歷經了死亡與毀滅。黛西，妳去吧。我會派赤楊心和兩名戰士與妳同行，免得發生意外。」

「松鼠飛，謝謝妳！」黛西興奮地喊道，期盼的暖流在她體內奔湧。到了馬場，她就有用處了。或許那裡也能為鼠鬚展開新的契機……「可以由鼠鬚擔任其中一名戰士護送我們嗎？」

「沒問題，」松鼠飛答道，鼠鬚則用充滿尷尬的眼角餘光看了小灰一眼，彷彿他並不期待和如今近乎陌生的父親共處。黛西希望父子之間的窘迫能盡快冰釋。鼠鬚應該要了解他的父親。

「另外再找栗紋？」黛西提議。「我們也會需要幫手協助香茜，栗紋不久前才產下一窩小貓。育養小貓她很有經驗，個性也很溫柔小心。」

「好，她也可以去，」族長同意。「鼠鬚，你去找她。我去找赤楊心。」

鼠鬚飛也似地跑走了，黛西不免猜想他是急著要逃離這裡，免得必須和陌生的小灰互動。松鼠飛踱步走向巫醫窩，徒留黛西和小灰面對面。

「那公貓是我們的兒子，對吧？」小灰邊問邊把耳朵指向離開的鼠鬚。「跟他來馬場時相比大多了。」

「對，他是鼠鬚，」黛西自豪地答覆。「他已成為強壯的戰士！他給我帶來很大的安慰，因為……」最後幾個字卡在她的喉頭，她實在說不下去了。

小灰左右張望，像是在尋找貓兒的蹤影。黛西心一沉，懼怕油然而生，她很清楚他渴望找到的是哪些貓：他們的另外兩個孩子榛尾和莓鼻。她心慌意亂，不知該如何開口告訴他小貓雙亡的事實，尤其是榛尾走後，他倆還見過面，但她當時並沒有向他提起。

那天我實在無法鼓起勇氣……她暗忖不只一次了。**他形容香茜「取代」了絲兒，把**

我嚇壞了……這些事自然也說不出口。

如今她有類似的感受，必須告訴他這麼可怕的消息，話到嘴邊卻又枯萎了。但小灰似乎已聽出她的言外之意。黛西看到他眼底閃過一抹傷痛，他哀傷地垂下了頭。她明白其實他已猜到另外兩個孩子遭逢不測。

「這裡……這裡發生一場戰役……」她雖然開口，卻還是支支吾吾，沒辦法把話講完。

小灰挺直身子，甩甩腦袋，彷彿要驅離一隻討厭的蒼蠅。「妳可以下次再跟我說，」他說。「現在我們得出發了。香茜不能再等下去了……無論準備好了沒，小貓都等不了那麼久！」

赤楊心嘴裡銜著用樹葉裹著的藥草加入他們，鼠鬚帶著栗紋回來，隊伍便出發前往馬場。

「我們現在到風族領土了，」他們涉水而過邊界小溪時，栗紋輕聲說。「最好留意有沒有巡邏隊。」

「有赤楊心同行，風族應該不會找我們麻煩，」黛西一邊說，一邊輪流甩掉腳掌上的水滴。「況且，我們不會離湖畔太遠，也沒打算要狩獵。」

其實在說出這番話的同時，她也不確定這是不是完全是事實。他們帶著非貓族的一隻貓同行，近期戰爭頻仍，各族之間情勢緊繃，如果風族戰士以敵意相待，黛西也不會感到意外。

想到戰役，想到莓鼻是怎麼死的，提醒了黛西：小灰遲早想要知道另外兩個孩子的全盤實情。她的目光落在鼠鬚身上，隊伍由他與小灰領頭；只見他倆默默無語地並肩而走，好像誰也不知道該怎麼和對方交談。

黛西忍住一聲嘆息。**放輕鬆認識彼此吧，**她心想。**你們都是強壯又聰明的貓。**

約莫橫越一半風族領土之際，黛西在荒原山脊的頂端瞧見映著天空的貓兒剪影。其中一隻一聲長嘯，整支巡邏隊奔馳而下，要攔截湖畔的雷族貓。黛西和其他族貓停下腳步等待對方。

風族貓靠近時，黛西認出領頭的是呼鬚，其餘成員還有伏足以及他們的見習生哨掌和歌掌。她一度擔心對方會發動攻勢，聽到呼鬚以友善的口吻呼喚，才舒了一口氣。

「雷族貓，你們好！什麼風把你們吹來啦？」

他們一定是看見赤楊心了。這麼一來，他們就知道雷族貓不是來找碴的。

不過黛西沒辦法放鬆太久。呼鬚和巡邏隊的其他成員一到湖畔，這隻深灰色公貓的目光就緊盯小灰，疑神疑鬼地豎起鬍鬚。

「惡棍貓來這裡幹麼？」他質問道。

小灰還來不及回話，鼠鬚就以防衛姿態往父親的面前一站。「你是瞎了還是有蜜蜂鑽進腦袋了？」他反嗆。「他不是惡棍貓；他是馬場的小灰。你在參加大集會的途中一定見過他很多次了。他來雷族請求巫醫協助，僅此而已。」

看著自己唯一倖存的兒子擺開陣勢，迎戰別族的貓，黛西的心揪成一團，胃也顯得好沉。她情不自禁地想像鼠鬚在戰場落敗，鮮血從許多傷口湧出，最後倒地身亡，再也起不來了。我不能承受——我不能！她不由自主地挺身而出，擋在鼠鬚面前，決心要保護兒子。

不到兩秒鐘的時間，赤楊心就從隊伍領頭走上前，將他那包藥草擱在附近一塊平坦的石頭上。「有貓需要幫助，所以我要去幫忙，」他冷靜地說。「我們不會對風族構成威脅。」

呼鬚一度僵著身子，目光仍未離開小灰；小灰也毫無懼色地面對他。然後伏足用一隻腳掌戳戳他的族貓。「蠢毛球！」薑黃色的公貓說。

讓黛西如釋重負的是，呼鬚終於放下心防，尷尬地低著頭。「抱歉，」他嘀咕道。「這些日子以來，我們全都神經緊繃。你們一定都懂的。」

每隻貓都輕聲表示贊同。「是啊，最近對貓族來說是多災多難，」栗紋說。

黛西發現在眾貓爭執的同時，小灰的目光在他們身上來回游移。不曉得他是不是在問自己，族貓是否常常「多災多難」，以及他的兩個孩子是否也因此被死神帶走。她不曉得要怎麼向他解釋禿葉季剛過，月池也覆上寒冰後，貓族究竟發生了什麼事。

「好，那再見了，」呼鬚邊說邊甩了一下尾巴，召集風族巡邏隊。「願星族照亮你們的路。」

「也照亮你們的路，」赤楊心回覆，銜起他剛放下的那團葉片裹著的藥。

風族沿著湖畔往雷族邊界那頭走，鼠鬚則再次領隊前往馬場。小灰跟在後頭，掉頭瞥了黛西一眼，彷彿有話要說，不過黛西視若無睹。

等黛西瞧見馬場隱約出現眼前，已是日薄西山。鼠鬚加緊腳步，朝著發亮的鐵絲籬笆後的穀倉前進。

「不對，不是那邊！」小灰叫住鼠鬚並追上他，待他止步轉身，小灰向他解釋：「我和香茜為自己做了另一個窩。」

「為什麼？」栗紋問道。

「馬場已不若以往了，」小灰回答。「我們——」

小灰話還沒說完，大夥兒就聽見風族領土邊上荒原斜坡的一個小窪地傳來一聲淒厲的嚎叫。黛西聽了感覺自己全身的每一滴血都要凝結成冰。

當她瞧見赤楊心臉上的神情，便更加確定內心不祥的預感。他的表情彷彿在說：**大事不妙了。**

第三章

小灰往上坡飛奔，衝向矮小荊棘懸垂遮蔽的窪地。黛西和其他雷族貓跟在後頭，停在邊上往凹處望。兩側的草稀疏又覆滿爛泥，不過黛西推測這個窩在上回嚴峻的葉禿季八成已是個遮風蔽雨的好所在。

在小窩的一側，兩條荊棘根之間，是一間寢室；只見香茜纖長的玳瑁色身體攤在一窩苔蘚和蕨叢，她努力要生小貓，脅腹隨之不停起伏，琥珀色的眼眸顯得痛苦而呆滯。

小灰已蜷在她身旁，輕輕地舔她的耳朵，試著帶給她一些慰藉。赤楊心溜下窪地，加入他們；黛西和栗紋也緊跟在後。鼠鬚躊躇不前，一副不自在的樣子。

「你待在上面就好！」黛西向他喊道。「幫我們把風。說不定會有掠食者。」

鼠鬚點點頭，顯然很慶幸自己還有用武之處，但又不用照顧分娩中的母貓。不過，黛西不是純粹為了替他找事做才叫他把風；空氣中彌漫著一股血腥味，很容易引來狐狸或獾，黛西也看見香茜的身子四周溢出鮮血，猶如一個個血腳印玷污她潔白的腹毛。

「現在妳可以放鬆一下，」赤楊心對這隻玳瑁色的母貓說。「不會有事的。」他語氣雖然充滿信心，但對他瞭若指掌的黛西聽得出他嗓音裡的焦慮。「吃這個，」他對她說。「這樣才有體力。」

「我沒辦法！」香茜哭喊道。

「我來幫忙，」黛西說。她從赤楊心手中接過莓果，趁香茜能抗議前放進她張大的嘴巴。「香茜，沒事的——我們是來這裡幫妳的，」她一邊安撫，一邊按摩貓后的喉頭。沒過多久，她就感覺香茜嚥下莓果。小灰感激地對她點了個頭。

　黛西移到香茜的後腿，以便輕撫母貓的毛，同時觀察她分娩的進展。她發覺香茜除了流血和使勁之外，其餘幾乎沒什麼進展，她不由得愈來愈著急。**看起來不妙！**

「妳做得很好，」她安慰這隻年輕的玳瑁色貓兒，希望讓她冷靜下來。冷靜的貓后才能保留更多體力生產。「馬上就沒事了，想像等下看見小貓，妳會有多開心。」

「一定會很棒的！」小灰贊同；黛西看出他顯然察覺事有蹊蹺，卻還是勉為其難、佯裝興奮。「我們要幫他們取名字，要教他們玩苔蘚球、接老鼠……香茜，一切都會很美好的！」

　聽自己的前任伴侶如此興奮地說話，看他想方設法要按撫香茜，黛西再次為自己在多個月之前帶走他們的孩子而感到自責。在孩子離開世上前，她從未後悔培育他們成為戰士。**但是，倘若我留在小灰身邊，是不是就不用承受失去四個孩子而獨活的痛苦？倘若我從未體驗貓族的生活，是否會心甘情願地和小灰生活？**

　香茜沒有回應伴侶的鼓勵，只是來回不停甩頭。「我沒辦法！」她哽咽地說。

　「妳可以的，」黛西堅決地對她說。「每個貓后都說自己沒辦法，但最後都還是生下小貓了。」**除了那些真的生不出來的，**她在心底對自己說。

　先前暫時離開的栗紋現在帶著一根棍子回來了。黛西感激地對她點點頭，接著把棍子推向香茜的頭部。「痛到受不了了就咬下去，」她指導她。「我生孩子的時候也有一根，真的很管用。」

「最好再拿點水來。」用腳掌按摩香茜肚子的赤楊心抬起頭說。「栗紋，可以請妳拿點水嗎？沼澤裡有水池。」

「小心河族的巡邏隊，」栗紋再次探出窪地，黛西叮嚀這名深褐色的戰士。「他們不會希望在自己的領土上看到不速之客。」

「我才不管咧，」栗紋回嘴。「如果他們膽敢阻止我救援難產的母貓，我就要把他們的耳朵耙下來！」她揮了一下尾巴就不見蹤影。

「小灰……小灰……」黛西的注意力被拉回香茜身上，只見這隻母貓更勉強抬起頭，向伴侶伸出一隻腳掌。「小灰，你要答應我……別讓無毛獸把我們的孩子帶走。」

想到絲兒的孩子在馬場是如何被兩腳獸帶走的，黛西只能強忍一陣寒顫。這也是為什麼黛西帶著親生子女離開，到雷族尋求庇護。

「香茜，別說這種晦氣的話。」小灰輕撫香茜的肩膀，勸她躺回苔蘚鋪的床，他的嗓音在顫抖。只見他一個勁兒地點頭，接著說：「我保證。我們的孩子會像真正的貓兒一般長大，不會淪為無毛獸的寵物。」

黛西不確定這是最好的安排。她再怎麼難受都得承認香茜的狀況很差。黛西的助產經驗豐富，很清楚不是每次接生都有美好結局。香茜可能看不到小貓出世了。萬一香茜走了，小貓在沒有母親的情況下，存活的機率微乎其微。如果被兩腳獸領養，至少小貓安全無虞又能得到照顧。

但我不能對小灰和香茜說這種話。現在不是時候。

聽著小灰對香茜深情款款地訴說小貓出世之後，要一起做什麼事，黛西愈聽愈於心不忍。「綠葉季要來了，我們可以跟小貓一起在草地上玩耍，」他說。「到了晚上就一起蜷在我們舒服的窩。」

這是不可能的了，小灰心裡也有數，黛西從他顫抖的嗓音聽得出來。**香茜也有預感了。**

然後黛西發現香茜轉頭直視她的雙眸。「那表示我的孩子也不會在貓族裡長大。」她厲聲說道。

「我絕不會帶他們去貓族的，」小灰搶先答覆，不給黛西一點機會回答。「我保證，孩子屬於這裡，和妳跟我一起住。」

香茜的肚子又好似巨大的波浪起伏，她痛得放聲尖叫，隨後咬緊栗紋帶來的那根棍子。黛西輕撫她的背，疼痛也逐漸消退。

「是跟你一起住。」香茜能說話的時候，氣喘吁吁地糾正他。

「別說這種話，」小灰懇求道，焦急地轉了一圈。「香茜，求求妳，一定要堅強。我需要妳。我們的小貓也需要妳。」

香茜搖搖頭。她變得很平靜，彷彿突然願意接受自己的命運。「我知道自己撐不過這一關了，」她呢喃道。「但是這不要緊，因為我會把新的生命帶來世上。只要你答應我，照我請求你的方式把孩子養大，我就了無遺憾。」

黛西想起松鼠飛在她離去時說的話：**我們還是樂見新生命的到來，畢竟最近大家歷經了死亡與毀滅**。或許香茜也有同感。黛西暗自許諾要盡自己最大的力量守護小灰和香茜愛的結晶。

「不！妳也會跟我們一起生活，」小灰抗議。「我們會一起把孩子養大。赤楊心，你得幫幫忙啊！」

雷族的巫醫一直在嚼一小塊山蘿蔔根，然後攤在一片羊蹄葉遞給香茜。「舔幾下，」他對玳瑁和白色相間的母貓說。「可以幫助妳順產。」

但香茜只是別過頭。她的注意力只集中在小灰身上。「我必須知道你可以獨立完成，」她從咬緊的牙關勉強說出這句話。「你一定要答應我。」

「可是妳不會——」小灰絕望地說了幾個字，然後就說不下去了。他湊到香茜面前，與她互觸鼻頭。「我答應妳。」他輕輕說；此情此景黛西實在看不下去，也聽不下去了。

香茜長聲嘆息。黛西把葉子推向她，最後她終於舔了幾下蘿蔔根。現在，她肚皮起伏地更劇烈也更頻繁，陣痛來襲，她不得不咬緊棍子。這時栗紋回來了，她嘴裡滿是濕潤的苔蘚，香茜休息片刻便殷切地舔起水來。

加油啊……加油……黛西非常希望能安全接生這窩小貓。她覺得這是自己唯一的貢獻。然而，香茜狀況不佳，她看得出來這位貓后愈來愈虛弱。黛西感覺漫長的苦難已持續好多季了，最後赤楊心終於驚呼：「孩子出來了！」

他話還沒說完，一個扭動的小肉球就這麼撲通掉到鋪了苔蘚的寢室。黛西感覺自己通體舒暢。**一隻小貓！**

「我們的孩子！」小灰驚呼道，顫抖的嗓音流露出驚喜。「哦，香茜……妳好棒啊！我們的第一個孩子出生了！」

他講話的同時，第二個小肉球也緊接而來，牠的小腳掌不斷在半空中拍打。黛西喜不自勝，赤楊心則忙著檢查這兩個小毛球。**他們辦到了！**

「太可愛了！」小灰低聲說。「赤楊心，還有嗎？」

巫醫伸出他專業的手掌，撫摸香茜的肚子。「還有一隻。」他說。

還有一隻？黛西回望筋疲力盡的貓后，默禱第三隻快點出生。香茜猛然抽搐了一下，她的身子不停痙攣，直到第三隻小貓現身。這隻比另外兩隻更嬌小，一動也不動地躺在苔蘚上。小灰向前觀望，驚愕無語地瞪大雙眼；赤楊心則低頭嗅了嗅小貓。黛西發覺自己正屏住呼吸。**拜託不要出事！**但最後，他搖了搖頭，舀了一掌的苔蘚往死去的小貓身上倒，以免香茜發現。

小灰把眼睛閉了好一會兒；看見他苦苦掙扎的模樣，黛西的心都快要碎了。她生產時，小灰並不在場；當時她太擔心無毛獸會把她的孩子帶走，所以一直躲著他。如今，他親眼迎接小貓誕生，卻也目睹其中一隻離世。而香茜也生死未卜。小灰發出顫抖的一聲嘆息，轉身面向他虛弱的伴侶。

「看看我們的小貓，」他鼓勵著她，喜悅劃破了哀傷與恐懼。「香茜，我們有孩子了……」

但香茜沒有答覆。**不！**她知道難產的可能性，但還是不願相信，香茜去世的噩耗一如掉落的樹枝打在身上。她難以呼吸、悲痛欲絕，感到自己如此地無能為力。彷彷就算離開雷族，她也無法發揮所長。**我這趟來是要救她的，**她哀痛地暗忖。我的職責是守護貓后和小貓，但如今這些小貓卻少了母親。

她為小灰哀悼。她的前任伴侶伸出顫抖的手掌輕撫香茜肩膀的毛髮。「香茜，妳看看……拜託妳……看看嘛……」

「她死了，」黛西輕聲說。「唉，小灰，我很遺憾。」

第四章

好長一段時間，小灰就這麼坐在難產過世的伴侶旁邊，不發一語地凝視她。赤楊心清理他們周圍剩餘的藥草和苔蘚，黛西則教栗紋如何清潔活下來的兩隻小貓，從反方向舔毛，一來刺激小貓，二來為他們保暖。

受到小貓的體溫和強而有力的心跳鼓舞，黛西開始使勁舔起小貓。等小貓清潔完畢、毛髮風乾後，她便能把他倆看個仔細：一隻深灰色的公貓和一隻玳瑁色與白色相間的母貓，幾乎跟她的母親長得一模一樣。他們可愛到令她心疼。**這麼完美的小貓，可惜眼睛還沒睜開就失去媽媽了！**

最後，赤楊心朝黛西點了個頭。「小貓如果要活命，就得立刻進食，」他對她說。「他們的母親無法哺乳，所以我們得另外想辦法餵食。妳的打獵技術怎麼樣？」

「我可以自食其力。不過，他們現在還沒辦法吃獵物，」黛西說。「他們還這麼小！」

「我可以把食物弄小，方便他們消化，」赤楊心向她保證。「我和針尾發現嫩枝杈和紫羅蘭光時，他們才剛出生，孤伶伶的，當時我們就是那麼餵食的。如果要活下去，哺乳還是不能少，」他懷疑地搖搖頭，「不過，獵物至少能讓他們撐一下。」

「我知道可以去哪裡打獵，」他一邊說，一邊依依不捨地望著小貓。然後他轉身奔向窪地的斜坡。「走吧！」他嚎叫。「跟我來！」

和前任伴侶與他們成年的孩子一起狩獵，感覺怪怪的卻又很甜蜜。黛西的狩獵經驗不足，畢竟在雷族都是由戰士負責打獵，黛西和貓后與小貓一同進食。不過自從她成了馬場的獨行貓，便學會去聞鳥與老鼠的氣味，跟蹤與突襲也難不倒她。在鼠鬚的協助下，她困住一隻老鼠，往牠的脖子狠咬，一口斃命。溢滿口的鮮血令她心滿意足。她還記得自己對赤楊心說的：**我可以自食其力**。提醒自己這話沒說錯的感覺真好。

黛西、小灰和鼠鬚帶了兩隻老鼠和一隻畫眉鳥滿載而歸，他們發現栗紋正在把風。赤楊心則留守窪地保護小貓，用身子將他們圈住保暖。令黛西寬慰的是，這兩個小傢伙仍在扭來扭去，肚子餓的哭聲也愈加淒厲。

狩獵隊把獵物扔在赤楊心面前，他就趕緊抓住一隻老鼠，把牠的肉嚼成肉泥。接著，他用手掌沾起軟爛的肉泥，再伸向灰色的小公貓。黛西也對玳瑁色的小貓如法炮製。

一開始，小貓不斷左右甩動腦袋，迴避他們伸出的手掌。**他們還不懂**，黛西焦急地想。**他們不知道這是食物**。

「小貓，快吃呀，」她鼓勵小貓。「吃飽飽。」

小貓發出刺耳的尖叫，兩張粉嫩的小嘴張得老開。黛西將老鼠肉泥輕輕抹在玳瑁色的母貓唇上，小貓馬上就出於本能舔進嘴裡。下一秒，她把脖子探得好長，要從黛西手掌舔去另一口。

「她現在懂了，」赤楊心邊說邊認可地向黛西點了個頭。他也試著用相同的方法餵食小公貓；很快地，兩隻小貓便狼吞虎嚥地吸吮老鼠肉泥。

在這期間，小灰一直熱切殷勤地觀望。黛西看得出來他為小貓著迷，卻也擔心赤楊心的即興餵食法行不通。鼠鬚也在一旁看著，眼底流露深深的同情，彷彿也在為同父異母的弟妹發愁。

但小貓們漸漸穩定下來；他們驚恐的叫聲轉為滿足的嗚嗚聲，他倆一同蜷進軟柔的苔蘚中。等孩子一靜下來，赤楊心便抬起頭注視這幾隻年長的貓。

「小灰，你得下一個艱難的決定，」他語氣嚴肅地說。「不論香茜要的是什麼，讓兩腳獸知道你有了小貓，或許是他們唯一能存活的機會。」

凝視孩子的小灰驚恐地瞪大雙眸。黛西一度以為他會讓步，沒想到他只是斷然地搖頭。

「我說什麼都不會把小貓交到無毛獸手上，」他堅持己見，然後面向黛西繼續說：「妳一定還記得他們是怎麼送走絲兒的小貓吧？這也是妳離開馬場的原因——免得他們把我們的孩子也擄走。」

「可是，小灰——」黛西試圖插嘴。

「如果無毛獸發現小貓，肯定會把他們帶走的，」小灰飛快地說：「這樣我就再也看不到他們了。妳真的要我再次經歷骨肉分離之痛？」

「當然不是這麼回事，」黛西的話在喉頭哽住。「可是——」

黛西還來不及繼續說，赤楊心開口了，他的語氣充滿同情但是堅定。「要是你不向兩腳獸尋求幫助，你的小貓可能就熬不下去了。與其眼睜睜地看他們斷送生命，倒不如留個機會，讓他們至少能活著？」

「你就聽赤楊心的勸吧，」黛西懇求小灰，小巧的玳瑁色貓兒發出充滿睏意的叫聲。她注視這隻飢腸轆轆、如此神似母親的小貓，實在難掩內心的同情。

「恕難從命。」小灰開始咆哮。「我要堅守我對香茜的承諾。總之就是這樣了。」

黛西和赤楊心互換一個眼神。他們說什麼都得改變小灰的心意。「我知道親眼看見自己的孩子喪命有多痛，」她試圖換個論點跟他講道理。「相信我，小灰，這種傷痛能免則免，你不會想要經歷的。」

小灰惡狠狠地瞪著她。「但明明知道親生骨肉還活著，卻再也見不到——這種痛我再清楚不過。如果可以，我再也不要重蹈覆轍了。多虧妳從前做的決定，我不知道該如何面對失去子女的痛。即使妳從未真正明講，我今天終於發現兩個孩子已經不在了，我不曉得該怎麼樣用父親的身分哀悼，因為我跟他們根本形同陌路。」

痛悔猶如一隻大爪，狠狠抓住黛西，令她喘不過氣。她目光低垂，無法直視小灰責備的眼神，同時感覺鼠鬚蜷伏著，耳朵往後攤平。從他毫無機會熟識的父親口中，聽到這麼困惑哀傷的話，他心裡一定不好受。

「我會遵從香茜的遺願，」小灰覆述道。「絕對不讓兩腳獸從我身邊帶走小貓。」

黛西感覺沉默無言的緊繃局面會一直延續下去。最後，赤楊心長嘆一聲。

「小灰，我要你聽清楚了，」他開啟話閘子。「雖然我是巫醫，但我無法保證你的小貓能活下去。當然，能幫忙的地方我不會吝嗇。但真正重要的是找到一隻可以哺乳的貓后，我不確定我們能多快找到。」

小灰若有所思地眨眨眼。「我認識一隻名叫可可的寵物貓，」他說：「住在兩腳獸的地盤。」他的耳朵往指向河族領土遙遠彼端的兩腳獸窩。「她好像最近生小貓了。」

「最近是多近？」黛西問道。

「這我就不清楚了，」小灰坦承。「上半個月我都忙著照顧香茜……」

黛西感覺恐懼在她的腹部凝結，彷彿眼前看到了烏雲密布、即將狂風暴雨的天空。可是雷族最新加入的成員栗紋和火花皮的孩子，如今都已是見習生了，早就脫離需要母親哺乳的年紀。栗紋在這裡，是因為她對照顧小貓很有一套，不是因為她有奶能餵剛出生的小貓。

要是雷族有正在哺乳的貓后就好了，她絕望地思忖。**這樣小貓一定能活下去。但願星族依舊看顧我們。這樣或許我就能想出什麼點子了。**

太陽漸漸西沉，將陰影投射至窪地，眼前的山腰一片殷紅，鮮活地讓黛西想起香茜流的血。

「現在去找可可已經來不及了，」赤楊心說。「天黑之後，兩腳獸一般會把寵物貓關在窩裡。小灰，可以再麻煩你領路，帶我們去打獵嗎——帶點獵物回來，給我們和小貓吃？我們要在這裡過夜了。」

小灰雖然一副不情願的樣子，不想就這樣拋下小貓，卻還是嘟囔著表示同意。

「不如大家一起去吧，」鼠鬚提議。「當然除了你例外，赤楊心。這樣比較快。」

對於要拋下小貓，黛西同感不快，但她也知道論起照護，沒有誰能比赤楊心稱職。所以她沒有爭辯，在其他貓兒離開窪地時殿後跟隨。

鼠鬚領頭，沿著湖畔小心翼翼地走向河族領土的邊界。令黛西更不悅的是要到別族狩獵。**但這是緊急情況，**她這麼自我安慰，不曉得要是河族巡邏隊瞧見他們，霧星會不會認同她的想法。

邊界傳來新鮮的河族氣息，令她鬆了一口氣，因為這表示巡邏隊剛經過。應該到天亮前，都不會再有另一支隊伍前來巡邏。不過，黛西仍不敢掉以輕心，警戒地毛髮倒豎，在其他貓兒矯健無聲地狩獵時，自告奮勇在邊界把風。她盡量不去想光靠狩獵養活兩隻新生小貓有多不切實際，更何況還是在別族的領土。

小灰得意洋洋地銜了一隻田鼠回來。「你們瞧！」他含著滿嘴毛說。「給小貓吃多好啊！」

黛西不以為然。**他們靠新鮮獵物是活不下去的，帶多少回來都沒用，什麼都比不上母親哺乳。**

栗紋和鼠鬚不一會兒也滿載而歸，大夥兒在小灰的帶領下回到臨時營區。在暮光下悄然行動的黛西，心裡愈來愈清楚，他們必須做出一個艱難的決定。她努力在不違背香茜遺願的情況下，想法子讓小貓活下去，但偏偏想不到任何方法。

不管怎樣，我都必須說服小灰把孩子交出來，就算這麼做會狠狠再傷他一次心。

哦，小灰，上天不該對你這麼無情！

他們接近營地時，黛西以為會聽到小貓們肚子餓的哭嚎聲，沒想到卻是一片靜默。

哦，星族啊！小貓該不會死了吧？

小灰顯然也感到驚恐。他往前飛奔，在窪地頂端止步，往下方凝視，頸部和肩膀的毛髮倒豎。黛西和其他們也在一兩秒後趕了上來。

她以前會看見赤楊心蜷在小灰的兩隻小貓身邊。如今眼前的景象卻令她從耳梢發麻到尾尖。巫醫與小貓不見蹤影。窪地裡空空如也。

第五章

小灰扔掉嘴裡銜著的田鼠，猛一轉身面對族貓。「我的小貓不見了！」他齜牙低吼。「赤楊心明明答應我不會帶他們去找無毛獸的，他是不是反悔了？」

「不可能的！」黛西抗議。「他絕不會做這種事。」

「那他跑到哪兒去了？」小灰目露凶光地質問。「我的小貓呢？」

黛西無助地搖搖頭。「我不知道發生了什麼事，」她實話實說：「也不知道赤楊心跑到哪兒去了。我只知道他不會擄走小貓。」

他該不會真的把小貓擄走了吧？她問自己。**如果只有這麼做，小貓才有機會存活？不會的……就算他有這個念頭，也無法憑一己之力帶走兩隻小貓。**

黛西依稀感覺鼠鬚有點緊張，父親的一番話似乎令他很受傷。她很想用尾巴拂掠鼠鬚的背，好好安慰他。**不是你的錯；他從沒有機會認識你。**但現在不是想這些父子情長的時候。

黛西抬起頭嚐了嚐空氣，試圖分辨不同的氣味。除了香茜揮之不去的血腥味，實在難以辨別其他氣味。最後，她鼻頭抽搐，終於找到她想尋找的氣息。

「聞到了嗎？」她問其他貓。「是赤楊心……」

貓兒在黛西的帶領下跟隨氣味，離開臨時小窩，繞著馬場領土的邊陲走。其中一匹馬從幽暗中隱約現身，從籬笆的另一頭凝視他們，從鼻孔呼出長長的一口氣，把黛西嚇了一跳。

上坡幾隻狐狸身長之處有棵樹，樹上懸垂著低矮的樹枝；眾貓一靠近，黛西就發現赤楊心從樹底的窟窿探出頭來。

「這裡！」他喊道。

眾貓拔腿而奔，到斜坡上與他會合；小灰從他旁邊擠進窟窿，驚呼道：「他們在這裡！他們沒事！」

「感謝星族，你們找到我們了，」赤楊心邊說邊現身空地。「老鷹在天上盤旋，我不得不把小貓帶走。」

這番話令黛西更為焦慮，原來事態這麼緊急。小貓本來就身子弱，少了貓后哺乳更是弱不禁風，這意味著老鷹或其他掠食者一旦發現他們或聞到氣味，他們就更有可能成為對方下手的對象。

黛西從赤楊心的身後望去，只見小灰蜷伏在小貓面前，小貓則躺在枯葉做成的窩裡。他們扭來扭去，小小的嘴張得老大，喵喵叫要討吃的。小灰的眼眸散發慈祥的父愛。

我必須讓他明白問題有多嚴重。

黛西轉身面向栗紋和鼠鬚，要他們去撿之前扔在窩旁的獵物。然後她把小灰從窟窿裡叫出來。這隻灰白色的公貓心不甘情不願地走到她旁邊，眷戀地看了小貓最後一眼。

「怎麼了？」他問道。

「在貓族，」黛西打開話閘子：「如果有貓死了，全族會為他守夜，一同緬懷他的生命。或許你該為香茜守夜。」

小灰稍微瞪大雙眼，一度有所遲疑。後來他點點頭。「我願意。」

「好主意，」赤楊心認同道。「栗紋和鼠鬚可以在這裡看守，我去餵小貓。」

黛西領頭返回荊棘樹底下的窪地，香茜的屍首仍擱在那裡。她和小灰清潔並梳順她的毛髮，坐在她的身邊，眼看夜色深沉，星斗一顆接著一顆出現。

就算星族依舊與我們聯繫，香茜也絕對無法加入他們，黛西心想：**但我們還是能紀念她的生命，以崇敬的心處理她的屍體。**「你一定很愛她。」她對小灰說。

灰白相間的公貓微微點頭。「言語道不盡我對她的愛，」他呢喃道。「她是如此美麗，而且很想生小貓。她本來會是個很棒的母親。」

他的這番話為黛西實際想說的話做了鋪陳，這也是為什麼她特別安排和小灰私底下談話。

「如果香茜還活著，」她猶豫地說：「你覺得她會不顧一切照顧小貓嗎？」

「當然，」小灰立刻為亡妻辯護。

「那麼，這就表示該把小貓交給兩腳獸，」黛西對他說。小灰張嘴想要反駁，但話還來不及說出口，就被她搶先一步。「小灰，你必須認清情況有多嚴重。拿獵物餵小貓不是長久之計。他們需要喝奶，兩腳獸可以提供奶水。香茜一定也會認同的，而不是眼睜睜地看小貓餓死對吧？」

小灰伸出一隻腳掌輕撫香茜的毛。他的眼神絕望而失落，但他沒有馬上回絕她的建議，黛西覺得他一定在思考這個選項。她知道這對他來說是個艱難的決定，畢竟他對孩子寶貝得不得了。

「妳說得有道理，」最後他坦承。「但我希望盡一切努力，實踐香茜的遺願。她是我的伴侶，我很愛她。這是我欠她的。」

聽到小灰的這番深情告白，黛西五味雜陳，感到胸口在翻騰。**如果當初我留下來，他是不是也會對我放這麼多感情？**她問自己。內疚再次湧現，因為她發現小灰原本可以當個好父親，她卻剝奪了他看著孩子長大的喜悅。

「那我們就努力到真的沒辦法了再說，」她向他保證，而且急於安撫他，想方設法讓他走出難關。「明天我們就盡最大的努力尋找正在哺乳的貓后。」

拂曉的天色溢滿乳白色的光，伴著族貓返回窪地，其中栗紋和赤楊心各拎著一隻小貓。小灰一見著他們，就立刻起身，心急如焚地用鼻頭磨蹭孩子。黛西不由得發覺小貓有多孱弱而舉步唯艱，甚至比前一天出生時還虛弱。

黛西把鼠鬚叫到她跟前說道：「我們要去兩腳獸地盤找小灰說的那隻寵物貓。但在此之前，我要你去幫小灰把香茜給埋了。」

「一定要我去嗎？」鼠鬚問道。

黛西冷酷地迎上他不情願的目光。「一定要。」

如果有哪件事能讓他們像父子一般地相處，她一面揣想，一面望著兩隻公貓駝著香茜的屍首離開臨時營地，**非這件事莫屬。**

父子檔離開期間，黛西和栗紋也忙著狩獵，帶回來的獵物夠他們在前往兩腳獸地盤途中餵飽赤楊心與小貓。

「我們必須說服可可跟我們走，」黛西若有所思地說。「如果帶小貓上路，肯定會被可可的兩腳獸發現。」

「最好別把他們拖著走，」赤楊心表示贊同，原本在咀嚼鼠肉要餵小貓的他頓了一下。「我會待在這裡照顧他們。」

小灰和鼠鬚一回來，這四隻貓便啟程前往兩腳獸地盤。黛西保持警戒，忐忑不安地豎直毛髮，一同穿越河族領土時，她戒慎恐懼，和湖畔維持三條尾巴的距離。太陽已升起，將湖水照得波光粼粼，微風捎來濃濃的河族氣息。

妳還在抱怨日子無聊呢，黛西憶起自己在雷族看似漫無目的的生活，不禁暗自忖想。**這下可不無聊了吧！**但話說回來，她還是希望他們不會遇上巡邏隊。

「小灰，你知道怎麼去可可兩腳獸的窩嗎？」當他們走到兩腳獸地盤的外圍，栗紋問道。

小灰一副沒把握的樣子。「先前我忙著照顧香茜，」他答道。「已經有好一陣子沒來這裡了。不過我應該找得到可可，萬一真的找不到，也還是能找其他寵物貓幫忙。」

如果能再見敏蒂一面就太好了，黛西暗忖，想起了那隻在大風暴期間和雷族貓一同避難的黑白相間母貓。**她一定會幫我們的。**

一開始，他們深入兩腳獸地盤時，小灰胸有成竹地領路。黛西注意到鼠鬚與他併肩同行，聆聽他說的每一句話。有隻狗從籬笆的另一頭朝他們狂吠，這時鼠鬚聽從小灰的指令撤到隊伍後方，殿後守望；小灰加快步伐，大夥兒也跟著跑了起來，越過一間又一間的兩腳獸窩，漸漸遠離狗吠聲。

他們在下個拐角氣喘吁吁地停下腳步。「這個兩腳獸地盤的狗多不多啊？」黛西問道，她試圖掩飾與狗狹路相逢的緊張。

「多得不得了，」小灰對她說。「不過大多數都綁在窩裡或花園。只要保持警覺就沒什麼好擔心的。」

黛西不知該不該相信他的慰藉。「我們必須盡快找到可可。」她說。

「對……」這是小灰頭一回看起來找不到路。「我們還是穿過這條轟雷路吧。」最後他這麼決定。

這條轟雷路其實很窄，將兩腳獸的窩隔成兩排；由於時間還早，怪獸似乎都還沒起床。不過小灰仍在邊上躊躇半晌，才示意大家穿越；黛西發現鼠鬚不耐煩地抽搐尾尖，但還是靜候父親發號施令。

我猜對了，黛西滿懷感恩地揣想。**他們處得比較好了。鼠鬚也開始對小灰展現敬意。**

在轟雷路遙遠的彼端，小灰用尾巴指向最近的兩腳獸花園籬笆裂口。「應該就是這裡了，」他向大家宣布。接著他扯開嗓門呼喚：「可可！」

沒有回應。幾秒過後，小灰接近裂口，只見那裡被像是小刺灌木卷鬚的光亮條狀物擋住。黛西往裡面窺視，只見一片平滑的草坪延伸至兩腳獸的窩，但半個貓影都沒見到。不過她聞到了貓味：古怪的寵物貓味，夾雜著兩腳獸的氣息。

「跟我來，」小灰說，並往路障底下鑽。

黛西和栗紋互換了一個疑惑的眼神，鼠鬚是第一個服從爸爸的。栗紋緊跟在後，而黛西殿後，始終焦慮地張望，留意是否有狗出沒。

黛西鑽進路障底下，感覺硬梆梆的卷鬚刮擦她的背部，這時她聽見小灰再次呼喚可可。就在這一刻，大門底部的一扇小門掀開了，有一隻貓邁進花園。

黛西幾乎沒時間如釋重負，原以為千辛萬苦想找的貓終於找著了，沒想到眼前的居然是隻公貓：他的腿很長而且身材魁梧，一身蓬鬆的薑黃色毛髮，不過跟所有的寵物貓一樣看起來都軟趴趴的。

「你們想幹麼？」他斥責道，昂首闊步地走到小灰面前，就這麼直挺挺地站著，把尾巴的毛撐到兩倍大。「現在就給我滾，否則我要……我要把你們的毛給扒了！」

「你敢試看看，」小灰回嘴。

鼠鬚和栗紋走到他身旁；黛西抬頭挺胸，甩開身上的毛皮，然後三步併做兩步地趕來。**雖然可以把這個老鼠腦碎屍萬段**，她心想：**但我們不該這麼做。我們不是來這裡打架的。**

「我們不是來找碴的，」她好聲好氣地對這隻年輕的寵物貓說。「你叫什麼名字？」

薑黃色的貓疑神疑鬼地瞪著她，隔了好一會兒才答覆：「我叫公貓。」

我從沒聽過這麼怪的名字！黛西暗忖。**這根本就不是名字嘛。就像我名叫母貓一樣！**

「我們不是來這裡占你地盤的，」小灰唐突地說。「我們只是想找一隻名叫可可的貓。她應該住這附近。」

公貓肩膀的毛攤平了。他歪著腦袋，彷彿陷入沉思；不過黛西很肯定他只是擺擺樣子。

「對……，」最後他回答。「有隻名叫可可的貓住過這裡，在那頭隔兩個窩就到了。」他耳朵指向一排獸窩。「不過她生小貓以後，她的家人就把她送走了。」

公貓的這番話令小灰繃緊肌肉。「聽到了吧？」他忿恨地嘶聲說。「無毛獸信不得的。」

黛西走到她的前任伴侶身子前，向公貓有禮地點了個頭。「謝謝你幫忙。」她說。**雖然他根本幫不了什麼忙。**

公貓舔了舔一隻前爪，再梳向耳朵，一副自鳴得意的樣子。「不客氣，」他答覆。「不過別想再來了。要是敢強占我的地盤，我非把你們耳朵耙下來不可。」

「是嗎？」鼠鬚低語道。「我好怕哦！」

「你是該怕沒錯！」公貓厲聲說。「你們雖然有四隻，但我可是個硬漢。附近的每隻貓都這麼說。」

黛西一度擔心她的同伴會叫公貓秀兩招證明身手。「走吧，」她說。「我們可不想招惹這隻貓。你們也看得出來他是個硬漢，」她一邊補充，一邊注視公貓後腿躍起，手掌撲向一隻蝴蝶。「沒時間在這裡閒晃了。現在就得回去照顧小傢伙了。」

小灰發出一聲低吼，但還是同意地點了個頭。他們步離時，黛西仍舊看到他死命地瞪那隻「硬漢」寵物貓。

「下回你一定要秀幾招你令我聞風喪膽的招數，」他咕噥道。

黛西和其他幾隻貓返回馬場旁的營地時，還沒到正午。黛西心頭七上八下，不曉得他們離開這段時間會不會發生什麼事。不過，她走進窪地，發現一切如昔，赤楊心正在兩隻小貓面前低著頭，勸他們舔幾口他嚼成肉泥的畫眉鳥肉。

他抬頭瞥了一眼，黛西、小灰和其他族貓走到他的身邊。「怎麼樣？」他問道。

小灰搖搖頭。「沒有進展，」他回答，情緒使他的聲音沙啞。「可可已經不住在那裡了。」

赤楊心肩膀一垂。從他愈加憂慮的目光，黛西看出他們營救小貓的時間所剩無幾了。

「我去打獵了，」小灰接著說，似乎在為自己做心理建設。「這裡的獵物這麼多，肯定夠小貓們吃個飽。」

他躍上山坡，消失無蹤。鼠鬚和栗紋也緊跟在後。

赤楊心目送他們離開，微微搖頭。「小灰想要說服我們小貓們不會有事，」他呢喃道。「但就連他自己都無法相信。」

「他大概還是想證明沒必要把小貓送到貓族或放在兩腳獸那裡寄養，」黛西指出。

「對，一定是這樣。」

「不送走的話有機會活命嗎？」黛西問道，她心兒怦怦直跳，焦急等待巫醫的答覆。

赤楊心猶豫了一下才回答。「我蠻擔心的。」最後他實話實說。「小貓睡覺的時間很長，而且很難喚醒。這不正常。」

「但他們有進食，對吧？」黛西一邊問，一邊用腳掌輕觸畫眉鳥的肉泥，餵起玳瑁色的小貓。小貓聞了一下就別過頭去。

「我不只一次必須確定他們不會被食物噎到，」赤楊心對她說。「他們還這麼小，身體又很虛弱，沒辦法順利吞嚥。一定要趕快好好哺乳。」他頓了一下，若有所思地眨眨眼。「我不是百分之百確定，但天族那裡好像有小貓剛出生。」

黛西詫異地瞪大雙眼。「離這裡很遠欸。」

赤楊心點點頭。「沒錯，但事到如今，可能是小貓活下來的最大勝算。」

他話還沒講完，小灰就在窪地頂部再度現身，嘴裡銜著一隻鼩鼱。「喏！」他大聲呼喚，把牠扔到小貓的窩邊。「這應該夠他們吃一陣子了。」

小灰逞強的口吻，安慰自己孩子會活下去，黛西聽了心好痛。「小灰，」她說。「我有話要跟你說。一塊聊聊好嗎？」

小灰狐疑地瞥了她一眼，但毫無異議，任黛西領頭再次步出窪地，朝湖的那頭前進。

「你把小貓照顧得很好，」黛西打開話閘子。「但是——」

「別再叫他們『小貓』了，」小灰打岔道。「我該替他們取名字。」

黛西有所遲疑，不知該如何接話。

「怎麼了？」小灰問道，他的口吻變得惱怒。

縱使我們的結合已是好幾季前的事，他還是對我瞭如指掌，黛西心想。「沒什麼，只是——」她說。

「只是妳擺明了覺得我不該幫他們取名字！」小灰頓了一下，怒視黛西。「為什麼不要取？」「對，你說中了，」黛西坦承。「我覺得你或許該多花點時間……」

小灰嘴脣後翻，齜牙低吼。「妳是存心要把小貓送走才這麼說的！」

「不，我是為你著想，」黛西抗議，決心不被前任伴侶的敵意嚇倒。「我最希望的，就是見到小貓留在你的身邊。但是萬一發生什麼三長兩短，我們不得不把小貓送給兩腳獸，好讓他們活下來，你幫他們取名字，到時候可能會更傷心。」

她的理性分析似乎讓小灰更為惱火。「所以妳還是沒打消要把我的小貓送給兩腳獸的念頭！」他大發雷霆。「妳已經帶走我三隻小貓了。如今我終於又能再當上父親，妳休想奪走我這個機會。這兩隻小貓又不是妳生的！」

黛西的內疚再次襲上心頭。彷彿她的一言一行都會重新喚起他的失落。但身為母親的她，只能為脆弱的新生兒想想最好的出路。

「小灰，我不想將小貓從你身邊奪走，」她說。「可是他們命在旦夕。」她頓了一下，見小灰沒吭聲，又繼續說下去。「赤楊心跟我說天族有個正在哺乳的貓后。依我看，我們該把小貓帶去，請求葉星幫忙。這可能是小貓生存的唯一機會了。」

「我向香茜保證過，」小灰咆哮道。「我絕不會像妳當初背叛我那樣背叛香茜！」

他講話的同時，黛西察覺鼠鬚已不知不覺從臨時營地靠近。他的目光在小灰和黛西之間遊移，顯得驚懼不安。

他從沒見過父母吵得這麼厲害，黛西暗忖。**他一定覺得很奇怪。**

「我……呃……我是來問問你們想不想吃獵物？」鼠鬚結結巴巴地說，尷尬地舔了一下自己胸膛的毛。

「謝謝，我們會去吃的，」黛西答覆，並瞥了小灰一眼，警告他別對兒子發飆。

三隻貓返回營區的途中，鼠鬚仍舊一臉愁容；不過，他將一隻肥美的田鼠向父親展示時，雙眸閃耀著自豪的光芒。小灰咕噥一聲道謝。「我不餓，」他說：「不過我會把幾塊肉咬碎，留給小貓吃。他們一定會喜歡的。」

「小灰，」赤楊心語氣溫柔但堅定地開口道：「餵小貓吃新鮮獵物是迫於緊急，而且我們也沒別的可給了。他們需要喝奶。我是巫醫，所以這件事我沒打算跟你爭辯。我們得立刻把他們帶到天族。我向你保證，這不代表你就非得留在那裡，在貓族撫養孩子長大，但如果你現在不做決定，就沒有孩子能讓你撫養了。」

小灰抬頭望著這個年輕的巫醫。黛西看得出來，做決定的壓力很大，快讓他崩潰了；她伸出尾巴，輕觸他的肩膀。

「好吧，」小灰長嘆一聲，最後同意了。「這就去天族吧。」

黛西如釋重負，渾身激動不已；不過如今她要煩惱該怎麼走完漫長的旅程，抵達天族營區。

小貓們即使連休息都那麼虛弱、那麼疲累。前往天族的旅程又會對他們造成什麼影響？哦，星族啊，我只希望他們能活下去……

第六章

赤楊心起身。「小灰，你一定得吃點什麼，」他說。「到天族要長途跋涉，你得有體力才行。」

小灰把剩餘的田鼠狼吞虎嚥地吃了，步向兩個孩子窩著的地方。他銜起玳瑁色小貓的頸背；瘦小的母貓無力地揮動腳掌，發出氣若游絲的一聲尖叫。黛西和赤楊心互換一個眼色；他倆誰也沒說話，不過黛西心裡有數，他倆都為孱弱的小貓擔心不已。

鼠鬚吃完他的畫眉鳥，舌頭往嘴巴周圍舔了一圈，然後加入小灰的行列，準備拾起第二隻小貓。瞬間，小灰迅速地走上前攔住他，並狠狠地瞪著他。

「別鼠腦袋了，小灰，」黛西責備道。「你不可能獨自把兩隻小貓都背那麼遠。記住，你叫我們來這裡是有原因的——你不必孤軍奮戰。」

「我只想幫助我的親屬。」鼠鬚補充道，對著他的父親畢恭畢敬地點了點頭。

小灰猶豫片刻，然後退了一步，發出一聲同意的咕噥聲。鼠鬚抱起灰色的小公貓，而赤楊心則帶領著他們向湖邊走去。

當他們一抵達湖邊，黛西就看到遠處有一小群貓沿著湖岸小心翼翼地走著。「是風族巡邏隊，」她嘆了口氣。「真是冤家路窄！」

隨著貓群靠近，黛西認出了領頭的瘦黑貓正是風皮，木歌和蘋果光跟在他身後。她不由地繃緊神經，深怕可能惹麻煩上身。

風皮曾經是個討厭鬼，她反思道，**儘管我不得不承認，過去的幾季來，他似乎終於**

長大了。即便如此，他的脾氣還是一樣一點就著，和發怒的狐狸一樣火爆。

這位黑色的戰士充滿敵意地向黛西和其他貓走來。「你們在我們領土上做什麼？」他質問道，狹視的目光寫滿懷疑的怒火。

赤楊心走上前面對他，客氣地點了點頭。「沒什麼需要你操心的，」他回答。「這些小貓失去了母親，如果我們找不到哺乳的母貓，他們可能就活不下去了。」

風皮從赤楊心身旁看過去，原本敵對的表情變得柔和。「抱歉，赤楊心，」他說。「我剛才沒看到他們。」

「可憐的小傢伙！」木歌匆忙走上前聞了聞那隻灰色的小公貓。「我真希望我有奶水！如果我能可以的話，一定會餵他倆。」

「我也是，」蘋果光接著說，她的雙眸散發同情的光芒。

風皮肩上的毛髮再次攤平。他似乎已不再起疑，如今只剩關切。「有什麼我們可以幫忙的嗎？」他問道。

「除非風族有哺乳的母貓，否則這事你們幫不上忙，」黛西回答。

風族的戰士搖搖頭。「對不起，我們沒有。」

「那就放行吧，」赤楊心不耐煩地抽搐著鬍鬚咕噥。「我們覺得天族可能有母貓能幫忙。」

「希望你們是對的。」風皮退後，用尾巴示意小灰和雷族的貓沿著湖岸前進。

黛西經過他身旁時，他伸出一隻爪子攔住她。「也許我錯了，但這些小貓看起來好像撐不到天族，」他輕聲說，不讓其他貓聽到。

「這就是我擔心的地方，」黛西坦承道。如今這些小貓的虛弱顯而易見，就像是兩塊新鮮獵物無力地掛在小灰和鼠鬚的嘴邊。「我們一直把嚼爛的獵物餵他們吃，可是他們只是愈來愈虛弱。或許真的救不了他們，但再怎麼樣都還是要盡力一試。」

「那祝你們好運了。」風皮回應道。

黛西一面匆忙趕上其他貓，一邊再次反思，不知還來不來得及找兩腳獸來照顧這些小貓。他們每一步，就離兩腳獸的巢穴愈遠，所以很快就要沒得選擇了。**我做的決定到底對不對？**她反問自己。**我是否把小灰的感受看得比小貓的命還重要？**

冰涼的水對黛西瘦痛的爪子帶來舒緩，她踏水穿過標記風族邊界的小溪。「也許我們不該直接去天族，」她對赤楊心說，兩隻貓望著小灰和鼠鬚過河，把小貓高高舉過水面，以免濺濕。「先去我們的營地休息一下怎麼樣？」

赤楊心點了點頭。「我也是這麼想的。我有事想請教松鴉羽；旅行草藥或許能給小貓多一點力量，而且我知道我們的草藥儲藏室裡有一些庫存。」

他們遠離湖泊，朝內陸前進，邁向雷族營地時，樂觀的情緒重新湧上黛西的心頭。現在要返回家鄉，她感覺最糟糕的事好像都不會發生了，即使理性面沒有理由這麼想。

當黛西隨著赤楊心穿過荊棘隧道，只見營地彷彿一片空曠。她猜想，大多數的貓都外出打獵或巡邏了吧。鬃霜和櫻桃落正在新鮮獵物堆旁分食一塊獵物，而在空曠的營地牆邊，長老們正在一塊平坦的岩石上晒太陽。

一進入營地，赤楊心便三步併做兩步跑到巫醫的窩，消失在荊棘屏風後面。鬃霜被這突如其來的動作嚇了一跳，馬上起身跑到高岩架下站好。

「松鼠飛！」她喊道。「黛西和鼠鬚回來了！」

松鼠飛從她的寢室走到高岩架上，獅焰緊隨其後。兩隻貓迅速跳下亂石，加入從寢室走出來的松鴉羽。

黛西和小灰、鼠鬚一起走上前迎接他們，他倆各銜著一隻小貓。他們走近時，松鴉羽瞎了的碧眼變得更寬，對兩隻小貓深深地嗅了嗅。

「看在星族的份上，你們到底在想什麼？」他吼道。「這些小貓快要死了！應該跟著母親在一起才對。」

黛西注意到小灰的毛開始激動地豎起。她伸出尾巴，安撫性地擱在前任伴侶的肩上，猜想他大概不習慣松鴉羽的刻薄語調。雷族貓知道，儘管他講話很直，但其實心存善意。

不過我還是希望他別這麼心直口快，把小貓快活不下去的殘酷真相留給自己就好。

然而，看到松鼠飛和獅焰在巫醫旁邊保持警覺但冷靜地站著，她似乎已把他們過去的鬥嘴紛爭拋諸腦後。黛西感到一股力量和信心，這是她很久以來都沒有的感覺。

「他們的母親已經死了，松鴉羽，」她平靜地說。「我們只能盡力而為。」

「你們的盡力還不夠，」松鴉羽回嘴道。「把他們帶到窩裡，我要好好檢查一番。」

小灰似乎不太願意照做。「他以為他是誰啊？」他嘴裡嘟囔著說。

「所有貓族中醫術最精良的巫醫，」黛西告訴他，並把他推向巫醫室那頭。「如果你想讓你的孩子活下來，就趕快動起來！」

小灰緩緩跟著松鴉羽進了他的窩，鼠鬚和黛西站在他的兩側。栗紋走上前去，開始報告發生了什麼事。

只見赤楊心正在巫醫室裡整理苔蘚，為小貓做一個窩。小灰和鼠鬚輕輕地把他倆擱在那裡。他們安頓在軟軟的被褥上時，爪子有些抽搐，可是後來就沒有動了，黛西看得出來他們呼吸微弱，內心頓時湧上一陣罪惡感。**如果我同意把小貓帶來貓族，但他們真正需要的是兩腳獸的幫助，那我是不是害了他們呢？我對小貓的了解比小灰多；我應該堅持下去才對……**

黛西發出焦慮的一聲長嘆，盡量不讓自己陷入絕望。**哦，松鴉羽，你得想想辦法啊！**

「好了，你們可以都退下了，」松鴉羽宣布。「我跟赤楊心需要工作的空間。」

「我不會拋下小貓的！」小灰抗議，他再次豎起毛髮。

黛西將尾巴擱在他的肩上。「你得離開，」她溫柔地說。「他們跟松鴉羽在一起會好好的。」

小灰張嘴想要爭辯，然後又黯然閉嘴。他肩膀一垂。「好吧。」他嘀咕道。

黛西敦促他步出荊棘帷幕。鼠鬚跟在後頭。「你們兩個去休息吧，」他說。「我會在這裡等著，一有消息就馬上跟你們說。」

「謝了，鼠鬚。」黛西回覆。

黛西和小灰走遠的同時，可聽見松鴉羽正在下令。「赤楊心，從儲藏室拿點旅行藥草來。記得要挑最新鮮的。」

黛西領著小灰走進育兒室，讓他知道她的床在哪裡，好窩著休息一會兒。**這種感覺太奇怪了，**她心想。**好像小灰跟我一起離開馬場，來到雷族似的。**她忍著沒發出輕嘆。**如果真是這樣，一切結局都會不同了。**

「還要多久啊？」小灰心急如焚地問。

「我們馬上就會動身前往天族了。」她輕柔地說。

小灰點點頭，意味深長地凝望著她；不知怎地，黛西在他開口前就猜到他要說什麼了。「我知道妳擔心小貓撐不過這段旅程，」他開啟話閘子。「但我有種莫名的預感，覺得他們能夠撐過去。小貓跟他們的媽媽一樣堅強。」他嗓音顫抖，繼續說下去：「唉，我好想她啊！」

黛西同情油然而生，胃也隨之翻攪；他肯定很想念他倆生的那窩小貓，她心裡的懊悔難以忽視。他和絲兒生的小貓被兩腳獸帶走了，所以他也沒能留住。他們八成仍在某處活得好好的，只是小灰再也無法見他們一面。

黛西可以理解他為什麼不顧一切也要留下小貓，只不過還是擔心他的固執己見會害小貓活不成。**倘若他們真有什麼三長兩短，那也是我的錯**，她暗忖道，自責又鋪天蓋地向她襲來。**哦，可憐的小灰！**

從育兒室的入口，黛西可以看見鼠鬚在巫醫窩外耐心守候。她暗自下定決心，無論發生什麼事，至少小灰的其中一個孩子不會和他斷了聯絡。

大概沒過多久——只是等待的感覺像是天荒地老，松鴉羽終於從荊棘帷幔彼端探出頭來，對鼠鬚說了些什麼。這隻灰白相間的公貓便起身走向育兒室。

黛西抖了抖毛皮，出門和他碰面，小灰則緊跟在後。她發現松鼠飛也在等候消息，起身加入他們，一雙綠眼寫滿擔憂。

「怎麼了？」小灰問道，他的嗓音因焦慮而沙啞。「我的小貓沒事吧？」

鼠鬚點點頭。「松鴉羽說他們體力撐到天族沒問題，如果你還是想帶他們去的話。」

松鼠飛一聲嘆息。「他們還有別的選擇嗎？」

黛西、小灰和鼠鬚再次踏進巫醫的窩。空氣中瀰漫著新鮮的藥草味，黛西發現小貓的嘴唇上抹了綠色的漿果。

「他們拿了很多旅行藥草，」赤楊心對他們說。「我們送小貓去天族的這趟旅程應該夠他們吃了。」

小灰俯視孩子幼小孱弱的身軀，似乎不太相信。「還有什麼是我們能做的嗎？」他說。「我不確定他們是否能平安抵達天族。或許你們是對的……應該送給兩腳獸。」

黛西憂心忡忡地瞥了他一眼。**他改變心意了嗎？**她很納悶。「現在太遲了，」她馬上接話。「跟任何兩腳獸的巢穴相比，現在我們離天族更近。而且他們營區可能有剛出生的一窩小貓。」

「也就是說，可能有貓后能為這些小貓哺乳，讓他們活下來，」坐在窩裡的松鴉羽一邊說，一邊舔去腳掌上的藥草漿果。「我相信葉星會答應讓族裡的戰士盡力幫忙。把小貓送到天族是他們活命的最大機會。所以趕快動身吧，愈快啟程就能愈快抵達。」

小灰猶豫了一下，然後挺直身子，表現出堅定的模樣子。「你說得對，松鴉羽，」他喵了一聲。「我們走吧。」

黛西點了點頭，跟在後面。**哦，星族啊，請引導我們的腳掌，也請幫助這些小貓，**她祈禱著，雖然她不確定祈禱是不是有用。畢竟星族已經沉默了這麼久。

栗紋已重新肩負起她的戰士職責，但赤楊心和鼠鬚陪伴著黛西和小灰離開雷族營地。松鼠飛跟隨他們穿過荊棘隧道，進入森林。「願星族照亮你們的道路！」她在他們穿越樹木時喊道。

黛西密切關注小灰和鼠鬚的嘴裡懸著的小貓，警惕地查看任何不安的跡象。看到鼠鬚臉上堅定的表情，她的心都快要碎了。顯然他正在盡一切的努力，幫助他那微小的弟妹。

他們穿越雷族邊界附近的一個林間空地時，一個影子席捲而過，將黛西的思緒打斷。她抬頭一看，驚見一隻老鷹在他們上方盤旋。

小灰發出了一聲驚慌的嚎叫，本能地蜷縮起來，將小貓緊貼胸前，免得被免老鷹發現。鼠鬚輕輕將他嘴裡的小貓放下，站在他身前挺身保護，並弓起背，對著兇猛的惡鳥發出咆哮挑釁的聲音。

「躲起來！」赤楊心嚎道。

看到無助的小貓，黛西內心湧起了強烈的決心，即使老鷹拍動的翅膀和扭曲的爪子令她不寒而慄，彷彿全身的血液都凝固了一樣。老鷹俯衝而下；她瞥見牠那邪惡的小眼睛，全身的力量都集中在自己的腳爪，開始舞動爪子。

鳥暫時被擊退了，卻又不死心再次盤旋而下。這次牠瞄準了黛西的身後，直撲依然蜷曲在小貓身上、試圖保護他們的公貓。牠的影子再次投射在她身上時，黛西躍向半空，設法用前爪勾住老鷹的腳。

老鷹發出尖厲的叫聲，拍動著翅膀，試圖轉向並努力飛起。但黛西的爪子勾住了，把老鷹往下拽，即使她的後腿都快要離地了。她試著把重心放在臀部，這樣鳥就無法帶著她飛走。

可是，星族啊，牠太強大了……

老鷹的翅膀在黛西的腦袋周圍拍動，撲打著她，她感覺自己的力量在消逝。她能隱約聽到族貓和小灰在呼喊她。

「保護小貓！」她虛弱地答覆。「無論發生什麼事，都要把他們帶到天族！」

然後，黛西感到有爪子抓住她的後腿，把她按住。她的握力消失了，鳥帶著淒厲的尖叫聲向天際飛去，幾乎要被貓的挑釁咆哮給淹沒。她跌到地上，渾身顫抖，一則恐懼一則寬慰。在此同時，她心一揪，不禁為為新生的小貓擔心。**如果幫助我的是小灰和鼠鬚在幫助，那是誰保護這些小貓呢？**

後來，當黛西鼓起勇氣抬頭看時，竟發現驅趕老鷹的不是她的同伴。而是有三隻魁梧而肌肉發達的母貓嘶吼著向上猛撲，伸出爪子攻擊那隻惡鳥。

黛西困惑地對她們眨眨眼。**她們是誰？又是從哪裡冒出來的？**她嗅了嗅空氣，隱約意識到她應該記得她們的氣味。但又過了好幾秒，她才想起她曾在哪兒聞過這種氣味。

是姊妹幫！

第七章

黛西目瞪口呆地望著，三隻母貓趕走了老鷹，不斷跳躍嚎叫，直到老鷹拍動強壯的翅膀，飛向空中，然後消失在樹梢之上。然後，姊妹幫轉身，走向仍然躺在地上的黛西，用一種隱約、可謂困惑的好奇心觀察著她和其他貓。黛西感激她們沒有顯露敵意的跡象。

「我名叫白雪。妳受傷了嗎？」貌似首領的那位問道。

黛西凝視首領那一身灰點白毛。「我很好，」她邊回話邊七手八腳地起身。「非常感謝！」

「小貓怎麼樣？」白雪問道。

「他們也沒事，」小灰對她說。「老鷹沒傷到他們。」

「妳身上有雷族的氣味，」白雪友善地往下說。「妳叫什麼名字？」

「黛西。我通常都待在育兒室照顧小貓。」

白雪點點頭。「這是很重要的工作。看到妳有嗷嗷待哺的哀傷小貓，我並不意外。我們在雷族營區附近巡邏時，我很確定聞到他們的氣味。」

「這麼遠妳就能聞出小貓遇到麻煩了？」黛西驚奇地問她。

白雪點點頭。「對，那隻老鷹也不是你們唯一的麻煩，對吧？」白雪問道。「怎麼會帶著剛出生的雷族小貓辛苦地穿越森林？小貓的母親怎麼沒有同行？」

「他們的母親過世了，」小灰答覆。「還有，他們不屬於貓族。」

「我們必須找到正在哺乳的貓后，」赤楊心回覆。「天族那裡可能有一隻。」

「沒錯，我們在巡邏時也聞到他們那裡有剛出生的小貓，」白雪說。「不過，如你們所知，貓族性格陰晴不定。我們的姊妹陽光最近也生小貓了。如果你們願意來我們的營地，她一定很樂意協助。」

「真的嗎？那太感謝了！」黛西與小灰互看彼此一眼，他的眼眸反照出自己的喜悅與寬慰。後來她想起姊妹幫一向以四海為家，從不在同一地方駐足太久。事實上，只要有她們在附近徘徊，貓族都沒什麼好感。**萬一她們要前往下個目的地呢？**「妳們會在這裡待很久嗎？」她緊張地問。

「會待一陣子，」白雪回答。「我們要在湖的附近待上一兩個月。妳是不是沒參加我們發起尋找棘星的儀式？」

黛西搖搖頭。「當初我沒住在營區。回來的時候聽說過，但……並不是完全明白。」

白雪肅穆地點了個頭。「妳不幸的遭遇我深感遺憾。看樣子，你們的部族這段日子遭逢了劇變。我們在儀式期間觀察到了發怒的幽魂，為此感到不安，覺得最好還是先在附近安頓下來。在此同時，我們很樂意援助這些無父無母的可憐小貓。」

「感激不盡，」小灰邊說邊踱步向前。「但他們不是孤兒，而是我的孩子。我沒有意願棄養他們。」

白雪略顯吃驚地點點頭，但沒多問小灰什麼。她甩尾巴示意公貓們將小貓拾起，然後領路步入樹林。

黛西殿後，一想到她和朋友竟在這最意想不到的地方得到援助，她就如釋重負地深吸幾口氣。**姊妹幫，**她沉思著尾隨白雪和其他貓穿越林間。**我對妳們幾乎一無所知，但無比慶幸有妳們在。**

姊妹幫在雷族邊界外的一處窪地搭營。一條小溪從兩顆巨礫間涓流而出，還有金雀花和接骨木灌木叢可遮風蔽雨。這裡不是黛西想要安身立命的地方，但作為臨時營地倒挺舒適的，她感謝姊妹幫井然有序的生活方式，在小灰的孩子迫切需要照護的時候，讓他們高枕無憂。

一隻名叫陽光的豐腴母貓輕柔地喵喵叫，親切地迎接兩個小傢伙，讓他們鑽到她的肚皮下，與自己的親生小貓一同依偎。在姊妹幫這裡住了幾天，黛西開始相信小貓會活下來。最後，新生的小貓睜開湛藍的眼，教小灰難以掩飾心中的喜悅。

「他們身子看起來結實多了，對吧？」赤楊心低頭鑽過低垂的金雀花樹枝，走進陽光的窩，黛西便問道。這名巫醫先前返回雷族，但每隔兩三天就會前來探視小貓。

赤楊心將小貓仔細嗅聞一番。陽光親生的小貓年紀雖然稍大幾天，但四隻貓他都照顧得無微不至，黛西也發現陽光對訓練有素的部族巫醫所給的建議言聽計從。而她也不是唯一一位。**姊妹幫或許對部族貓的生活方式嗤之以鼻，**黛西心想，**但倘若生病了，他們肯定會找赤楊心問診。**

「他們身體很好，」赤楊心回覆黛西。「陽光，妳是個很盡職的母親。」

「謝謝，」陽光低聲說。

蜷在陽光旁的小灰流露愛慕的目光，凝視他的小貓。接著他抬起頭，目不轉睛地望著黛西。「我想問妳一件事，」她說。「依妳看，小貓們活不活得下去，我能給他們取名了嗎？」

「可以的，」黛西答覆。「你也聽到赤楊心怎麼說了。」

小灰注視小貓許久，陷入了沉思。「公貓我要取名香茜，紀念他的母親，」他下定決心。「至於母貓，我會取名……黛西，因為如果沒有妳，她也活不到今天。」

黛西相當震驚。「我受寵若驚，但這真教我擔不起啊，」她說。「醫治小貓、找到方法餵食的是赤楊心。外出狩獵也是鼠鬚、栗尾和我分工合作的成果。」

「但擊退老鷹的是妳，」小灰提醒她。「妳無比英勇！而且就是因為妳，松鼠飛才會同意讓妳和赤楊心跟我一起來的。」

黛西點點頭，感到自慚形穢。有一瞬間，她幾乎感覺自己是那兩隻小貓的生母；那是她在雷族對幫忙撫養的小貓才有的感覺，但她已經有好一段時間沒有這種感覺了。

如果當初留在小灰身邊，我的生活現在會是什麼樣子？她再次反問自己。如果我們當初像一家子那樣，和小莓、小鼠和小榛待在一起，這是他們以前的小名……

顯然小灰已注意到她看著小貓的眼神。「他們很可愛對吧？」他咕噥道。

黛西表示同意：「他們可愛極了。我真替你高興。」她不假思索地補充道：「你終於擁有一個你應得的家了。」

小灰的臉色變得暗沉。「如果妳當初沒有把我們的孩子帶走，我很久以前就能擁有那個家了，」他對她說，嗓音變得更加堅決。「而且或許……」

黛西倒抽一口氣，問自己小灰接下來會說什麼，儘管她早已知道答案。**他怪我害孩子送命，因為我把他們給帶到了雷族。他這麼想或許也沒錯……**

但是小灰沒有說出那些話，只是坐在他的孩子旁邊，別過頭去，沒理睬黛西。黛西感覺自己被打發了，於是站了起來，悄悄步出巫醫室。

第八章

黛西和小灰肩並肩坐在一叢老灌木的樹影下，看著小貓在陽光的寢室外面玩耍。自從他們待在姊妹幫那裡，已經過了將近一個月。赤楊心和鼠鬚早就返回雷族，幫助族貓解決仍然存在的問題。當時，黛西還沒準備隨他們離去。雖然赤楊心故意對雷族的消息含糊其辭，但黛西知道曾經取代棘星大位的騙子已經逃脫了族貓的監管。更糟的是，松鼠飛失蹤了，每隻貓都在替她擔心。黛西不知道現在部落發生了什麼事……又或者她回去時會發現什麼。她離開時認為雷族的情況不可能更糟了，但情況看起來確實堪慮。

香茜和小黛西現在已經能吃新鮮獵物了，他們變得身強體壯，擁有明亮的眼睛和光亮的毛皮。他們剛才還在四處走動，用腳掌亂撲，瞪大的雙眼充滿好奇。原本無助的尖叫已經轉為雄壯而響亮的喵喵聲。

等他們夠大了，一定會成為出色的見習生，黛西心想。**但這些話我可不敢對小灰說。他好不容易肯再跟我說話了，如果我又建議他把孩子送去部落居住，他肯定會把我的耳朵耙掉！**

這時白雪現蹤，將她從思緒中拉回現實，只見白雪踱步而來，走向她和小灰，往他倆身旁一坐，尾巴圈起前掌。

「現在小貓們的身子應該夠壯了，」姊妹幫的首領說。

黛西不用問也知道她想表達什麼。她知道姊妹幫一般不讓來訪者待那麼久。她們有些貓儘管不樂見一隻成年公貓留在營區，卻已漸漸喜歡上黛西、小灰和小貓了。現在黛西和小灰該帶小貓回家了。

可是家又在哪兒呢？

「他們還沒完全斷奶。」黛西猶豫地說。

「他們不會有事的。」白雪安慰她。

黛西不想進一步要求什麼，給對方她不知感恩的觀感，畢竟姊妹幫已為他們帶來許多援助。在陽光豐沛乳汁的滋養下，小貓長得比她預期得快也是事實。**如果能多待半個月就再好不過了，**她心想，**但他們的確身子夠壯了，活下來不成問題。**

「妳說得對，」她對白雪說。「只要妳一句話，我們就會離開。」她忍不住發出一聲嘆息。

白雪憐憫地眨眨眼，顯然可以理解黛西優柔寡斷的原因。「我知道情勢對妳來說很陌生，再加上貓族現在的狀況，」她開口道。「我不會逼妳馬上做出決定，但也不能拖太久。」

小灰走到孩子身旁，教他們認識林間空間邊緣的植物名稱，小貓興沖沖地探索世界，踉蹌跌跤，做爸爸的用頭推幾下，讓他們重新站穩腳步。他沒聽見白雪說的話，而黛西暫時也不想告訴他。她需要一點空間釐清頭緒。

等待夜幕低垂，黛西還是一點主意都拿不定。她只知道白雪禮貌的逐客令她再也藏不住了，於是她走向小灰和他孩子位於金雀花叢下的臨時就寢小窩。她自己的窩則是在姊妹幫營區彼端的一顆岩石下，擺明要讓大家知道她不屬於小灰家的一分子。

小灰用身子圍住熟睡的小貓，抬起頭來，睡眼惺忪地望著走近的黛西。「有什麼事嗎？」他問道。

「沒有，不過白雪今天找我聊，」黛西一面答話，一面往他身邊坐下。「她說我們該走了。」

小灰點點頭，並不感到意外。「我知道這一天終將到來，」他說。「我猜妳會回雷族吧。」

黛西一時之間沒有答腔。她原本也是這麼以為，但令她吃驚的是，內心的感受正將她往反方向牽引。

「會嗎？」小灰很快就察覺她的舉棋不定。「妳好像還沒拿定主意。」

「別胡扯了，」黛西回答。她雖然無法按捺一絲惱怒，卻也不由得因他對她的瞭解而竊喜。「我當然要回雷族囉。重要的是，你要去哪裡？你要帶小貓去哪裡？總不能帶他們回馬場吧。」

「我的確在考慮，」小灰對她說。「也決定或許可以這麼做。」

黛西身子坐得更直了，嚇得毛髮倒豎。「可是你答應香茜——」

「我答應她不會讓無毛獸帶走孩子，」小灰打岔道。「不過，聽我說——我在馬場住了那麼久，無毛獸總是在那裡留兩三隻貓幫他們抓穀倉的老鼠。現在他們一隻貓都沒有，一定很懷念養貓的好處。而且他們看起來一直都很喜歡小貓，所以應該很有可能讓我們統統留下來。」

黛西若有所思地朝自己的肩膀舔了幾下。「還是有風險，」最後她吐了這幾個字。

「我知道，」小灰嘆息道。「但我們總不能過著獨行貓的生活，成天與狐狸和獾——還有老鷹為伍，」他補充道，提醒黛西那次在森林裡與死神驚心動魄地交手。「況且要是我把小貓帶到貓族生活，就是違背我對香茜的諾言。總之決定就是馬場了。當然囉，如果身邊多了隻不怕與老鷹對峙的貓，孩子們一定會更心安。」

「你該不會是說——」黛西大吃一驚地反問。

「跟我們走，」小灰語氣變得急迫，打斷她的話。「我知道這跟住在貓族不同，但我們可以共組一個家庭。」

「哦，我不能……，」黛西咕噥道，但這一刻就連她也開始懷疑自己。**或許我可以。**

這表示要推翻她生命中的一切。縱使雷族正遭逢不幸，再怎麼說，她生命中最重要的歲月都是在那裡度過的，而且那裡有許多她深愛的貓。她還要想想鼠鬚。不回雷族育兒室的這個念頭，無論怎麼想都說不過去。只不過……黛西回自己的窩準備睡覺時，小灰的話卻不斷在她腦海中迴盪。**我是有選擇的，**她暗忖。**棘星走了；松鼠飛失蹤；天曉得星族還會不會再與他們接觸？**雷族已不是她數月前加入的貓族了。儘管這總讓她心痛，但她仍情不自禁地想：**我跟小灰私奔去馬場真有那麼天理不容嗎？**

隔天一早，黛西與小灰向姊妹幫告別，帶著小黛西和香茜啟程。黛西陪同他們前往馬場，只是想確定小灰和小貓能平安抵達目的地。

她不由自主地開始比較這趟旅程和一個月多前的行程。當時他們還得銜著奄奄一息、軟塌塌的小貓；如今小貓已身強體壯、生氣盎然，循著新鮮誘惑的氣味活力十足地蹦蹦跳跳，森林裡洋溢著他們興奮的尖叫。

這讓黛西深刻地想起自己的孩子在這個年紀的樣子，她心頭滿是母愛，有股非得保護他們的衝動。**我怎麼能有要離開他們的念頭？**

幸好他們在回馬場的途中沒遇到雷族或風族的巡邏隊，她感到如釋重負。他們抵達環繞馬場的籬笆時，小灰停下腳步。

「黛西，妳就在這裡跟我們一起住吧，待一陣子也好？」他說。「等小貓長大一點，比較有生活經驗，這樣妳回族裡，他們也不會那麼難受了。」

黛西沉思了兩秒。她猜小灰希望只要她在馬場住上一陣子，最後就會決定再也不走了。**而我必須承認，我確實起心動念……**

「就待一陣子。」最後她答覆。

小灰鑽進籬笆底下，並作勢要黛西和小貓跟他走。他沒往穀倉走，反倒是走向兩腳獸的窩。有隻怪獸蜷伏在外；黛西聞到牠發出的刺鼻味，忍不住嫌惡地抽動鼻子。雖然曾與這些怪獸比鄰而居，如今她緊張兮兮地打量牠，準備繞好大一圈避開牠。在此同時，小灰無動於衷，大步走向牠。

「牠在睡覺，」他說。「妳跟小貓躲在牠身後等我。」

黛西掃動尾巴，把小貓摟到身邊，不安地蜷縮在怪獸其中一個黑色大腳掌後。同時，小灰邁步走向兩腳獸窩的入口，發出一聲巨大的嚎叫。

黛西繃緊渾身上下的肌肉，盯著大門開啟，只見一隻公兩腳獸現身。他面露厭惡地俯視小灰，但表情旋即轉為寬慰。他彎下腰，用前腿拾起小灰，將他緊摟胸前。黛西沒想到小灰竟然放任對方這麼做，還拿臉往兩腳獸的肩膀蹭。

不過這個貓叫聲也太假了！

兩腳獸再次將小灰放下，小灰馬上往後瞥，向黛西嚎叫。「把小貓帶來！」

黛西起身，把小貓往前推。起初香茜和小黛西畏縮不前，瞪大雙眼、緊張不安。「快點，」黛西催促他們，又往他們身上各戳一下。「不會有事的。」**求求祢了，星族，**她暗自祈禱，**讓我說的話成真吧。**

兩隻小貓怕得直打哆嗦，走向等候他們的父親。一隻母的兩腳獸來到巢穴入口，與公的兩腳獸會合；牠倆一看見小貓都不約而同地發出驚叫。牠們蹲下來，伸出前掌。黛西做好準備，要是對方露出要抓他們並帶進巢穴的跡象，她就會展開攻擊。不過，兩腳獸似乎光是撫摸小灰和小貓就心滿意足了，發出開心、歡迎的聲音。

如果牠們是貓，肯定會嗚嗚叫！

黛西如釋重負地鬆了一口氣。看樣子應該不會有問題。

接下來的這幾天，黛西感覺她、小灰和小貓就像是一家子漸漸安頓下來了。兩腳獸們常來穀倉探望小貓、陪他們玩，但從沒把他們帶走過，反而帶來食物和盛著牛奶的碗，還有顏色鮮豔的球狀物，小貓在地上拍打時會發出叮噹響。一想到被兩腳獸餵食，黛西的雷族魂就感到畏怯；不過她知道這些兩腳獸會像照顧牠們的馬兒般，把小貓養得身強體壯。牠們只要不把小貓帶走——牠們看起來並沒有這個打算——對小灰和他的新家庭就是有利無弊。

黛西注視著嬉鬧扭打的小貓，試著想像自己是這個家庭的永久成員。她一直都很喜歡小灰，也對香茜和小黛西寵愛有加。她覺得他們需要她，這為她的生命注入了她在雷族所失去的使命感。

走回老路和與兩腳獸比鄰而居，周遭盡是牠們擁有的怪東西和臭味，是和「以森林為家」最大的改變。她試想自己再也不會踏進育兒室，再也不會踱步出來、與族貓一同在樹下分享新鮮獵物。她試想再也不會幫助驚懼的貓后分娩小貓。再也不用把小貓舔乾淨，用她粗糙的舌頭替體弱多病的小貓暖暖身子。再也不必將剛出生的小貓推向貓后哺乳，在新手媽媽呆滯的目光中看見喜悅。

但這也不是我最近在雷族過的生活，黛西提醒自己。離開前，她一直陷於自己一無是處的迷思。**後來我真的離開……卻還是失去香茜。**她不寒而慄。她並不想要重溫自己照顧的最後一隻小貓。

儘管如此……我真的準備好永遠放棄他們，放棄我的部族了嗎？

這時身後傳來了腳步聲，她轉頭一看，只見小灰從大門的其中一個缺口溜進穀倉。一隻田鼠在他嘴裡懸蕩。

「小貓應該會喜歡這個，」他說。「我不希望他們老是吃無毛獸的食物。」

小貓……我們的小貓。縱使他們不是她的親生骨肉，黛西還是可以幫忙養育小黛西和香茜。而且，雖然她不確定重返雷族她會遭遇什麼挑戰，但至少她知道該怎麼撫養小貓。小貓的成長與變化，她都看在眼裡。他們從無助轉為懵懂，再變得充滿自信，每個時期的小貓她都珍愛有加。等小貓有朝一日發育完全了，她也會如同疼愛鼠鬚、疼愛她照顧的那隻小貓那樣對待他們。「孩子，過來！」黛西喊道。「看看爸爸給你們帶了什麼回來！」

他們全都蜷在一起共食田鼠，這時黛西感覺心頭漾起暖暖的幸福。**夫復何求啊**，她一邊想，一邊發出滿足的低鳴。**這就是我想要的……不是嗎？**

小灰抬頭注視著她；她在他的眼眸看見希望。**他希望我留下來。**

當她一口咬下田鼠，聆聽小貓開心地說個不停，她對雷族的回憶也漸漸消散。

我應該想要留下來吧。

黛西穿過荊棘隧道進入雷族營地。黑暗降臨，一種蒼白而詭異的光線籠罩在石穴上，雖然她抬頭望去時，看不見月亮或星星。

黛西看到兒子鼠鬚和栗紋、百合心一起在新鮮獵物堆旁邊，便走過去加入他們，大聲打招呼。她意識到回家是多麼美好，一種溫暖的感覺從耳梢到尾尖將她包圍。

但她說話的對象似乎都沒聽到她的聲音，而是繼續他們的對話。

「你看到鬃霜帶回來的那隻松鼠了嗎？」鼠鬚問道。「牠幾乎差大到可以餵飽全族了！」

「她狩獵技巧一流。」百合心表示同意。

「喂，鼠腦袋！」黛西用爪子戳了戳鼠鬚的側身。「是我！我回來了啦！」

但鼠鬚仍然沒有反應，好像沒聽到她的聲音或感覺到她戳他的腳掌。

惱怒開始像一群螞蟻一樣爬過黛西的皮毛。**他們在跟我開玩笑嗎？我覺得一點都不好笑！**」

她打算再次開口前，身後傳來了腳步聲，藤池拎著一隻野兔現身了，她把牠扔在新鮮獵物堆上。狩獵隊的其餘成員白翅和紋尾跟在她後面，放下了各自的獵物。

「白翅，」黛西開口，她知道這隻溫和的母貓不會跟她開玩笑，「怎麼回事？怎麼都沒有貓跟我說話。」

但白翅的目光穿過她的身子，彷彿她不存在一樣。她一句話也沒說，逕自朝著戰士寢室走去。

黛西現在怕得不得了，張望四周。石穴的牆壁在詭異的光線中閃爍，似乎朝內傾斜，彷彿就要崩塌，把她埋葬在一堆亂石下。

黛西把頭往後一仰，發出驚恐的嚎叫……然後在馬場的穀倉窩裡醒來。

黛西抬起頭，目光掃向小灰和他的小貓共用的窩。她擔心自己的尖叫聲會吵醒他們。小灰微微挪動身子，把小貓拉得更近，香茜發出一聲昏昏欲睡的尖叫，但他們都在黛西的注視下陷入更深的沉睡。

黛西戰戰兢兢地回憶起她做的夢，不知道夢的寓意何在。和小灰以及小貓同住一起，她感到無比幸福滿足，可是現在她不確定自己想要的是什麼。這個夢是不是在告訴她，她的部族需要她，她應該要回去？又或者，每隻貓都對她視而不見，是不是意味著她不再屬於那裡？

黛西知道星族依然保持沉默。即使不是好了，畢竟她不是巫醫，所以這只是一場夢，而不是預言。只不過，她感覺自己的心正想告訴她些什麼。

但那是什麼呢？她問自己。我真的摸不透！

第九章

「你們過來看！」小黛西奔進穀倉，在黛西和小灰旁邊緊急停下腳步，他們正在分食一隻老鼠，只見陽光從高牆上的一個缺口投射進來。「有貓來了！」

「很多貓！」香茜補充道，跳到他妹妹身邊，氣喘吁吁地站著。

「很多？」黛西回音覆述道，不知是不是哪個族長召開了緊急集會。「多少隻？」

「嗯……」香茜在穀倉地板的稻草上拖著腳走路。「三隻。」

聽起來像是某個貓族出動的巡邏隊。黛西心想。「一起出去瞧瞧吧，」她喵了一聲，聽見小貓在她身後七手八腳地跑。黛西看到三隻貓在遠處沿著湖岸小心翼翼地前進，穿過風族的領土朝著馬場而來。隨著他們走近，她認出領頭的是鼠鬚，後面跟著火花皮和栗紋。看到兒子和朋友，她感到一陣溫暖的幸福，只不過緊跟而來的情緒是擔憂，令她腳底感到一陣刺痛。

他們想要幹麼？

自從赤楊心和鼠鬚離開姊妹幫的營地以來已經過了一個月，那是黛西最後一次見到族貓。片刻過後，鼠鬚發出一聲響亮的嚎叫，三隻雷族貓便加快腳步，然後沿著湖岸奔馳。他們從馬場的籬笆底下鑽進來，蹦蹦跳跳地來到穀倉前。

小貓跑來迎接，在他們靠近時圍繞著他們嬉戲。

「你們好！」小黛西激動地尖叫。

「我叫香茜，」她的哥哥說。「你們叫什麼名字？」

栗紋親切地用尾巴拂過小貓的耳朵。「天哪，都長這麼大啦！」她開心地說。

不過，雷族貓的焦點大多放在黛西身上。

「感謝星族，妳平安無事！」鼠鬚向母親驚呼。「姊妹幫離開後，我們以為妳會回族裡的。」

「可是妳沒回來，我們很擔心妳被狐狸給吃了呢。」栗紋接著說。「妳怎麼沒回來呢？」

聽到族貓關切的聲聲詢問，黛西覺得心臟像是被爪子抓耙：一半難過，一半喜悅，算是將她昨晚夢境不祥的畫面抹滅了。她不知該如何回應，目光在雷族貓和小灰站著的穀倉之間遊移。從小灰的眼神中，她看得出來他希望她留下來陪他。

在此同時，小貓的興奮已轉為不知所措。尤其是小黛西尖聲問起：「妳該不會要拋下我們吧？」，更是教黛西幾乎不忍直視。

鼠鬚同樣一臉困惑。黛西不敢正視他的目光。「他們……呃，他們需要我。」她咕噥道。

「雷族也需要妳啊，」火花皮反駁道。「現在時局真的很艱難。雖然事過境遷，但我們還是需要妳。」

「可是我——」黛西準備表示異議。

「妳不能就這樣離開雷族！」鼠鬚倒抽一口氣，驚懼地瞪大雙眼。「族裡發生了很多事，但也不全是壞事。比方說，妳離開的這段時間，點毛生小貓了。」

「點毛！」黛西驚訝地回應。「我根本不曉得她懷孕了。」

「其他貓也不知道，」鼠鬚對她說。「有一陣子就連點毛自己也沒察覺。」

「真的很遺憾，」火花皮補充道：「因為她的伴侶莖葉死了。她會需要很多協助！」

有那麼幾秒鐘，黛西覺得自己站在風暴的中心；五味雜陳的情緒宛如狂風拉扯著她。喜的是，雷族有新成員加入了；她也為點毛寄予無限同情，畢竟伴侶喪生，她得獨力撫養小貓。但更強烈的情緒是她有信心能幫點毛把小貓拉拔長大。她不曉得星族日後是興是衰，也不知道松鼠飛是否平安，真正的棘星又能否回到雷族。她不知道是否能把鼠鬚永遠留在身邊，或者會不會因戰亂、疾病或命運無情的捉弄而也失去他。

她唯一能肯定的，是她能幫點毛照顧小貓。

她如夢初醒，想起了一個多月前，她帶著奄奄一息的小黛西和香茜抵達雷族營地時，松鼠飛和獅焰所給予的力量與支援。族裡的每隻貓都同心協力，試著挽救小貓的性命，如同他們會齊力援助點毛那樣。無論其他有什麼變化，這始終是貓族的核心價值，不是嗎？一群貓相互幫助、通力合作。

不過，憶起她對部族之愛的喜悅只維持了兩三秒。隨著小灰走出穀倉，朝她這頭走來，她不禁感到一陣哀傷，因為她想家了，想家的念頭把她從香茜和小黛西的身旁拉遠。這種感覺她不能視若無睹。小灰永遠都會守護他的小貓，他也能得到兩腳獸的幫忙。反觀貓族為了生存苦苦掙扎已久；多少族貓在捍衛生活之道的戰役中喪生了性命。**族裡確實需要我。在這個節骨眼，我能棄他們於不顧嗎？**

小灰向他們的孩子點了個頭。「鼠鬚，你好。」

鼠鬚回點個頭。「小灰。希望你的孩子一切都好。」

小灰在黛西旁邊駐足。「他們現在身強體壯。我們找到姊妹幫的那一夜，你的族貓所提供的幫助，我永遠銘感五內。」

鼠鬚似乎有點難為情地輕彈幾下耳朵。「哦，那沒什麼。」

「歡迎你隨時來看他們，」小灰繼續往下說。「我們雖然沒有住在一塊兒，但終究還是親屬，對吧？」

鼠鬚一臉驚愕、目不轉睛地盯著他。

「你這麼聰慧強壯的公貓，」小灰說。「應該有很多可以教他們的。」

黛西不可置信地回望她的前任伴侶，沒想到他會這般對他的孩子遞出橄欖枝。她也從鼠鬚的眼中看出這些話對他意義重大。

「我很樂意，」鼠鬚表示同意。像是想要清醒腦袋似地，他甩了甩頭。「會有那麼一天的。」然後他將視線移回黛西身上。「我不是有意要給妳壓力，」他繼續說：「但族裡需要妳。妳真的打算拋下雷族留在這裡嗎？」

黛西不知該怎麼回答。雷族的一切在她腦中盤旋，但她也明白她欠小灰一個交代。

「我會考慮考慮。」她嘆息道。

「別考慮太久了。」火花皮邊說邊踏步向前，與她互蹭鼻頭。「黛西，我們都很想妳。」

向雷族貓道別後，黛西站在穀倉外目送他們走下坡，沿著湖畔返回領土。她感覺腳掌情不自禁想跟隨他們，但同時也將她往穀倉拉。

當晚，黛西夜不成眠。她反覆回想她和雷族貓的對話。他們希望她回去，這是再清楚不過的了，點毛需要她幫忙撫養小貓。這意味著她必須離開香茜和小黛西，但她早已將他們當親生骨肉般疼愛，豈能說走就走。

我不知該如何是好！

窩裡的每根稻草都彷彿在戳她的毛皮。黛西翻來覆去，但怎麼輾轉反側卻還是渾身不舒服。最後她發現小灰起身走到她面前。

「妳嚇了一跳，對吧？」他問道。「妳族貓來訪。」

黛西仰望著他，他灰白色的毛髮在穀倉昏暗的光線中閃爍微光。起初她不想回話，但她知道她如果沒給一番交代，小灰是不會罷休的。

「沒錯……我有股衝動想回族裡，」最後她坦承道。「一日族貓，終生族貓。」

小灰俯視著她，眼底流露聽天由命的哀傷。「雖然我不能苟同，」他實話實說。「但族貓的向心力令我佩服！我希望妳留下來陪我和小貓，」他嘆了口氣，繼續說：

「但如果妳要走，我不會強留。」

黛西點點頭。原以為小灰的諒解能讓她如釋重負，但事實上她並沒有因此而好過。如今她竟感到莫名悲傷。在此之前，她滿腦子想的都是拋下小貓，她會有多難過，卻從未停下來想一想離開小灰，自己會作何感受。即使他們已不再是伴侶，但她對他的關懷卻沒少過。他已成了她的密友。

「你帶小貓跟我一起走，怎麼樣？」她不假思索，情不自禁地提議。

小灰悠長地凝視著她。「妳在胡說什麼？」他帶著一絲怒氣質問道。「妳這是要我違背香茜的遺願嗎？她講得很清楚，她不要孩子在貓族長大！」

「這我當然沒忘，」黛西答覆。「只是香茜並不曉得她死後發生了什麼事。倘若她知道有個貓族願意接納小貓，把他們當族裡的一分子去照顧——」

小灰聽天由命的哀傷眼神令她說不下去了。他轉身踱步離開，走了幾步又躊躇不前。「我希望妳留下來，」他說。「但我倆都知道妳屬於貓族。如果妳真的要走，我不會攔妳——但妳要走的話，我和孩子不會同行。」

小灰剛說完話，就傳來一聲輕柔的低泣。黛西瞥向小窩，發現兩隻小貓都醒了，正睜著困惑的惺忪睡眼注視黛西和小灰。

黛西起身走向他倆。「回去睡覺。」她一邊呢喃，一邊低頭鍾愛地舔了舔他們的耳朵。

「不行。」香茜回答，不悅地仰起頭眨眨眼。

「你們在吵架嗎？我們聽得出來不太對勁。」小黛西附和道。

懊悔湧上黛西的心頭。「我得回我雷族的家。」她對他們說。

兩隻小貓不可置信地望著她，突然放聲慟哭。「不可以！不可以！」

黛西試圖說些什麼安撫他們，卻一個字也說不出口。她已對這兩個孩子投入感情，感覺幾乎像是她和小灰要重修舊好。

最後接話的是小灰。「黛西現在得回她的族裡了。那裡才是她真正的家。黛西，妳說對吧？」

黛西幾乎無法迎上他的目光，只能勉強自己點了個頭。即使小灰說的沒錯，這場離別卻痛苦地令她難以承受。彷彿有隻狐狸在她肚子裡，要將她撕心裂肺。

小貓們再度沉默，眼底盡是憂傷；但黛西看得出來他們還是懵懵懂懂。他們緊挨著她，小小的身子就這麼貼著，暖呼呼的，黛西真想無助地哭嚎。

「一定要回來看我們哦。」小黛西說。

「我一定會。」黛西的嗓音在顫抖。「如果妳爸爸同意的話。」

「樂意之至，」小灰滿意地說。「也帶鼠鬚一起來吧。」

黛西溫柔地領著小貓回床上，輕聲說著他們下次來訪，她、小灰、鼠鬚和小貓會有多開心。小貓的眼皮很快就垂下來了，沒過多久他倆就陷入沉睡。她逮著機會溜走，往小灰身旁的稻草上一坐，這回輕聲細語，以免再把他們吵醒。

「小灰，」黛西打開話閘子：「我要再次離你而去，你真的不介意？」

小灰眼底閃過一絲忍俊不住的微光。「我情願妳留下來，但我也理解妳族裡在召喚妳。對妳來說，部族的地位不可動搖。況且，」他補充道：「這次情況不同。我明白我們已不再相愛。除非……？」他歪著腦袋，等黛西接話。

「對，」黛西對他說。「我很喜歡你，我也會一直喜歡下去。我喜歡和你成為一家子，也覺得你是個不可多得的朋友，是個很棒的父親，但我已不再愛你了。」

「是，那些感覺已經不在了，」小灰贊同道。「我們一起經歷那麼多風雨，又有鼠鬚這個兒子，這份親情永遠抹滅不了，但我們應該向前看了。畢竟現在我們都有各自的牽絆。」

小灰堅定的語氣和肯定的眼神令黛西如釋重負。**他真的不會有事的。**「我跟鼠鬚很快就會來看你們，」她保證。「我相信他一定很想認識自己的父親和新的弟妹。」小灰高興地點點頭。「我也很想多了解他一點。」他說。

兩個前任伴侶一同在稻草中就寢。**我確信今晚不會做惡夢了，**黛西想著想著就這麼睡著了。

黛西低頭與兩隻小貓輪流輕觸鼻頭。「香茜，再見。小黛西，再見。」她說。「我一定會來看你們的，你們的哥哥也是。」

「我們的哥哥？」香茜倒吸一口氣說。

「我們有哥哥？」小黛西同樣驚訝地問道。

「有，而且你們還見過。」黛西進一步解釋。「那隻昨天來過的灰白色大公貓。他還會來看你們的。這件事很值得期待，對吧？」

「對。」香茜不悅地眨著眼睛回答。「但妳留下來陪我們更好。」

「可是我沒辦法。」黛西再次低頭用鼻子愛撫兩隻小貓。她感覺母愛迸發，也知道要是她留下來久一點，可能就沒有勇氣離開了。「但我會很想你們的——一直很想。」

黛西甩尾向小灰示意，走出穀倉，試圖不去聽小貓哀傷的道別聲。戶外的雲在天空疾馳，強風把黛西的毛吹得貼平脅腹，令她淚眼汪汪。湖也掀起白色浪尖的滔滔水波。

黛西轉頭面向跟著她出來的小灰。「你獨力撫養小貓沒問題吧？」她問道。

「不會有問題的。」小灰答覆。「如果需要幫忙，我會再去雷族找妳，就跟孩子剛出生時一樣。」

「我很高興你來找我。」黛西對他說；想到他在困難的時候依賴她，黛西就感到一股幸福的暖流在體內漾開。

小灰羞怯地低著頭。「妳常是我第一隻想起的貓。」

黛西柔情地嗚嗚叫，用鼻頭緊挨他的肩膀，小灰也用口鼻部蹭她。「再見了，小灰。」她輕聲說。

「黛西，再見。快點來看我們哦。」

黛西離開馬場，沿著下坡走向湖區。即時沒有回首，她也能想像小灰站在穀倉外目送她的身影愈變愈小、消失在遠方。邁步向前並不容易，逼著自己的步伐將她帶離她如此受到珍愛的地方。

我要回家了，她堅定地思忖。她決心要說服自己，她做的是正確的決定；但當她愈來愈靠近雷族領土，信心卻跟著動搖。

黛西穿過荊棘隧道，踏進營地的那一刻，就瞧見鼠鬚從戰士窩蹦蹦跳跳地迎接她。

「黛西！」他驚呼道。「妳回來了！我很怕妳不回來了。」

他湊向前，將鼻頭探進她的毛髮深處。喜悅在黛西的胸膛綻放；還有他在，她很感恩。發現自己對他有多重要，也很令她感動。她發覺昨天他來訪時原來有多內斂，想要給她自由決定的機會。

「我當然回來啦，你這個傻毛球。」黛西憐愛地說。「但我必須答應他們你會到馬場探望他們。得知原來有哥哥，兩隻小貓開心得不得了。」

鼠鬚樂得捲起尾巴。「我一定會去！」

「黛西！歡迎回來！」營地彼端傳來另一個聲音。

黛西抬頭一看，只見火花皮連同冬青叢、花落和蕨歌一起奔向她。還有幾隻貓兒跟在後頭，多半是之前黛西視如己出照顧的貓。他們聚在她周圍又擠又蹭的，她只能設法站穩腳步。

「唉呀！別擠了，你們這些大塊頭！」她上氣不接下氣地說。「給我點空間，我快不能呼吸了！」

然後她瞧見赤楊心七扭八拐地走到群眾前方。「黛西，妳一定要看看點毛。」他說。「她生了，小貓可愛極了！可是她需要妳的幫忙，黛西。我們全都會竭盡所能地幫忙，但她需要一隻經驗豐富的母貓隨時守候。」

黛西滿心歡喜。這就是她想要的，知道在某個地方還有貓需要她。她的貓族需要她。「沒問題，赤楊心。我這就去，」她邊說邊走向育兒室。

這裡是我的歸屬，她心想。她知道自己做了一個正確的決定。**雷族永遠都是我的家。**

WARRIORS

貓戰士

點毛的反叛

Spotfur's Rebellion

特別感謝克萊瑞莎・赫頓（Clarissa Hutton）

錢鼠鬚：棕色與乳白色相間的公貓。

琥珀月：淺薑色母貓。

露鼻：灰白相間的公貓。

暴雲：灰色虎斑公貓。

冬青叢：黑色母貓。

蕨歌：黃色虎斑公貓。

栗紋：暗棕色母貓。

葉蔭：玳瑁色母貓。

雲雀歌：黑色公貓。

蜂蜜毛：帶有黃色斑點的白色母貓。

火花皮：橘色的虎斑母貓。

貓后　（懷孕或正在照顧幼貓的母貓）

黛西：來自馬場，乳白色的長毛母貓。

煤心：灰色的虎斑母貓，生下小拍（金色的虎斑公貓）、小斑點（帶斑點的虎斑母貓）和小飛（帶條紋的虎斑母貓）。

花落：玳瑁色與白色相間的母貓，有花瓣狀白色斑紋。生下小莖（白色與橘色相間的公貓）、小鷹（薑黃色母貓）、小梅（黑色與薑黃色相間的母貓）和小殼（玳瑁色公貓）。

藤池：深藍色眼睛，銀白相間的虎斑母貓。

長老　（退休的戰士和退位的貓后）

灰紋：灰色長毛公貓。

蜜妮：藍眼睛，帶條紋的銀色虎斑母貓。

各族成員

雷族 *Thunderclan*

族長　**棘星**：琥珀色眼睛，暗棕色的虎斑公貓。

副手　**松鼠飛**：綠色眼睛，有一隻白色腳掌的深薑黃色母貓。

巫醫　**葉池**：琥珀色眼睛，淺褐色的虎斑母貓，腳掌和胸脯是白色的。

松鴉羽：藍眼睛、失明的灰色虎斑公貓。

赤楊心：琥珀色眼睛、深薑黃色的公貓。

戰士　（公貓，以及沒有年幼子女的母貓）

蕨毛：金棕色的虎斑公貓。

雲尾：藍眼睛，白色的長毛公貓。

亮心：白色帶有薑黃色斑點的母貓

刺爪：金棕色的虎斑公貓。

白翅：綠眼睛的白色母貓。

樺落：淺棕色的虎斑公貓。

莓鼻：乳白色的公貓，尾巴剩下一半。

鼠鬚：灰白相間的公貓。

罌粟霜：淺玳瑁色與白色相間的母貓。

獅焰：琥珀色眼睛，金色的虎斑公貓。

玫瑰瓣：深乳白色的母貓。

薔光：深棕色母貓，下半身癱瘓。

百合心：藍眼睛，帶有白色斑點、暗棕色的小虎斑母貓。

蜂紋：極淺灰色帶有黑色條紋的虎斑公貓。

櫻桃落：薑黃色母貓。

蕁水花：淺棕色公貓。

見習生 （六個月大以上的貓，正在接受戰士訓練）

躁掌：黑白相間的公貓。導師：鷹翅。

花蜜掌：棕色母貓。導師：雀皮。

露掌：強壯結實的灰色公貓。導師：馬蓋先。

礫石掌：棕黃色公貓。導師：鼠尾草鼻。

流蘇掌：帶棕色斑塊的白色母貓。導師：哈利溪。

鰭掌：棕色公貓。導師：花心。

嫩枝掌：綠眼睛的灰色母貓。導師：沙鼻。

灰白掌：黑白相間的母貓。導師：兔跳。

蘆葦掌：身材嬌小的淺色虎斑母貓。導師：貝拉葉。

蛇掌：蜂蜜色的虎斑母貓。導師：褐皮。

螺紋掌：灰白相間的公貓。導師：刺柏爪。

花掌：銀色母貓。導師：焦毛。

貓后 微雲：身材嬌小的白色母貓。生下小鶺鴒（鴉黑色耳朵的公貓）、小鴿（灰白相間的母貓）和小陽光（薑黃色母貓）。

雪鳥：綠眼睛的純白母貓。生下小鷗（白色母貓）、小松果（灰白相間的公貓）和小蕨葉（灰色虎斑母貓）。

長老 鹿蕨：失去聽力的淡棕色母貓。

橡毛：矮小的棕色公貓。

鼠疤：背上有一道很長的疤，骨瘦如柴的暗棕色公貓。

天族 *Skyclan*

族長　**葉星**：琥珀色眼睛，棕色與乳白色相間的虎斑母貓。

副手　**鷹翅**：黃眼睛的深灰色虎斑公貓。

巫醫　**斑願**：淺棕色虎斑母貓，腿上有斑點。見習生：躁掌。

水塘光：帶白色斑點的棕色公貓。

戰士　**雀皮**：暗棕色虎斑公貓。見習生：花蜜掌。

馬蓋先：黑白相間的公貓。見習生：露掌。

梅子柳：深灰色母貓。

鼠尾草鼻：淺灰色公貓。見習生：礫石掌。

哈利溪：灰色公貓。見習生：流蘇掌。

花心：薑黃色與白色相間的母貓。見習生：鰭掌。

沙鼻：健壯結實的亮棕色公貓，腿是薑黃色的。見習生：嫩枝掌。

兔跳：棕色公貓。見習生：灰白掌。

貝拉葉：綠眼睛的淡橘色母貓。見習生：蘆葦掌。

花楸爪：薑黃色公貓。

褐皮：綠眼睛的玳瑁色母貓。見習生：蛇掌。

刺柏爪：黑色公貓。見習生：螺紋掌。

爆發石：棕色虎斑公貓。

石翅：白色公貓。

草心：淺棕色虎斑母貓。

焦毛：暗灰色公貓，一隻耳朵有裂痕。見習生：花掌。

紫羅蘭光：黃眼睛，白黑相間的母貓。

薄荷皮：藍眼睛的灰色虎斑母貓。

河族 *Riverclan*

族長	霧星：藍眼睛的灰色母貓。
副手	蘆葦鬚：黑色公貓。
巫醫	蛾翅：帶斑紋的金色母貓。
	柳光：灰色虎斑母貓。
戰士	薄荷毛：淺灰色虎斑公貓。見習生：溫柔掌。
	暮毛：棕色虎斑母貓。見習生：斑紋掌。
	鯉尾：暗灰色與白色相間的母貓。見習生：風掌。
	錦葵鼻：淡棕色虎斑公貓。見習生：兔掌。
	捲羽：淡棕色母貓。
	豆莢光：灰白相間的公貓。
	鷺翅：暗灰色與黑色相間的公貓。
	閃皮：銀色母貓。見習生：夜掌。
	蜥蜴尾：淡棕色公貓。
	黑文皮：黑白相間的母貓。
	噴嚏雲：灰白相間的公貓。
	蕨皮：玳瑁色的母貓。見習生：金雀花掌。
	松鴉爪：灰色公貓。
	鶚鼻：棕色虎斑公貓。
	湖心：灰色虎斑母貓。
	冰翅：藍眼睛的白色母貓。
見習生	溫柔掌：灰色母貓。導師：薄荷毛。
	斑紋掌：灰白相間的公貓。導師：暮毛。
	風掌：棕白相間的母貓。導師：鯉尾。
	兔掌：白色公貓。導師：錦葵鼻。
	夜掌：藍眼睛的暗灰色母貓。導師：夜皮。
	金雀花掌：灰色耳朵的白色公貓。導師：蕨皮。
長老	苔皮：玳瑁色與白色相間的母貓。

風族 *Windclan*

族長　兔星：棕白相間的公貓。

副手　鴉羽：深灰色公貓。

巫醫　隼翔：帶有隼鳥羽毛般白色斑點的雜灰色公貓。

戰士　**夜雲**：黑色母貓。見習生：斑掌。

金雀尾：藍眼睛，極淺灰色和白色相間的母貓。

葉尾：琥珀色眼睛的暗薑黃色虎斑公貓。

燼足：有兩隻暗灰色腳掌的灰色公貓。見習生：煙掌。

風皮：琥珀色眼睛的黑色公貓。

雲雀翅：淺棕色的虎斑母貓。

莎草鬚：亮棕色的虎斑母貓。

微足：黑色公貓，胸口有一撮白毛。

燕麥爪：淡棕色虎斑公貓。

羽皮：灰色虎斑母貓。

呼鬚：暗灰色公貓。

石楠尾：藍眼睛的淺棕色虎斑母貓。

蕨紋：灰色虎斑母貓。

見習生　**斑掌**：雜棕色母貓。導師：夜雲。

煙掌：灰色母貓。導師：燼足。

長老　**白尾**：體型較小的白色母貓。

月池
被遺棄的
兩腳獸窩
符號說明
部族
雷族
河族
影族
風族
天族
星族
北方
舊雷族小徑
雷族營地
天空橡樹
湖
風族營地
斷半橋
兩腳獸地盤
轟雷路

綠葉
兩腳獸地盤
兩腳獸窩
兩腳獸小徑
兩腳獸小徑
空地
影族營地
半橋
小轟雷路
綠葉
兩腳獸地盤
半橋
貓兒視角
小島
小河
河族營地
馬兒地盤

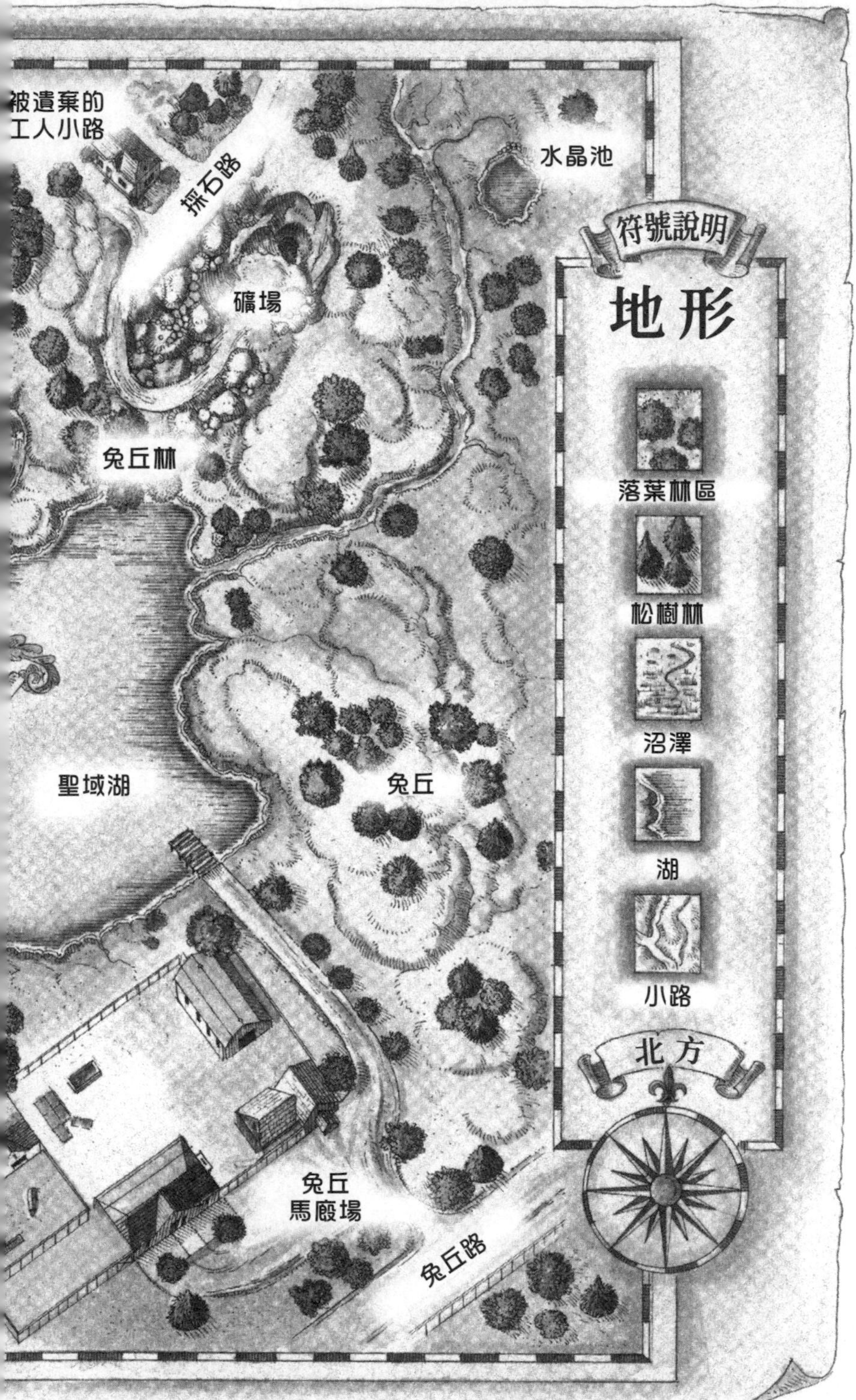
被遺棄的
工人小路
採石路
水晶池
符號說明
地形
礦場
落葉林區
兔丘林
松樹林
沼澤
聖域湖
兔丘
湖
小路
北方
兔丘
馬廄場
兔丘路

觀兔
露營區
聖域農場
賽德勒森林區
小松路
小松
乘船中心
兩腳獸視
小松島
艾伯河
魏特喬奇路
灌木

第一章

「深吸一口氣，」葉蔭喵聲道。「你聞到什麼味道？」

點掌張開嘴，讓空氣流過舌頭，試圖辨別不同的氣味。「小溪，」她自信地回答，在水邊活動一下帶灰白斑點的腳掌，並低頭看著水面。「沼澤草，田鼠，兔子，」她又吸了口氣，聞到另一個部族的泥土味，便皺起鼻子。「還有風族，他們真的睡在外面草地上，沒有睡在窩裡？」

「我們現在的重點是部族邊界，」葉蔭耐心地喵聲道。「妳的嗅覺很靈敏，點掌。這條溪流是我們與風族邊界的一部分，妳能說出他們到底把邊界標記設在哪裡嗎？」

點掌再次對著空氣嗅了嗅。「我無法確定。」雖然其他部族的氣味無所不在，但她找不到氣味遺留的確切位置，只知道它越過水面朝她撲來。她用眼角餘光瞥了一眼莖掌和他的導師玫瑰瓣，較為年長的見習生正對她搖尾表示鼓勵。

「很難判斷時，邊界就變得更為重要。」葉蔭告訴她。「當大家搞不清楚領地屬於誰，可能會導致衝突，誰也不想與其他部族太靠近。」

玫瑰瓣也對著空氣嗅了嗅。「自從下雨以來，風族似乎沒有標記邊界，」她對葉蔭表示。「對點掌和莖掌來說，這種狀況可能很難聞到氣味。」

葉蔭和玫瑰瓣小心翼翼地四處嗅聞，然後面對面低聲討論。點掌不耐煩地變換站姿，抖鬆身上的厚毛。葉蔭聽到任何意見時，總是要花很長時間仔細思考。為什麼他們不能立刻行動？

點掌稍微走近小溪，腳掌踩著一片泥濘，她又看了一眼莖掌。這位橘白相間的見習生正轉頭看著導師們，點掌忽然感到一陣強烈的渴望。**多注意我吧。**莖掌比點掌和她的同窩手足大幾個月。她還是小貓時，只能待在育兒室裡，羨慕地看著他和其他見習生學習戰鬥、狩獵和巡邏，以及跟隨導師進出營地執行重要任務。

她終於也當上見習生了，希望莖掌多注意自己，希望他願意和自己做朋友。

「莖掌，」她低聲說。「嘿，莖掌，你覺得我能站在離風族領地多近的地方？」

莖掌歪著頭，瞇起綠色眼睛。「什麼意思？」

點掌再往前一點，腳趾已經觸到小溪，皮毛又溼又冷。「我的意思是，」她喵聲道。「如果我們嗅不到風族的邊界標記，也就不知道邊界到底在哪裡，對吧？」

「沒錯。」莖掌同意。

「要是他們不留下新鮮的邊界標記，就算我們偶爾越過去，也不是我們的錯。自從我們的巡邏隊來過這裡，說不定他們已經改了邊界。」點掌舉起腳掌，奮力伸展身軀，跨過狹窄的溪流，腳趾勉強觸及對岸。「也許邊界已經移到這裡了。」

「點掌！」葉蔭嘶聲道，點掌猛地把腳掌縮回溪流這一側的雷族領地。導師怒瞪著她，玳瑁色皮毛因憤怒而炸開。「不能開玩笑。」她厲聲說。「天族和影族因為領地問題發生很多爭執，我們現在最不需要的就是雷族見習生試圖挑起與風族的戰爭。」

「我又沒有要挑起戰爭！」點掌嚎叫。她只是玩一下！

「妳沒有？」葉蔭冷冷地瞪視她。「看來妳根本沒有好好想過。妳需要表現出尊重，並且認真對待其他部族。要知道，我教妳這些不是為了我自己高興。正是見習生違反守則才導致影族分裂，進而衍生被暗尾接管的下場。」

點掌滿心羞愧，忽然覺得自己好渺小。她在無賴貓暗尾接管影族時還很小，不清楚細節，但知道有些貓因此喪命，也聽過受驚的戰士逃走並與雷族一起躲藏的故事。她可不想成為類似事件的罪魁禍首。

但……**等等**。暗尾接管整個部族，**因為見習生沒有乖乖聽導師的話？**

點掌因氣憤而皮毛刺痛。這真是難以置信。

她還來不及爭辯，玫瑰瓣便搶先發表意見。「別對她太嚴厲。」乳白色的母貓呼嚕道。「這些見習生不知道暗尾到來之前，大家的日子是怎麼過的。他們太小了，怎麼可能明白情況應該如何才對？」

點掌全身僵硬，比剛才更憤怒。好吧，都怪她不聽話。導師正在傳授重要知識，她應該壓下玩耍的衝動，也應該更認真看待風族的邊界。

但她並不是不了解情況。她寧可惹上麻煩，也不願被當成無知的小貓！「其實我明白——」她開口正要辯解，葉蔭卻截斷她的話。

「妳說得沒錯，」她告訴玫瑰瓣。「我們必須教會他們所有事。」她帶著不以為然的嚴肅表情，轉身離開邊界。「走吧。」

點掌看了莖掌一眼，對方正望著她，眼中充滿好奇。她豎起耳朵，模仿葉蔭冷淡的表情，然後翻個白眼。「走吧，莖掌，」她喵聲道，努力讓口氣跟導師一樣不以為然。

「我們必須學習所有事。」

莖掌發出低沉的笑聲。點掌從他身邊走過時，腳步變得更加輕盈，因為莖掌覺得她很有趣！

回到營地，點掌為那些在窩外晒太陽的長老送去幾隻老鼠。

蜜妮疑惑地嗅了嗅其中一隻。「這還新鮮嗎？」她問。「我不想吃放了整天的鴉食。」

灰紋在她旁邊抽動尾巴。「不久前，嫩枝杈率領巡邏隊過來，我們看到她把這些老鼠搬進營地。」他伸出腳掌，把另一隻老鼠抓到面前。「謝了，點掌，我的肚子早就像獾一樣叫個不停。」

蜜妮哼了一聲。「別被他耍了，飛掌剛剛才為他帶來一隻田鼠，他根本就不餓，只是貪吃。」灰紋戲謔地打了伴侶一下，點掌則呼嚕呼嚕地笑起來。

兩位長老坐下來吃飯，點掌也帶著一隻麻雀來到見習生窩外面，心滿意足地咬碎鳥兒的骨頭。離開風族邊界後，玫瑰瓣和葉蔭帶著他們繞了雷族領地邊緣一圈，嗅聞所有邊界標記，她早已餓壞了。

莖掌在她旁邊坐下，她把麻雀推過去。「吃一點吧。」她提議。

「謝謝。」莖掌咬了一口，以眼角餘光看她。他吞下食物，喵聲道：「妳敢那麼靠近風族領地，我覺得很勇敢。」

「真的？」點掌興奮地問。「葉蔭說得很嚴重，彷彿見習生一根腳趾跨過邊界就會引發戰鬥。」

她環顧營地四周，確認其他族貓都聽不到。松鴉羽正在巫醫窩外面做日光浴，點掌不放心地盯著他，因為她知道巫醫的聽力非常敏銳。她壓低聲音說：「我一直都知道邊界標記在哪裡，當時只是假裝不知道。」

莖掌睜大眼睛。「妳真是叛逆啊！」他喵聲道，呼嚕呼嚕地笑起來。「妳不擔心惹上麻煩嗎？」

「有什麼關係？」點掌快活地問。「年長戰士總是一副正經八百的樣子，他們需要找點樂子。」她既興奮又自豪，心情激動得皮毛發癢。**莖掌覺得我很勇敢又叛逆！**

莖掌仔細掃視空地，點掌順著他的目光看去。灰紋和蜜妮已經回去長老窩。松鼠飛和棘星正在新鮮獵物堆另一邊交談，赤楊心則在巫醫窩後面晒新鮮藥草。樺落正率領一支狩獵巡邏隊走出營地，他們的尾巴全都翹得高高的。營地忙碌但平靜，每隻貓都在履行自己的職責。

「我認為妳是對的，」他對她說。「戰士們會那麼嚴肅，也許正是因為剛才葉蔭提到的暗尾和影族的那些麻煩，他們太擔心糟糕的事再次發生。」

點掌想到這片寧靜的空地被入侵，突然感到一陣寒意，身體發顫。暗尾統治影族後，有一些貓死於非命。她叮嚀自己要勇敢一點，想像爪子刺進敵貓體內的景象。「他們說得對，如果像暗尾這樣的貓來到湖邊，我們就需要奮力一搏。」她喵聲道。「但我們已經準備好了，不會像影族一樣被邪惡的無賴貓愚弄。我絕對不會犯這種錯。」

莖掌哼了一聲。「我可不敢說，妳會對強大又邪惡的無賴構成多大威脅，至少妳在見習生階段還沒有這種本事。」

「我很勇敢！」點掌豎起全身的毛，努力讓自己看起來更龐大。「看看我今天的表現，不顧葉蔭的命令，義無反顧地直搗風族邊界，我生來就勇敢！」

「真是個鼠腦袋！」尖銳的聲音從身後傳來，兩位見習生迅速轉頭察看。殼掌是莖掌的同窩手足，只見他盯著點掌，身旁站著導師蜂紋。「妳現在還沒本事對抗無賴貓，」殼掌輕蔑地對她說。「妳還太小，當見習生的時間差不多只有，嗯，兩次日出。」他身旁的蜂紋瞇著眼睛，不以為然地低頭看他們。

點掌不理會蜂紋的注視，對殼掌齜牙咧嘴。「我已經比你強悍了。」她對殼掌的喜愛遠不及對莖掌。她和這隻同窩手足還在育兒室時，他總是高高在上地放話，說什麼見習生比小貓重要得多。現在她也是見習生了，他還是覺得自己比她優秀。

「強悍不是重點，」蜂紋斥責她。「優秀的見習生不會故意違背導師命令，雷族需要強大、可敬的戰士，而不是叛逆的族貓。」他不屑地晃動尾巴。「走吧，殼掌。」

他甩著尾巴，大步走向營地入口，殼掌與他並肩而行。

點掌望著他們離去，氣得鬍鬚頻頻抽動。**我是強大、可敬的戰士見習生！**

但她就不能順便找點樂子嗎？眼見蜂紋和殼掌離開營地，點掌再次因興奮而感到全身輕飄飄的，她想到一個主意。

「我們跟著他們吧。」她低聲對莖掌說。

他看起來很困惑。「要幹什麼？」

「你不想知道其他見習生在學什麼嗎？」她問。「萬一蜂紋正在教殼掌我們不會的本領呢？」

莖掌遲疑起來。「我認為不應該偷窺族貓。」他喵聲道。

「這樣不算偷窺，」點掌告訴他。算嗎？不完全是，**不過是一場冒險**。「我們應該盡可能學習一切，對不對？所以說，我們不會因為好學惹上麻煩。」

「我猜不會，」莖掌的綠眼開始閃爍興奮的光芒。「我覺得我們一定可以不被蜂紋發現，畢竟玫瑰瓣教了很多悄悄跟蹤獵物的技巧。」

兩位見習生站起來，觀察導師有沒有在看他們。玫瑰瓣和葉蔭正在空地另一邊與罌粟霜和櫻桃落聊天。點掌悄悄朝營地入口走去，莖掌跟在後面。她穿過荊棘隧道時，內心感到一陣興奮。她已經是見習生了，想要什麼時候離開營地都可以！

他們走出營地，蜂紋和殼掌已不知去向，沒有留下蛛絲馬跡。

「妳聞得到他們的氣味嗎？」莖掌一邊嗅聞，一邊喵聲道。

點掌嗅了嗅空氣的味道，然後是地面的味道，鼻中充斥著熟悉的森林和族貓氣味。

「他們朝這邊走了。」

兩隻貓默默地在橡樹和赤楊下行走，儘可能隱身在陰影中。點掌聽到老鼠爬過蕨類下方的細微聲響，但她決定暫時放過這些小動物，畢竟他們正在執行追蹤蜂紋和殼掌的任務，不是在狩獵。

他們追著氣味的痕跡，往長滿青苔的空地前進，見習生經常在那裡受訓。他們接近空地時，點掌聽到蜂紋的聲音。她停了下來，尾巴搭在莖掌的背上。「你聽。」

「把腳掌向後收，跟肩膀成一直線，」蜂紋說。「這樣你就會跳得更高。」

「像這樣？」殼掌問。

點掌稍微靠近一點，躲在一棵白樺樹旁張望。只見蜂紋正拍著殼掌的腿肚，讓見習生將左掌向前挪動。「好多了。」他喵聲道。

點掌再度稍微前進，伸長脖子試圖看清殼掌的狩獵蹲姿。不料她踩到一片葉子，發出劈啪聲，她僵在原地，但蜂紋和殼掌全神貫注地上課，沒有聽到聲音，也沒有抬頭察看。

「蜂紋剛剛才對我們耳提面命，說什麼要成為強大的戰士，他自己連周圍動靜都沒注意到。」她對身後的莖掌低聲說道。

「我很高興他沒注意到。」莖掌低聲回答。

點掌甩甩尾巴。**蜂紋應該要多加留心！**「他太專心教導殼掌，如果有一隻獾偷偷靠近，他說不定聽不到。」她低聲說道。

「我懂！他才需要努力成為強大的戰士。」莖掌同意。

點掌悄悄前進一點距離。「我要給他一個教訓，」她說出決定。「這對他有好處。」

「什麼？」莖掌嘶聲道。「點掌，快回來！」

但她已經偷偷向前走去，腦中回想葉蔭在跟蹤獵物第一課中傳授的一切。她壓低身體，讓腹部的毛稍微觸及野草，然後小心、安靜地站穩每隻腳，繃緊腿部肌肉，準備跳躍。**希望莖掌正在後面看著我。**她真的希望他注意到她有多大膽，技術多純熟，儘管她當見習生的時間比他還短。

蜂紋沒有轉頭察看。

我會跳到他的背上，但不會伸出爪子，點掌心想。**這個教訓會讓他記住要隨時豎起耳朵。**

蜂紋竟然會被見習生偷襲，到時他一定非常尷尬。點掌深吸一口氣，興奮得胸口發緊，然後她拔腿奔了出去。

就在她正準備施展平生最賣力的一跳時，蜂紋猛地轉身，動作十分迅捷，就像一團模糊的淺灰色毛。點掌還來不及看清，他已經伸掌截住半空中的她，將她摔在地上，她頓時痛得無法呼吸。她倒抽一口氣，眼裡充滿驚恐，說不出話。蜂紋居高臨下逼視她，看起來像巨貓。他齜牙咧嘴，伸出鋒利而致命的爪子抵住她的喉嚨。

「等等！」她氣喘吁吁地說。「是我！我只是在跟你鬧著玩。」

第二章

「我從來沒見過哪個見習生做出這種事，妳應該感到羞愧。」點掌和他們同行，蜂紋低頭怒瞪著她，眼見蜂紋震怒，她怕得不敢頂嘴。剛才他伸出爪子，黃眼睛怒瞪著，看起來像是要殺了她。這隻公貓平常很冷靜，她從來沒有見過他發狠的模樣，要是親眼目睹過，她才沒那個膽子攻擊他，就算鬧著玩也不敢。

「她只不過是——」莖掌開口想替她辯解，但蜂紋打斷他。

「至於你，應該阻止她，給新的見習生樹立好榜樣，不是鼓勵他們出餿主意。」

這不是莖掌的錯。愧疚重重地壓著點掌，莖掌當時確實想要阻止她。既然自己的餿主意給他帶來麻煩，他會怎麼看她？但她沒有出聲，只是跟著蜂紋穿過荊棘隧道，殼掌緊跟在後。

「鼠腦袋。」殼掌低聲說。

他們進入營地，感覺好像每隻貓都在看他們。點掌赫然發現，自己這副樣子活像被押解的囚犯，身旁還有怒瞪他們的蜂紋。她想到這裡便覺得十分難受。

「看來有見習生惹麻煩了。」雲尾呼嚕呼嚕地打趣。點掌垮著肩膀，飛快舔著胸口，皮毛底下不斷出現又熱又尷尬的感覺。

「這是怎麼回事？」葉蔭急忙趕過來，玫瑰瓣跟在後面。「點掌，妳剛才做了什麼？」

「我不是故意要惹他生氣。」點掌低頭看著自己的腳掌，喃喃說道。

「她和莖掌過來偷看殼掌受訓；後來她甚至攻擊我。」蜂紋對葉蔭直言不諱。空地上幾隻貓聽了倒抽一口氣。

「攻擊你？」櫻桃落問。

「我只是在鬧著玩！」點掌覺得這是她第一百次嚎叫這句話了，為什麼每隻貓都把這件事看得那麼嚴重？

「我們真的無意造成任何傷害，」莖掌低著頭喵聲道。「我們想看看殼掌正在學的本領，然後……我們得意忘形了。」

他的意思是我得意忘形了。點掌以眼角餘光感激地看著莖掌。**但他仍然為我挺身而出**。

蜂紋再次開口，憤怒得鬍鬚顫動。「妳們是怎麼當導師的？」他對葉蔭和玫瑰瓣咆哮。「其他見習生可不會這樣。」

點掌屏住了呼吸，她無意讓任何一隻貓對葉蔭發火！「是我們自己偷偷溜出營地，」她據實以告，希望能力挽狂瀾。「這不是葉蔭或玫瑰瓣的錯。」

「點掌，安靜。」葉蔭突然插話，然後對蜂紋點頭示意。「我們會確保這種情況不再發生。」

「最好別再發生。」蜂紋咆哮，接著大步走開，尾巴仍然憤怒地抽動著，殼掌急忙跟上。

葉蔭和玫瑰瓣帶著見習生來到空地邊緣。「我對你們兩個很失望。」葉蔭瞪著他們，喵聲道。

「不管你們的意圖是什麼，這是完全無法接受的行為。」玫瑰瓣嚴厲地補充。

點掌氣得全身毛炸開，張嘴想要抗議。儘管情況變得非常糟糕，但他們也沒有做出多壞的事，畢竟沒有任何一隻貓受傷，而且再怎麼說也不該牽連莖掌。

「現在從妳嘴裡吐出來的應該只有道歉。」葉蔭警告，她的表情看起來更憤怒了。

點掌的肩膀垮下去。為什麼所有貓都不聽她解釋？「抱歉。」她喃喃說道。

「我也很抱歉。」莖掌說，他的口氣比點掌真誠多了。

「現在宣布懲罰，」葉蔭開口說道。「你們兩個——」

玫瑰瓣清了清喉嚨。「我認為他們應該分開接受懲罰，」她喵聲道。「顯然，他們對彼此都有不好的影響。」她轉向莖掌，對方正用驚恐的綠眼盯著她。「莖掌，我希望你在接下來的半月裡為巫醫跑腿，幫他們尋找草藥、收集蜘蛛網……他們需要什麼就幫忙做什麼，我會和葉池他們談談這件事。」

點掌皺起鼻子。松鴉羽很霸道，她很高興自己不用花半月時間聽從他的命令，至少不是獨自被他呼來喝去。要是能跟莖掌一起，一定會很有趣。

「點掌，妳要在接下來一個月負責保持棘星的窩整齊乾淨，」葉蔭迅速對她下令。「妳要每天為他準備一個乾淨的窩，並為他送上新鮮獵物，這件事我會讓他知道。」

聽起來也沒有多糟糕，即使她受到的懲罰是莖掌的兩倍。畢竟，本來就是她出的餿主意害的。莖掌蹭了蹭她。「至少我們還能一起訓練。」他低聲說。

腳掌。

「哦，恐怕不能，」玫瑰瓣喵聲道。「我認為你們分開會學得更好。」

「不公平！」點掌抗議。**這樣的話，我幾乎沒有時間和莖掌在一起了！**

「我們會乖乖聽話。」莖掌說著，抬頭懇切地望著導師，但玫瑰瓣只是用尾巴裹住他。

「你現在就可以開始乖乖聽話，」她對他說。「去問問赤楊心，看他願不願意讓你幫忙換掉他窩裡的青苔。」

葉蔭看看棘星的窩，族長正與獅焰和松鼠飛站在門口深談，她認為現在不適合過去打擾。「點掌，妳先回見習生窩，好好反省自己的行為。」她疲倦地喵聲道。

點掌朝見習生窩走去，肩膀上的毛高高豎起。從育兒室搬進見習生窩，與其他見習生一起住，她原本對此相當開心，但現在她只覺得這個空蕩蕩的洞穴潮溼又寂寥。其他貓都出去學習狩獵技巧或探索領地，只有她獨自待在窩裡。

她專屬的窩在邊緣地帶，她爬了進去，繞了幾圈，感到腳下的苔蘚凹凸不平又乾燥。「不公平。」她悶聲嘀咕。**蜂紋只是因為我有本事偷襲他而覺得丟臉，那是他活該！什麼樣的戰士才會沒注意到見習生接近？**

現在她遇到麻煩了，要接受一整個月的懲罰。更慘的是她和莖掌再也不能一起訓練了。點掌把頭擱在腳掌上，滿心充斥著憤怒和悲傷。

「點掌？」

父母在外面向內窺視。

「我們聽說了妳的事。」煤心一邊和獅焰走進見習生窩，一邊輕輕地喵聲道。

點掌坐了起來。「是蜂紋自己疏忽，」她急著對他們說明經過，快到口齒不清。「要是連我都能偷襲他，那麼任何貓都可以。像是影族貓或是無賴貓，甚至是獾！他才應該受罰。」

獅焰嘆了口氣，坐進點掌旁邊的窩裡。「我對妳很失望，」他對她說，琥珀色眼睛盯著她。「我以為妳不會笨到去幹這種事。」

點掌目瞪口呆，沉默了一會兒後怒道：「笨的是蜂紋，他應該一直保持警覺，注意是否有貓接近。」誰也沒有答腔，靜默久久延續，她已經不敢抬頭看父母，就這樣縮在那一圈苔蘚中，不自在地挪動腳掌。「難道不是嗎？」她終於忍不住問道。

煤心在點掌身邊坐下，以溫暖的虎斑皮毛緊貼著她。「也許吧，」她同意。「妳說得對，保持警覺很重要。」她接著又說：「但對部族效忠更重要。」

「我很忠心。」點掌憤怒地喵聲道。

「打斷殼掌上課是不忠的行為，」獅焰告訴她。「見習生的訓練對整個部族來說很重要。如果殼掌沒學到該學的東西，雷族就會遭受磨難，不是嗎？」

點掌想爭辯。**殼掌最近接受大量訓練，一次中斷不會產生任何影響！**但父親嚴厲地看著她，她只好低下頭。「應該是。」

「蜂紋是訓練有素的戰士，」煤心說。「也是傑出的鬥士，妳則是剛剛當上見習生，萬一他沒認出妳，不小心傷害了妳，那該怎麼辦？他會那麼生氣，一半也是因為想到可能會發生慘劇。」

「我有本事顧好自己。」點掌反駁，但就連她自己都覺得這話聽來怒氣滿滿，而且狡辯意味十足。她想起當時蜂紋的牙齒和爪子從眼前閃過，不禁怕得想吐。她知道自己身陷險境，但不願意承認。

「萬一蜂紋真的出手，不僅會傷到妳，他下次再遭遇偷襲時，也不敢再拿出戰士的本領全力反擊。」獅焰解釋。「他只要想起自己曾經不小心傷害部族的見習生，就會壓下還手的衝動。」

「不妨想一想，整個部族的士氣會多麼低落。戰士居然傷害見習生？每隻貓都會對蜂紋心生畏懼，甚至不信任。」煤心補充說明，聲音輕柔但堅定。「貓與貓之間不能完全信任，這是一個很弱的部族。」

點掌低頭看著腳掌，突然感到沉重和疲倦。「我沒有考慮過這些。」

煤心與點掌臉貼著臉。「我們知道妳無意傷害部族，」她喵聲道。「但是優秀的戰士必須考慮行為的後果。」

獅焰的尾巴搭在點掌的肩上，表示安慰。「當初暗尾來到湖邊，」他對她說，眼神因回憶而朦朧。「正逢影族貓互不信任。花楸星是優秀的戰士，卻是個軟弱的族長。所有見習生不服從導師，所有貓都在挑戰他的權威。暗尾為他們提供不必遵照守則的生活方式，有些影族貓被他說動。影族首先陷入危險，後來所有部族都淪陷。」

「但這種情況不會再發生了。」點掌駁道。她低下頭，用爪子摳著底部的苔蘚。想也知道，稍微玩一下不會導致暗尾這種禍害整個部族的嚴重問題。應該是吧？

「只要每隻族貓都盡力成為忠心耿耿的戰士，就不會發生這種情況，」煤心認同。「包括妳。」

「我確實想成為忠心的戰士，」一陣刺痛鑽過點掌的胸口，她不是故意要製造任何真正的麻煩。「但我現在只是見習生。」

「星族守護所有的貓，也包括見習生，」獅焰喵聲道。「祂們會引導我們的腳步，但我們必須聽從他們。要做到這一點，其中一個方法就是奉行守則。」

「強大的部族取決於強大的戰士，」煤心補充說明。「每一位奉行守則的戰士都為其他戰士樹立了榜樣。妳是一隻聰明的貓，點掌。我知道妳可以成為其他見習生以及育兒室小貓的好榜樣。」

點掌懷疑地歪著頭。「我不是什麼榜樣，我是掌字輩年紀最小的，殼掌、梅掌或大多數見習生不一定會聽我的。」

「妳的同窩手足就會留意妳說的每件事，」煤心發出呼嚕聲，表示鼓勵。「所以莖掌才會跟妳一起遇上麻煩。」

這是真的！點掌興奮得皮毛發麻。**他雖然比我大，還是照著我的話做**。她想像自己將來成為最好的戰士和鬥士，學會部族教她的所有知識並完全奉行守則，其他見習生以無比尊敬的目光看著她。她樂昏了，想像有一天成為族長，雷族全都追隨她。她絕對不會當個軟弱的族長，而是像棘星與火星一樣堅強。

「我一定會做到，」她鄭重宣布，堅定地坐直。「我會乖乖聽話。」

他們進入營地時，葉蔭對點掌點了點頭，表示讚許。「這次的巡邏表現得很好，點掌。」她呼嚕道。點掌的胸口漫過一股暖意，她很認真聽取葉蔭的教導，而且全隊唯獨她發現邊界另一側有影族的巡邏隊。

點掌闖禍以來已經過了三次日出，期間她一直努力做個優秀的見習生，甚至是最棒的見習生。她雖然還是要清理族長的窩，但看得出來葉蔭已不再生她的氣。煤心今早舔了點掌的耳朵，說自己有多麼以她為榮。

巡邏隊返回後，其他隊員陸續散開——葉蔭前往戰士窩；梅掌和導師鼠鬚則朝新鮮獵物堆前進——一直在陽光下理毛的莖掌抬起頭來。

「嘿，點掌，」他喊道。「要不要一起分享一隻田鼠？」

我差不多也餓了……點掌朝他走了幾步，接著改變主意。當一個聽話又優秀的見習生比和莖掌在一起更重要，她還有見習生的工作要做。

「我還得去幫棘星換床。」她抱歉地喵聲道。莖掌甩了甩耳朵表示明白，但她覺得他看起來有點失望。自從他倆闖禍，除了在見習生窩裡講過幾句話，幾乎沒有機會交談。

點掌高高豎起尾巴，爬上岩石，來到族長的窩，為自己的責任感而自豪。她前一天幫棘星鋪好的新苔蘚有抓過的痕跡，而且散落一地，彷彿棘星今早趕著從窩裡衝出去。

她用爪子鉤住一團苔蘚，開始清理地板，把舊苔蘚丟到外面的高台上。

她正把另一堆苔蘚拖出去，小翻和同窩手足小鬃與小竹衝到她身邊。「妳在做什麼？」他問。

「清理棘星的窩，」點掌告訴他，然後抬頭挺胸，努力表現出高貴的樣子。「見習生的職責之一是確保每隻貓都有乾淨、柔軟的窩。如果族貓睡得好，就會成為更好的戰士。」

「嗯。」小竹看著那堆舊苔蘚，尾巴尖急切地抽動。「我們可以拿一些去玩嗎？」

「請便，」點掌呼嚕道，三隻小貓立刻鑽進苔蘚中，開始來回拍打小塊苔蘚。小竹就地躺下，把一塊苔蘚拋到空中。點掌見狀急忙說道：「等等，拿一點就好，別撒得到處都是。」

「孩子們，」蕨歌在下面的空地喊道。「別吵點掌，她還有工作要做。」小竹和小翻急忙爬起來，帶著一團苔蘚，順著岩石往下跳，朝父親奔去。點掌感激地看了他一眼。

只有小鬃多待了一會兒，用藍綠色大眼看著點掌。「等我成為掌字輩，也會幫助族貓，」她宣布。「就跟妳一樣。」

點掌眨眨眼，發出呼嚕聲。「謝謝，」她回答。「我相信妳會成為出色的見習生。」

她帶著溫暖和快樂的心情，把柔軟的新苔蘚放入棘星的窩。**事實證明，要做個好榜**

樣很容易。

「哦，妳好啊，點掌。」棘星那顆虎斑大頭從門口伸進來。

「你好。」雷族族長走進窩裡，點掌突然害羞起來，只好低頭看著腳掌。她之前整理時他都不在，她也不記得自己跟他單獨相處過。

「這裡的工作妳做得很好，」棘星看了看四周，對她說。「很抱歉，今天早上搞得一團亂，我當時急著出去。」

「沒關係，」點掌尷尬地喵聲道。「你還有很多事要做。」

「不過，我還記得幫別的貓清理需要多長時間。我還是見習生時，導師火星——呃，我第一次成為他的見習生時，他還是火心——總是把戰士窩弄得非常亂，當時所有掌字輩都在抱怨這件事。」棘星告訴她。

「火星是你的導師？」點掌驚訝地問。火星在她出生前就過世了，但她聽過很多這隻薑黃色大公貓的故事。他一開始是寵物貓，後來帶領雷族經歷許多戰鬥，從邪惡的叛徒虎星手中拯救他們，接著帶領部族離開毀滅的森林，來到湖邊的新領地，與黑暗森林邪惡的亡貓戰鬥。棘星有這麼傑出的導師，一定從他身上學到很多。「他有教你如何當族長嗎？」

「這個嘛……」棘星有些遲疑。「他教導我見習生需要知道的一切，我也努力效法他領導部族的方式。」

「也對，」點掌試圖想像葉蔭有一天會成為族長，到時點掌就可以說自己是族長的見習生。但恐怕辦不到——葉蔭是優秀的戰士和導師，但點掌認為她不會想當族長。「不過，他一直都很特別，不是嗎？」

棘星眺望著空地，幾隻小貓在蕨歌的注視下翻滾。松鼠飛正在集合狩獵巡邏隊，雲尾和亮心分享舌頭，鼠鬚和梅掌則分食麻雀。「火星造就了今日的雷族，」他輕輕地喵聲道。「我會一直努力以他為榜樣，但願我當族長時有他一半的優秀。」

點掌欽佩地看著他。棘星睿智地領導雷族，即使已經做得這麼好，他依然認為還有努力空間，想要成為更優秀的族長，而且始終景仰另一隻貓。

父母說得沒錯：最重要的是對部族效忠，奉行守則，樹立好榜樣。這些就是確保部族持續強大的方法。

第三章

一個月後，雷族營地被洪水淹沒。

已經下了好幾天的雨，綿綿陰雨使得貓的皮毛持續潮溼，腳下的地面也變得溼滑。點掌蜷縮在見習生窩裡，鼻子埋在腳掌之間，聽著外面的雨聲。妹妹飛掌在旁邊翻身，點掌只睜開眼睛一秒鐘，看了一下黎明前昏暗的天色，便又閉上眼睛。一滴雨從洞口落下，滴在她的窩邊，她換個姿勢避開，眼睛仍然閉著。

雨聲愈來愈大，鷹掌在另一邊的窩裡默默發著牢騷。入口附近落下更多雨滴，帶著一種舒緩的節奏，使得點掌再度睡去。

身下的苔蘚突然變得又冰又溼，她嚇得睜大眼睛。「啊！」她跳起來，抖掉皮毛上的水。

「小心！」飛掌抱怨著，隨後爬起來。「這裡怎麼溼了？」

在昏暗的光線中，點掌看到愈來愈寬的水流漫過地板，所有見習生都已經起身，厭惡地驚呼著。

「雨下得這麼大，」莖掌喵聲道。「我們去看看營地變成什麼樣子了。」外面也傳來抱怨的叫聲，但被持續的雨聲淹沒。

點掌探頭到外面，然後鑽過遮蔽入口的荊棘捲鬚，莖掌跟在後面。

外面下著傾盆大雨，聲勢非常浩大，宛如敵方戰士的腳掌打在她的背上。水順著營地周圍的岩壁流下來，在空地形成泥濘的水坑。藤池和蕨歌擠在保護育兒室的荊棘叢下，正在進行深談，幾隻小貓在他們身後探頭望著外面。灰紋和蜜妮則在長老窩裡向外張望，眼神充滿擔憂。

煤心走出戰士窩，朝見習生跑去，腳下濺起陣陣水花。「棘星正在撤離營地。」她放開喉嚨叫道，儘可能讓嗓音蓋過雨聲。

「真有那麼糟嗎？」點掌問。空地雖然積了水，但還不算太深。

「以防萬一，」煤心解釋。「他想要往高處去。營地曾經嚴重淹水，整個部族都泡在水裡。」她的視線越過點掌和莖掌，看到聚集在入口的其他見習生。「待在一起！」她提高嗓門，讓大家聽到。「等到每隻貓都準備好，棘星就會帶我們出去。」

她轉身奔向巫醫窩，三隻巫醫現身，嘴裡叼著幾捆草藥。松鼠飛聚集所有戰士，黛西、藤池和蕨歌哄著小貓們走出育兒室。

點掌進入空地深處，腳下的水坑濺起水花。**水位漲得很快**，她不安地想。

「小貓們，過來躲在我們的肚子下面，以免淋溼。」她聽到黛西指示。接著黛西、藤池和蕨歌起身，盡可能騰出身體下方的空間。小鬃、小竹和小翻飛快跑出窩，躲在他們的肚子下面。雖然距離很短，雨水已經浸溼他們的皮毛。小鬃和小竹看起來很興奮，但小翻垂著尾巴，大大的金色眼睛充滿擔憂。

愈來愈多貓在空地聚集，松鼠飛和煤心從一個窩跑到另一個窩，確認每隻貓都準備好撤離。點掌換個站姿，腳下的水凍得她受不了。拍掌緊挨著她，不住發抖。「好奇怪。」他嘀咕道。點掌看到同窩手足的眼神透著恐懼。

她用尾巴拂過他的背，以示撫慰。「我們會跟族貓在一起，大家互相照顧，」她小心翼翼地喵聲道，極力壓下心底的焦慮，不讓它透過聲音流露出來。「情況一定會好轉。」拍掌的肩膀稍微放鬆，點掌也覺得好多了，讓同窩手足放心，令她覺得自己變得更堅強。

看來雷族貓都已聚集在空地上，他們縮著身子抵擋雨勢，緊張又戒備。棘星從她身邊大步走過，寬闊的肩膀擠過焦急的貓群，開出一條路。

「雷族，」他拉開嗓門喵聲道，讓每隻貓都能在雨中聽到他說話。「跟我來。」他彎腰進入隧道，整個雷族緊跟在後。點掌看著族貓從她身邊匆匆走過，他們用尾巴搭著彼此的肩膀，以防走散。大家仰臉迎著傾盆大雨，雖然不知道要去哪裡，但他們相信棘星選定的避難地。

點掌也信任他。她很冷，有點害怕，但她知道棘星一定會照顧他們，就像她知道自己的心一直穩定地跳著。她只需聽從他的命令就對了。點掌發現葉蔭望著她，便順從地和其他見習生一起向前走去。

雨愈下愈大，遮蔽她的視線，也讓她的耳朵裡充滿噪音。她走向營地入口，涉過泥地時，爪子用力陷入泥巴中，努力保持平衡。她踩到一個硬塊——也許是石頭——腳掌被卡住，害她一個踉蹌便往旁邊倒下。

有個柔軟的東西擋住她，伴隨狂亂的尖叫聲。點掌低頭，赫然發現小翻被她壓住。他的小臉驚恐萬狀，身體也不住發抖。

「對不起！」她叫道，恨不得立刻從小貓身上爬起來。她在泥巴裡掙扎好幾次，泥水頻頻濺到自己和小翻身上，好不容易才脫身。「你還好嗎？你父母在哪裡？」

小翻抬頭看她，張開嘴，沮喪地哀號。「他們拋下我！」

「他們絕對不會故意拋下你。」點掌安慰他。蕨歌是族貓中最寵孩子的父親，大部分時間都在育兒室裡陪伴孩子，藤池則是慈愛的母親。

但看著跑出營地的貓匆匆奔過身邊，點掌終於明白小翻和父母走散的原因。傾盆大雨模糊視線，她幾乎無法區分誰是誰。現在她倒在路旁，她認為誰也不會看到她。如果一隻小貓跌倒或不敢前進，而不是安全地留在父母身邊，很可能會被拋下。

「你為什麼沒跟上？」她有些氣惱地問。

小翻的聲音發顫。「我沒辦法！我被困住了！」

「你被困住？」點掌低頭看小翻。水勢只到她的膝蓋附近，但幾乎淹沒他的肚子。他試著移動，但她發現他的短腿不夠力，腳掌陷入泥漿裡，重得抬不起來。「你一定是掉進泥坑了，」她終於明白。「別擔心，我會幫你。」

她伸出腳掌，開始清除他身旁的泥漿。**噢！**那冰冷溼黏的觸感令她極為不適，她感到泥巴都黏在腳底，還卡在腳趾之間。她厭惡地壓低耳朵，繼續清除，眼角餘光瞄到空地的貓愈來愈少。**我們得快點！**

「好了！」她終於宣布。「試著把你的腳抬起來。」小翻拚命用力，但一隻腳剛離開泥漿，其他腳立刻陷得更深。「好吧，」點掌說出決定。「我來拉你一把。」她向前傾，用嘴咬住他頸背上鬆鬆的毛，就像父母搬運孩子的方式。接著她撐起身體，奮力拉抬。起初，小翻因為四肢都裹著厚厚的泥土，整個身體不可思議地沉重，但她死命一拉，總算救出小翻。

她把嘴裡叼著的小翻輕輕放在身旁的地上。「噢，」她開玩笑地說。「你絕對比獵物還重。」小翻噗嗤一笑，點掌鬆了口氣，至少他不再害怕和痛苦了。「很好，」她喵聲道。最後幾位戰士也已進入荊棘隧道。「我們最好快點，到我肚子下面來，這樣我才能保護你。」

但是，小翻個子太高了，頭撞到點掌的肚子，畢竟她還不是成年戰士。她努力打直四隻腳，身體向上伸展，儘可能增加高度。小翻鑽進她的肚子下面，低頭彎腰，尾巴則伸到外面。「走吧。」他終於調整好。

「好極了，從現在開始，要是你快要跟不上，就叫一聲讓我知道。」點掌告訴他。

他們開始穿越荊棘隧道，但速度很慢。點掌除了要盡量把腿打直，腳掌保持在身下，還要時不時低頭看看小翻，確保他沒有落後。他們踩著潮溼的岩石與泥濘爬出低地，腳步踉蹌又頻頻打滑。水浸透點掌的皮毛，她身上溼得就像游過整座湖一樣。

他們終於離開低地，雷族其他貓已不見蹤影。少了隧道的遮蔽，雨勢變得前所未有地大，視線也更模糊不清。點掌努力眨掉眼裡的水，然後看看周遭。放眼望去只有樹林、岩石和泥巴，沒看到任何一隻貓，在這麼大的雨裡也不可能聞到他們留下的氣味。

「大家都到哪去了？」小翻問道，在她身下向外張望，聲音有些發顫。

點掌費力地吞了吞口水。**為了小翻，我一定要勇敢**。「我們一定會找到他們，」她宣稱。「四處看看有沒有雷族去向的蛛絲馬跡。」

她掃視地面，尋找痕跡——當然，即使在傾盆大雨中，整個部族也不可能不著痕跡地離去。但什麼也沒有……

「看！」小翻興奮地大叫，點掌順著他的目光望去。泥裡有一道長長的抓痕，明顯是爪子造成的，他們接著又看到另一道抓痕往山坡去了。

他們這是往高處避難，點掌心想。「做得好，小翻！」

她和小翻開始往山上前進，途中發現更多族貓路過的跡象：被壓低的草、泥濘的爪印、被推開的灌木叢。

最後，他們聽到雷族在灌木叢中紮營的聲音。

「把那些樹枝往這邊拉。」

「這種天氣出去狩獵有用嗎？」

忽然傳來一聲驚恐的嚎叫。「**小翻！**」

「他在這裡！」點掌也叫道。藤池發狂似的從他們面前的灌木叢中跳出來。

「多謝星族保佑，」她喘著氣說。「小翻，你還好嗎？」

「點掌和我終於找到你們了！」他高喊，從點掌的肚子下面跑出來。「我很害怕，但是多虧點掌幫我！」

「我好高興，」藤池用鼻子摩挲小翻，然後感激地跟點掌臉貼臉。「太感謝了，萬一找不到他，我不曉得該怎麼辦。」她朝來時的方向點頭示意。「來吧，帶妳去看紮營的地方，然後把小翻帶去給蕨歌。」

雷族的臨時營地和領地一樣也淹了水，但由於地勢較高，他們不太容易被沖走。大部分族貓都待在雜亂的灌木叢下休息，櫻桃落和葉蔭負責守衛，棘星則走來走去，確保每隻貓平安無事。點掌經過時，棘星對她點頭致意。「做得好。」他告訴她。

點掌雖然全身又溼又冷，依然感到胸口暖洋洋的。小翻平安無事，棘星也注意到她對部族的貢獻。

大多數族貓都擠在一起，以上方的細樹枝做為庇護。她看了葉蔭一眼，然後一屁股坐在莖掌身邊。導師不允許他們一起受訓，因此她有點擔心，不曉得可不可以睡在莖掌旁邊？不過葉蔭對她眨了眨眼，表示許可。

她冷得發抖，便將身體一側緊貼著莖掌，但他的身體感覺起來也不太溫暖。他似乎睡著了，但她在他身邊坐下時，他半睜開一隻綠眼。「怎麼了？」他問。「你上哪去了？」

點掌打個哈欠，突然感到疲憊不堪。「小翻的腳被卡住，」她低聲說。「但我順利把他帶來了。」

莖掌把尾巴搭在她的背上。「點掌，」他睡眼惺忪地呼嚕。「妳救了小翻，妳真棒。」

「起床迎接新的一天吧，點掌。」莖掌的聲音聽起來充滿興味。點掌睜開眼睛，對著光線猛眨眼，這比她平常在見習生窩醒來時要亮得多。上午已近尾聲，陽光普照。

「雨停了！」她大叫著匆匆爬起來。她是最後一個醒來的——其他貓已經起床開始活動。周圍仍然溼漉漉，但好像已經幾個月沒看到天空這麼蔚藍又澄澈。

她和莖掌並肩站著，望向雷族的峽谷。樺落、鰭躍和拍掌剛回到臨時營地，嘴裡叼著老鼠。點掌豎起尾巴，對同窩手足打招呼。

和莖掌在一起感覺很好，很自然。**也許有一天我們會成為伴侶**，點掌發了一會兒美夢，然後抖抖皮毛，生起自己的氣。她還太小，不該想這種事。**我甚至連戰士名字都還沒有，現在應該要集中心力，儘可能成為優秀的族貓。**

但是，有一天，當我成為戰士……或許可以吧。

「強大的部族取決於強大的戰士。」煤心先前說過，這話沒錯。部族齊心協力撤離營地，每隻貓都安然無恙，而她也保護了小翻。多謝星族保佑，她在離開營地前發現他。**星族引領著我的腳步。**

「點掌！莖掌！」點掌的另一隻同窩手足飛掌呼喚。「嫩枝杈說，如果我們今晚想要睡在乾燥的床上，最好現在開始清理見習生窩。」

莖掌嘆了口氣。「噢，清理營地是一件非常繁重的工作。」

「沒關係，」點掌喵聲道，心中洋溢著以部族為榮的自豪感。「只要團結一致，什麼事都難不倒我們。」

第四章

點毛顫抖著縮起肩膀，抵擋禿葉季的寒冷。新鮮獵物堆幾乎空了，只剩下一隻乾癟的鼩鼱。

「刺爪、百合心、點毛，」松鼠飛叫道。「我要你們一同去邊界巡邏，好好標記一下影族的邊界。」

點毛對副族長甩動尾巴表示領命，然後朝其他戰士走去。**其他戰士**。她剛得到戰士名字，至今依然興奮不已，她不再是掌字輩，而是百分之百的戰士。

百合心疑惑地看著新鮮獵物堆。「我們可以等狩獵巡邏隊回來嗎？」她問。「我餓死了。」

刺爪哼了一聲。「妳趁巡邏時自己狩獵反而好，等到長老和貓后吃飽，不會剩下任何東西，獵物已經短缺一個月。」

「我會派遣更多狩獵巡邏隊，」松鼠飛承諾。「不會讓新鮮獵物堆空著。」

點毛再次盯著乾癟的鼩鼱，胃一陣痙攣。**希望到時我們能找到獵物**。在寒冷的禿葉季中，似乎每過一次日出，獵物就會變得更少。

「呃，看那邊。」雲尾以欽佩的口氣喵聲道。點毛抬頭看到狩獵巡邏隊回到營地，獅焰帶著好幾隻老鼠——他們一定是找到了老鼠窩。錢鼠鬚帶著一隻知更鳥，莖葉嘴裡叼著的大松鼠最讓大家驚豔，因為牠大得足以餵飽三隻貓。

點毛的嘴裡冒著口水。這些獵物除了可以餵飽哺乳期的貓后和長老，還能留一些給其他貓。如果今天再派幾支狩獵巡邏隊出去，說不定每隻貓都可以吃飽。

莖葉的目光穿過空地，迎上點毛的視線，她抽動鬍鬚致意。他將松鼠丟到新鮮獵物堆，然後朝她走去。

「嗨，莖葉！」鬃掌衝到他面前。點毛忍不住翻個白眼，但仍感到一絲興味。鬃掌是學習心很強的見習生，或許有時候有點過頭。**我以前也這樣嗎？**

「你怎麼捉到那隻獵物的？一定要爬樹嗎？」鬃掌問莖葉。「玫瑰瓣還不願意教我樹上狩獵的技巧；她說我必須等到天氣暖一點再學。」

「玫瑰瓣是很棒的導師，」莖葉喵聲道。「她會教妳如何瞬間爬上一棵樹，就像她教我一樣。當妳和巡邏隊一起狩獵，大家會合作——一隻貓爬上樹，其他留在地上，以防松鼠跳下來溜走。族貓會齊心協力共事。」

莖葉伸展身體，示範如何小心並適當地跳躍，以捕獲樹上的獵物。鬃掌興奮地豎起耳朵。「然後就是一個猛撲！」他接著說。「妳就能捉到牠！」

他真是優秀的族貓，點毛暗想，心中洋溢著愛慕之情。莖葉抬起頭，與她視線交會。他上前一步，似乎想要走到她身邊。

「像這樣？可以再做一次嗎？」鬃掌急切地問道，莖葉只好對點毛抱歉地眨了眨眼，然後回頭看向鬃掌。

「走吧，點毛。」刺爪喊道。點毛輕輕嘆了口氣，轉身離開莖葉，加入巡邏隊。**晚點再找莖葉談吧。**

他們回來時，太陽已經落得很低。點毛來到戰士窩外，倒在莖葉身旁，忍不住發出呻吟。

「妳還好嗎？」他問道，仔細地打量她。「妳的腳是不是有點跛？」

「啊，」點毛動了動痠痛的腳掌，把爪子伸出來又收回去。「地面太硬，我想我永遠不會習慣。」禿葉季漸漸接近，腳掌下又凍又硬的地面也愈來愈無情，讓她的四隻腳又冷又痛。

「我懂。」莖葉認同。他縮著肩膀並鼓起全身的毛，讓自己暖一點。「妳覺得禿葉季總是這樣嗎？上次禿葉季時我們還很小，我甚至不記得了，那時獵物沒這麼難捉吧？」

點毛依稀記得自己在育兒室裡與煤心依偎，兩邊還有小飛和小拍，相當舒適。當時的她知道外面很冷，但不記得像現在這般刺骨的冰冷。今年她就算待在戰士窩裡，身邊有族貓溫暖的陪伴，寒冷依然揮之不去。她也不記得去年大家一直在挨餓——雖然吃不飽，但也不至於餓得要命。「我認為應該不是，」她喵聲道。「就連灰紋也說，他不記得禿葉季有這麼冷。也許老骨頭更容易覺得冷，但我認為這次的禿葉季真的不一樣。」

莖葉平時明亮的眼睛充滿焦慮。「如果一直這樣下去怎麼辦？」

「星族會引領我們，」點毛喵聲道，但暗暗覺得如鯁在喉，平時可不會有這種感覺。巫醫已經很久連絡不上星族，她聽到赤楊心和松鼠飛談論這件事，他們都因擔憂而面色陰鬱。

「是的，」莖葉抽動耳朵。「我相信月池解凍後，星族一定會回來。」他們露出不安的神情。月池從來不曾結冰，星族也從未離開並失聯這麼久，祂們始終沒有向各部族傳來徵兆。

「祂們會回來的，」點毛竭力以肯定的語氣說道。**星族永遠不會拋棄我們**。「我只是有點擔心，如果星族現在無法聯繫我們，也就無法阻止我們做出錯誤的選擇。」

「我想，我們只需要互相照顧就夠了。」莖葉安慰她。他們彼此依偎，溫暖而緊實。

點毛肩上的緊張感漸漸消失。**我們有能力，也一定要互相照顧**。她還記得當見習生時，所有貓撤離雷族營地，大家以尾巴搭著彼此的肩膀。也記得各部族齊心協力，為天族開闢一片專屬的領地。**只要我們團結，星族回來前一定會沒事**，她想。

她的肚子貼著冰冷的地面，讓她冷得有些受不了。她正要對莖葉提議出去狩獵，以便讓身體暖和一點，空地另一邊忽然傳來尖銳的說話聲。

「妳怎麼這麼不小心？」

點毛抬起頭，看到露鼻正怒瞪見習生，灰白相間的尾巴憤怒地甩動。竹掌心虛地盯著地面，腳掌不住顫抖。赤楊心在他們旁邊，一臉的不情願，似乎寧可待在別的地方。

「這是意外，露鼻。」他低聲說道。

「當然是意外，」露鼻咆哮。「她不是叛逆，只是無腦，趁你不注意去巫醫的藥舖裡翻箱倒櫃！」

「我只是覺得我可以幫小月桂！」竹掌泣訴。「我記得以前咳嗽時，松鴉羽給我吃過一種藥。」

赤楊心搖了搖頭。「妳絕對不能擅自給任何貓吃藥，尤其是小貓，」他嚴肅地告訴她。「如果沒有受過巫醫訓練，妳可能會給太多藥或給錯藥，害得他們病情加重。」

「**還有，**」露鼻憤怒地插嘴。「妳不僅擅自治療小貓，還把巫醫的金盞花瓣搞得亂七八糟，他們現在該怎麼辦？金盞花在禿葉季不會開花。」

竹掌羞愧地低下頭。

「我也許能在湖邊找到一些乾枯的花瓣，」赤楊心提議。「竹掌早上可以來幫我找。」

「她**現在**就可以自己去找。」露鼻嚴厲地喵聲道。

點毛和莖葉互看對方一眼。**天色已晚，而且外面非常寒冷。**

「我想應該可以等到明天。」赤楊心的口氣聽來很驚訝。

「她需要改正自己的錯誤，」露鼻駁道。「這樣她才會學到教訓。」

赤楊心一臉疑惑，但還是點了點頭。

「好吧，」竹掌雖然訝異地張大眼睛，但依舊抬頭挺胸。「我會解決這個問題。」她認真地喵聲道。

眼見見習生走出營地，點毛轉頭面對莖葉。「她不應該獨自去那種地方，」她不贊同地說。「她當上見習生還沒多久。」**我該追上去嗎？**黃昏時兩隻貓結伴在湖邊搜尋，比一隻貓單獨行動要好得多。

「露鼻是她的導師；有權決定如何懲罰她，」莖葉答道，但臉上也充滿擔憂。「如果他認為沒有安全顧慮，我相信她會沒事的。」

點毛踱著步，焦急地看著營地入口。

天已經黑了，竹掌還沒回來。

「他不該命令她單獨出去。」點毛嘀咕。她看到露鼻在營地另一邊，表情和她一樣擔心。這位年長戰士把頭擱在腳掌上，眼睛直盯著通往營地的隧道。

「她可能還在找金盞花，」莖葉喵聲道。「我想她一定沒事。」但他的尾巴不安地抽動著。

點毛的身體開始發抖。天氣變冷了嗎？竹掌還太小，又缺乏經驗，天黑後無法單獨在雪地活動。**我不能讓她獨自待在外面**。打定主意後，她去找露鼻。

「我們必須去找竹掌，」她斷然對他說。「她的處境很危險。」

「她是我的見習生，」露鼻駁道，隨即低下頭。「但妳說得沒錯，我這就去找她。」

「你也不應該單獨前往，」點毛堅持，因為貓頭鷹和狐狸都在夜間捕捉獵物。她回頭看看莖葉，希望他會同意，他也立刻站了起來。於是她回頭對露鼻說：「我們跟你一起去。」

「我也去。」蜂蜜毛一直靜靜聽著，綠眼充滿擔憂，也跟著起身加入他們。「我們會找到她的。」

他們離開峽谷時，雪下得更大了。「這樣會洗掉她的氣味痕跡。」點毛喵聲道。

「我們趕快去湖邊吧，」莖葉提議。「她應該會去那裡找乾枯的金盞花。」

他們在雪地裡排成一列前進，皮毛遭受強風肆虐。點毛壓低身子，試著縮在蜂蜜毛後面。所有氣味都半掩在雪的氣味下，除了風聲，這個夜晚似乎太過安靜，他們心底泛起一股不祥的預兆。點毛不習慣晚上離開營地，黑暗使她分不清方向。她不得不稍稍停步，環顧四周以確定方位。

湖邊的水已經結成脆脆的冰，蜂蜜毛試探性地伸出爪子戳了戳。「她不會去冰上吧？」

「她為什麼要這樣？」點毛喵聲道，這個想法令她發顫，她只好努力壓下。「這裡就有枯死的金盞花。」雪覆蓋了岸邊植物的殘骸，點毛瞇眼細看，試圖找出竹掌來過此處的掌印，但雪下得更快了，根本無法辨別。

「竹掌！」露鼻嚎叫起來，其餘的貓也一起高聲呼喊。「竹掌！」沒有回應，他們的聲音似乎被周圍飄落的雪聲掩蓋了。

最後，他們全都沉默下來。露鼻垂下尾巴，左右張望，拚命掃視岸邊。「萬一找不到竹掌該怎麼辦？」他喵聲道，琥珀色眼睛充滿痛苦。「如果她出了什麼事，都是我的錯。」

「我們會找到她的。」點毛堅稱，但她的心直往下沉。**竹掌可能在任何地方，**他們怎麼可能在漆黑的冰天雪地中找到她？

露鼻嘆了口氣。「我還是掌字輩時，白翅為了糾正我犯的錯，總是會懲罰我。我懲罰她也是基於相同的用意，但從沒想過會帶來危險。」

莖葉回頭凝望營地。「竹掌知道這裡最有可能找到乾枯的金盞花瓣，對吧？」「沒錯，」蜂蜜毛的耳朵抽動了一下。「你還想到其他地方嗎？」

「不，」莖葉喵聲道。「但她會從營地走到這裡，再從這裡回營地，我們知道她會走哪條路。」

點毛胸中再度燃起希望。「說得很對！就算迷路了，她也不會走太遠，我們應該試著追尋她的足跡。」

他們一起轉身朝營地走去，現在風改由背後吹過來，推著他們前進。

「竹掌！」他們高呼。點毛環顧周遭，搜尋灌木叢。「竹掌！」她扯開嗓門再次大叫，努力讓自己的聲音在風中傳開。

前往營地的途中，蜂蜜毛停了下來。「這樣找根本就毫無希望。」她沮喪地低吼。點毛感到胃部一陣痙攣。**她說得沒錯，我們在這種天氣裡永遠找不到竹掌。**雪和黑暗將周圍的景物變成了陌生的陰影。

她意識到，**這一切——雪、風、嚴寒——都可能殺死竹掌。**她的嘴巴突然變得很乾。**絕對不能停止搜尋她。**

方。」

我不會放棄。單憑眼睛看還不夠，他們需要動腦。

「如果竹掌回不了家會怎麼做？」她緩緩問道。「想必會找個她覺得安全的地方。」

莖葉的皮毛被雪弄溼，看起來比平常更小更瘦。「她去哪裡會覺得安全？」

「一個有點像窩的地方，」點毛想起以前當見習生時，安全地縮在窩裡，在黑暗中感受溫暖，還有附近其他見習生輕柔的呼吸聲。「可以提供庇護的地方。」

蜂蜜毛搖頭。「我想不出在湖和營地之間有什麼地方像這樣。」

可以提供庇護的地方。蜂蜜毛說得對，這裡沒有什麼地方像見習生窩的小洞穴。禿葉季的灌木叢不夠厚，無法用來藏身，樹根也只能提供部分遮蔽，無法完全擋住大雪。點毛忽然想起來。「倒下的樹！就在見習生的格鬥學習場附近！」先前落葉季時，有一棵老山毛櫸倒下，樹幹下面有一個洞。「如果竹掌無法返回營地，我敢說她一定會試著過去那裡。」

露鼻點點頭。「昨天我們還在那附近打獵，我相信她一定會想到那裡。」

他們急忙朝那個方向走去，腳掌在潮溼地面上頻頻打滑。**拜託，請讓她待在那裡**，點毛心想。

「竹掌！竹掌！」

只有一片寂靜。前方出現倒下的樹模糊的形狀。

一聲驚恐的叫喊忽然響起。「我在這裡！」

回到營地後，松鴉羽朝著竹掌全身嗅了一遍，再把她的毛舔乾，同時斥責她和露鼻：露鼻真是個鼠腦袋，竟然要見習生獨自去雪地裡冒險，而竹掌也夠笨，居然乖乖聽話，甚至笨到在自己部族的領地裡迷路。竹掌羞怯地獻上枯萎的金盞花瓣，這可是她從湖岸一路小心翼翼帶回來的。正在訓話的松鴉羽吃了一驚，停了下來。

「很好。」盲巫醫終於喵聲道。「為了以防萬一，妳先服下這朵小白菊，然後回你的窩去休息吧。」

露鼻感謝點毛、莖葉和蜂蜜毛的協助，他的聲音因為真情流露而略顯沙啞。接著他護送竹掌前往見習生窩，堅持讓她靠在自己身上。自從他們找到竹掌，他已經多次為了在這樣的夜晚派她出去而道歉。

「露鼻看起來很難過的樣子。」莖葉和點毛前往戰士窩，他在途中說道。

點毛伸個懶腰，肌肉疲憊又痠痛。「他本該這樣，」她回答。「畢竟竹掌可能會受傷。」

「我知道，」有一些年長戰士睡在較為溫暖的中央地帶，莖葉壓低聲音。「但他其實沒有做錯什麼，不是嗎？見習生應該受到適當的懲罰，他只是派她去拿被她毀掉的草藥。」

「他沒有違反任何守則，」點毛同意。她爬進窩，縮進底部的苔蘚和羽毛之間。

「也許我們需要制定守則，確保所有貓不會因為懲罰而陷入危險。」

「或許吧。」莖葉的窩就在她的旁邊。他縮起身子，頭枕在橘白相間的腳掌上，雙眼凝望她。「但是我們要怎麼改變守則呢？我們無法擅自作主。」

「棘星可以作主，我相信他會聽我們的，」點毛告訴他。「他是一隻好貓，也是好族長。」

「好吧，不妨試試，」莖葉伸了個懶腰，弓起背。「我很自豪我們找到她，」他平靜地接著說道。「我們合作無間，不是嗎？」

「是啊，」點毛把聲音壓得更低。「竹掌失蹤實在太可怕了，但透過我們的合作順利解決，我喜歡這樣。」**我喜歡和你一起工作。**

只要能和族貓一起狩獵或巡邏，她都會非常開心，但莖葉特別不一樣。她的尾巴伸過去，隨即感到他也伸出尾巴，與她的交纏。她閉上眼睛。**明天，我們會更改守則，一起站出來改變。**

「我認為妳不應該打擾棘星，」殼毛甩動尾巴。「他太重要了，不能浪費時間聽妳說話。」

「我沒問你。」點毛厲聲回嘴，只盼莖葉的同窩手足沒有聽到他們的計畫。他現在不像見習生時期那樣專橫，但他仍然確信自己的見解最高明。

殼毛以銳利的目光看著莖葉。「別再讓她害你遇到麻煩。」

莖葉抽動著鬍鬚。「這是點毛的決定，也是我的決定，」他平靜地喵聲道。「我也看到了問題，覺得應該採取措施，我不願意去想竹掌可能會遇到什麼變故。」

點毛吞了吞口水，轉身背對殼毛。「現在就開始吧。」她喵聲道。她和莖葉肩並著肩。走到棘星窩下方的岩石堆。他們站在外面，有些遲疑，腳掌被雪沾溼。

「我們該不該……喊他？」莖葉問。

點毛深吸一口氣。**棘星很友善，**她提醒自己。**他是很好的族長，一定會樂見我們來找他談這件事。**「棘星？」她禮貌地喵聲道。

「什麼事？」雷族族長從窩中伸出寬大的虎斑頭，疑惑地看著他們。「有事嗎？」

點毛覺得嘴裡發乾，只好看著莖葉。

「我們想談談竹掌昨天發生的事。」莖葉開口說道。

棘星點了點頭，縱身躍下，落在他們面前。「想必很可怕，」他喵聲道。「露鼻告訴我，找得到她都虧你們倆幫了大忙。」

「她迷路了，」點毛意識到自己的口氣有些唐突。「她不應該單獨外出。」

棘星甩甩耳朵。「也許不該，」他喵聲道。「但露鼻當時採取了他認為正確的措施，我們不能因為天氣變壞而責怪他。」

「不，」點毛沮喪地回答，氣自己沒有一開始便說清楚。「我無意責怪露鼻。但我——我們——認為應該有一條關於單獨出營的守則，至少在這樣的禿葉季要有。」

莖葉點點頭。「見習生不應該受到這樣的懲罰，太危險了。」

棘星盯著他們看了一會兒，琥珀色眼睛非常專注。「你們說得對，」他終於表示認同。「我一直以來都讓導師自行判斷，但松鼠飛和我會叮囑他們，不要讓見習生單獨離開營地，如果非這麼做不可，至少要等到新葉季降臨。任何貓都不應該在這種時候遭受單獨外出的懲罰。」

「謝謝你。」點毛喵聲道，瞬間鬆了口氣，不覺有些頭昏眼花。棘星認真對待他們，沒把他們當成整個部族中資歷最淺的戰士。

棘星對他們點了點頭，表示敬意。「我很感激你們來找我談這件事，」他平靜地對他們說。「看得出來，你們都渴望幫助部族。」

他說完便走進空地，去找松鼠飛。點毛等到他走遠，興高采烈地轉向莖葉。

「他聽了我們的意見，」莖葉呼嚕道。「比我想像的還要容易。」

點毛伸出尾巴貼著他的側腹。「我們合作的效果真的很好，不是嗎？」

第五章

今年的禿葉季比以往更為酷寒，但陽光明媚。點毛的心情既急切又有點提心弔膽，連日來厚厚雲層籠罩森林上空，現在終於可以享受陽光晒在皮毛上的感覺。最後一支邊界巡邏隊剛離開營地，松鼠飛正在召集剩下的戰士外出狩獵。由於天候惡劣，獵物愈來愈稀少，她每次都得派出三、四支巡邏隊，在雷族領地各處狩獵。

「嫩枝杈，」她開口說道。「率領一支巡邏隊，去廢棄的兩腳獸巢穴巡邏。」

「遵命。」灰色母貓高興地回答，接著叫道：「嘿，鬚霜，要不要和我們去打獵？」

點毛沒有聽見任何回應，於是轉頭察看，發現這位新戰士與其他貓稍微拉開距離，表情有點奇怪。「不用了，謝謝，」她緩慢地回答。「我……呃……我床上有一根刺要拔。」

呃？這並不是拒絕狩獵的理由，況且鬚霜一直很熱心，擔任見習生時非常熱中於學習，因此棘星讓她比同窩手足更早接受評估並升格為戰士。點毛困惑地轉頭看著莖葉，但他垮下肩膀，避開她的目光。

「嗯，那麼，暴雲，你要不要和我們一起巡邏？」雖然嫩枝杈被玫瑰瓣伸過來的尾巴拖走，還是不死心地問著。

「好啊。」暴雲回應。

莖葉正要上前主動加入，但還來不及行動，點毛的尾巴已經搭上他的背。

「你知不知道鬃霜是怎麼回事？」她輕聲問。「她的樣子很奇怪。」

莖葉不自在地換了個站姿。「她……不太高興，」他終於喵聲道。「我猜是我害的。」

「你害的？」點毛困惑地複述。莖葉一直把鬃霜當成妹妹，為什麼她會突然因為他而不高興呢？

莖葉看起來更不自在了。「鬃霜告訴我……她已經通過考核，希望有一天我們能成為伴侶，她還說對我有感情。」

「哦。」點毛的心直往下沉。

「至於我呢，呃，我告訴她不可能，因為我已經想好要和哪隻貓做伴侶了。」莖葉看看她，然後移開視線。

點毛感到一陣暈眩，他的意思該不會是……莖葉再度回頭看她。她微弱地喵聲道：「你指的是我？」

莖葉眨著眼。「當然，一直都是妳。」

儘管寒冷，點毛突然感到出奇的溫暖。「我也是，」她喵聲道，話語脫口而出。「你是我唯一有過這種感覺的貓。」

他們凝望彼此，接著莖葉上前一步，與她臉貼著臉。他身上的氣味很熟悉，給她一種美好又撫慰的感覺。

「點毛，」一聲叫喚突然響起，她猛地後退。「妳跟我們一起。」另一支狩獵巡邏隊已經圍著樺落聚集起來，準備出發。

「來了。」她喵聲道，從莖葉身邊走開，但依然看著他。「我得走了。」他抽動著鬍鬚。「那快去吧，」他喵聲道。「回來後就有空聊了。」

沒錯。她轉身快步走向其他貓，腳步相當輕盈。**我們會一起度過下半輩子**。

這是一場漫長而艱苦的狩獵，他們只帶回了幾隻瘦巴巴的田鼠和麻雀。儘管寒冷，點毛仍然籠罩在幸福的光輝中。她把田鼠放在新鮮獵物堆上，環顧四周，看看莖葉的巡邏隊是否回來了。

她看到鬃霜和玫瑰瓣靜靜地依偎，一股悔恨的感覺湧上心頭。莖葉愛的是她，但她無法為這件事感到遺憾——畢竟這是她所能想到最美好的事——不過，她為鬃霜的傷心而遺憾。這位年輕戰士看起來很悲傷，但她的表情還有某種情緒，讓點毛脊椎上的皮毛一陣刺痛……那是驚嚇嗎？

她看到莖葉從戰士窩走出來，便暫時將鬃霜拋在腦後。她朝他跨出一步，一顆心在胸腔裡狂跳。

「點毛，」松鼠飛在她身後叫道，聲音疲憊不堪。「棘星在巫醫窩裡，幫他送些獵物過去，他需要吃飯。」

點毛轉身看到雷族副族長和松鴉羽站在空地邊緣，臉上充滿擔憂。

「好的，」她應道，回身面對新鮮獵物堆。「他生病了嗎？」

松鼠飛閉上眼睛，深吸一口氣。「他身體不太好。」點毛在新鮮獵物堆中挑揀，松鼠飛回頭和松鴉羽繼續低聲討論。

點毛選了一隻稍胖的田鼠，然後朝巫醫窩走去。經過莖葉身邊時，他也跟上來。「棘星決定帶領我們的狩獵巡邏隊，」他低聲說道。「他的樣子很奇怪，後來就突然暈倒了。」

暈倒？點毛嘴裡叼著田鼠，只能發出一點聲音表示關切。

「情況很不妙，」莖葉喵聲道。「我們把他帶回巫醫窩時，他開始抽搐。巫醫們不知道他出了什麼問題。不過，他已經休息一段時間了。」

他們抵達巫醫窩入口，莖葉向前傾身，匆匆與點毛臉貼臉，隨即退開。「我晚一點再找妳談。」他低聲說道。她穿過遮蔽入口的荊棘捲鬚時，仍然感到全身暖洋洋的。

棘星縮在窩裡，把臉別過去。赤楊心既是棘星的兒子也是巫醫，在旁邊焦急地盯著父親。

點毛進來時，他抬起頭。「松鼠飛派妳來的？」

點毛點點頭，來到棘星的窩旁，把田鼠放在他身邊。「他醒了嗎？」她輕聲問。她站在那裡都能感覺到棘星身體散發的熱度，與窩裡禿葉季的寒冷形成鮮明對比。「他在發燒。」她喵聲道。

雷族族長猛地抬頭看她，目光灼灼。點毛有些害怕，便向後退。「妳為什麼在這裡？」他問道，聲音異常粗啞。

「我拿新鮮獵物給你。」她告訴他，然後看向赤楊心。

棘星眨了眨眼。「那是有毒的獵物嗎？」

點毛驚訝得毛都豎了起來。「什麼？當然不是！」

「棘星。」赤楊心開口想安撫，但棘星怒吼一聲，打斷他的話。點毛對他的反應感到反胃和恐懼。

「證明一下，」棘星要求。「嚐一嚐獵物。」

點毛疑惑地再次看向赤楊心。「嚐吧，」巫醫催促。「他需要營養來對抗這種疾病。」

點毛低下頭，咬了一小口田鼠，溫熱的血液在她的舌頭上蔓延。「嚐起來沒問題。」她吃完便喵聲道，然後把田鼠推給棘星。

棘星搖了搖頭，眼神迷茫。「點毛？」他喵聲道。「對不起……我不知道自己是怎麼回事。我覺得……」他頓了一下。「我總是忘記自己在哪裡。」他看起來很失落。

「妳還是走吧，」赤楊心連忙告訴她。「他已經不是原來的他了。」

沒錯，他不是。點毛朝入口退去，視線無法離開族長困惑的神情。當初她和莖葉來找他談竹掌的事，他那麼仔細地傾聽，眼前這隻貓怎麼可能會是他？她幾乎認不出他了。

點毛發現莖葉和她的同窩手足拍齒在外面等候。「他怎麼樣？」莖葉立刻問道。

「醒了嗎？」

「他很奇怪，」點毛告訴他們。「挺可怕的，後來又變得好像很失落。」

她把經過情形告訴他們。

「妳說他發燒了，對嗎？」莖葉問。「這可能是他舉止奇怪的原因。」

「對啊，」點毛吸了口氣，因這兩隻貓的氣味而鎮定許多。一隻是兄弟，另一隻是……莖葉對她來說是什麼？還是朋友嗎？或者未來的伴侶？她覺得自己沒有準確表明棘星的情況多麼不對勁。他剛才看她的樣子就像她很陌生，是他必須提防的無賴貓。

「我說不清楚他有多可怕，你們沒看見他的樣子。」

「每隻貓生病時都會變得怪怪的，」拍齒冷淡地抽動金色虎斑尾巴。「記不記得小時候我有一次發燒？我一度以為自己是老鷹。」他呼嚕呼嚕地笑起來。「我想從樹上跳下來，證明我會飛，妳和飛鬚極力阻止我。」

「沒錯……」點毛也試圖呼嚕地笑。她記得拍齒當時多麼困惑，但他的行為並沒有像棘星那樣與平常不同，也沒有那麼絕望。

「沒什麼好擔心的。」拍齒對她眨眨眼，讓她放心，接著便朝戰士窩走去。點毛留在莖葉身邊。

「妳還好嗎？」他專注地看著她問道。

「我並不是反應過度，」她可憐兮兮地堅稱。「感覺棘星出了嚴重的問題，他一定病得很重。」

「我沒有認為妳反應過度，」莖葉緊靠著她，讓她感到溫暖及舒適。「妳沒有這種問題，但別忘了，棘星有九條命，即使生病也比我們安全，他一定會沒事的。」

「應該是吧。」點毛喵聲道。但一股冰冷的憂慮慢慢襲上她的心頭。星族已經好幾個月沒有跟各族交流。**萬一棘星死了，祂們沒把他帶回來，那該怎麼辦？**

棘星病得愈來愈嚴重，最後動也不動地躺在巫醫窩裡，無論周圍發生什麼事都毫無反應。

「他會變成怎樣？」飛鬚低聲說道，他和點毛並肩坐在見習生窩旁。

點毛吞了一口口水。「我不知道。」她低聲說。

她和飛鬚看著松鼠飛在營地裡踱步，她的臉因擔憂而緊繃，尾巴頻頻抽動。**單憑松鼠飛的能力只夠勉強團結整個部族，**點毛心想。**如果棘星死了我們該怎麼辦？**

第二天，棘星根本沒有醒來。赤楊心在日升時分出來吃老鼠，看起來很疲憊。「他一直翻來覆去，」他悲傷地告訴點毛。「燒還沒退。」點毛和莖葉互看對方一眼，她的心不斷下沉。**難道這就是結局？**

那天，她和莖葉及雷族其他貓大部分時間都在空地緊張地守候，想知道巫醫窩什麼時候會傳來消息。**棘星是否還會醒來？**

點毛獨自蹲在巫醫窩旁，一邊用爪子在泥土上劃來劃去，一邊注意任何可能表明棘星狀況的聲音。莖葉來到她身邊坐下，臉上帶著堅定的神情。

「我希望妳成為我的伴侶。」他直率地喵聲道。

點毛眨了眨眼。「呃——」現在似乎不適合說這種事。

「我一直在等待，但後來我意識到，棘星不希望我們枯等下去，」莖葉告訴她。「如果不好的事即將發生，我希望妳在我身邊。如果好事即將發生，我仍然希望妳陪著我。誰也不知道會發生什麼事，我們也一樣，我不想再等了。」

點毛凝視著他專注的綠眸，一股暖意流過全身。莖葉說得沒錯，無論如何，他們都想要在一起。「好，」她輕輕地喵聲道。「我也是，我願意。」

莖葉緊靠著她，兩隻貓靜靜待在那裡，太陽漸漸西沉。

日落時分，邊界巡邏隊將影族族長虎星和巫醫見習生影掌帶回營地。他們宣稱影掌收到星族傳來的異象：如果為棘星在雪中做一個窩，讓他在那裡過夜，他就會好起來。

他的病情不會加重嗎？點毛不禁懷疑，胸口因憂慮而發緊。**星族為何要對影族透露雷族族長的狀況？**

松鼠飛一口拒絕，畢竟這個主意聽起來非常荒謬。

但部族的巫醫用盡一切方法都毫無幫助，棘星變得更為虛弱。赤楊心和松鴉羽暴瘦又疲憊，很少離開巫醫窩。松鼠飛深夜在營地來回踱步，幾乎不說話。

如果棘星不能回來該怎麼辦？星族已經忘了我們嗎？這種事不可能發生吧？點毛明白每隻族貓都想知道問題的答案，但她只對莖葉低聲說出來。

「只剩下一個辦法可以嘗試。」赤楊心終於提議大家按照影掌所說的去做。想到要把棘星扔在寒冷中，松鴉羽不由得怒火中燒，但在大集會上，影掌談到星族傳來另一個異象，於是松鼠飛也同意了。想要單憑這個療法拯救棘星，或許希望渺茫，但這是他們唯一的機會。

鰭躍和錢鼠鬚背著棘星來到荒原，後面跟著赤楊心和松鴉羽，以便巫醫就近守護族長。松鴉羽仍然憤怒地嘶吼著，反對這個計畫。

「我真不明白，」鰭躍回來後告訴他們。他的腳掌不安地在地上抓著，尾巴下垂。「影掌在我們領地最空曠的地方為他做窩，讓他全身被雪蓋住。這怎麼會有幫助？」

「一定有，」點毛喵聲道，她的焦慮已經達到疼痛等級。「影掌是巫醫見習生，這一定是來自星族的真實消息。」影掌看起來是一隻很好心的貓，再說，他們與影族和睦相處已經有一段時間，巫醫見習生絕對不會在這種事上說謊。

但他還那麼年輕，萬一他搞錯怎麼辦？她緊張地舔著腳掌。但影掌應該收過星族傳來的異象，而其他貓都收不到。再說，照理來講外族不知道棘星生病，而他卻知道。

「我不想把他留在那裡，」錢鼠鬚坦承。「萬一他——要是這麼做沒有用……我會覺得是我的錯。」

「不是你的錯，」莖葉堅定地喵聲道。「也不是赤楊心或松鼠飛的錯，即使做決定的是他們，畢竟這是我們僅剩的機會了。」

點毛的窩在戰士窩入口附近，她躺在裡面徹夜難眠。她與莖葉尾巴交纏，但誰也沒有說話。她聽到其他戰士在窩中移動的聲音，今晚所有貓都睡不著。有一抹影子定時從門口掠過，是一直在踱步的松鼠飛，她的皮毛被雪打溼，但她不在乎嚴寒肆虐。

荒原上一定更冷，點毛想。

當黎明的微光開始照亮營地，雷族戰士一起走進空地等待。松鼠飛悄悄溜了出去，他們都看著她離開，知道她正前往荒原。

「也許他已經康復了，」拍齒低聲說。「也許他會和松鼠飛一起回來。」

「希望如此。」點毛應道。她緊張得嘴巴發乾，目光無法從營地入口移開。

太陽愈升愈高。有些貓在分享舌頭，但沒有對話。沒有貓吃東西，也沒有貓召集狩獵或邊界巡邏隊。他們好像只是在一起專心呼吸——氣息很淺，心情緊張——提心弔膽地等待著。

終於，營地入口的荊棘出現動靜，有隻貓正進入峽谷。點毛站起來，隱約感到身旁的莖葉也起身。

松鼠飛獨自進入營地，綠眸睜得大大的，眼神呆滯。她動也不動地站在那裡，身體隨著劇烈的喘息而起伏。

她終於開口說話，聲音發緊。「棘星死了。」

日升過後，四名雷族戰士將棘星結冰的屍體抬回營地。每隻族貓都在觀看，有的保持沉默，有的悲傷地嚎叫。松鼠飛動也不動地縮在戰士窩入口旁，皮毛被雪浸溼。女兒火花皮緊挨著她，白翅和栗紋則在附近走來走去，但她似乎沒有注意到任何貓。鬃霜和其他戰士小心地將棘星放到地上，松鼠飛陰鬱地凝視著棘星靜止的身軀。

如果我當時能做點什麼就好了，點毛無奈地想。那天她進巫醫窩，看到棘星病得很重，卻幫不上任何忙。影掌看到的異象一定是錯的，星族已經拋棄他們。她感覺體內有東西被撕裂了。棘星是英明睿智的族長，仁慈、堅強又穩重，少了他，他們該怎麼辦？

夜幕降臨，雷族所有貓聚在一起，為死去的族長守夜。火花皮和赤楊心，還有棘星養育過的松鴉羽和獅焰，全都坐在他的一側，松鼠飛坐在另一側。他們和那些最了解棘星的戰士一起談論他的勇敢，以及他那些領導有方的事蹟。

點毛在戰士群後方，擠在莖葉和拍齒之間，由於心神恍惚，一直跟不上話題。即使松鴉羽對松鼠飛咆哮：「妳為什麼讓影掌殺了他？」她也幾乎沒聽見。

她無法從棘星身上移開目光，他已完全靜止不動。點毛的心劇烈跳動，每跳一下，一股難以置信的感覺就會湧現，令她噁心欲嘔。**他怎麼會死呢？**從她出生到現在，他一直都是雷族族長。

終於輪到年輕一輩的戰士輪流表達對棘星的記憶。點毛幾乎沒有在聽飛鬚說話——她提到見習生時期受到棘星鼓勵——輪到點毛時，她清了清喉嚨。「他對我很好，」她喵聲道。「儘管我年輕又缺乏經驗，他還是願意聽我說。」

悲傷淹沒她的心，她默默坐下來。不久守夜結束，以灰紋為首的長老們鄭重上前，將棘星的屍體抱起來，打算將他埋在營地外。

棘星忽然動了，側腹微微顫了一下。

聚在一起的貓難以置信地低語。**一定是風吹動他的毛**，點毛對自己說。她先前就已看到棘星身上結了一層冰。如果他要帶著下一條命從星族回來，想必早就發生了。她聽說過很多次，族長在幾次呼吸間就可以從上一條命轉到下一條命。

棘星的側腹再次動了起來，肌肉也開始震顫。點毛轉向莖葉，發現他正盯著族長看，眼中充滿希望。「你看到了嗎？」他問。他們一起轉頭觀望。

「這不可能。」刺爪低聲說道，因滿懷希望而聲音發緊。

棘星抬起頭，迷迷糊糊地眨著眼睛，然後一個翻身趴在地上，抬頭環顧整個部族。

點毛倒抽一口氣，懷疑和喜悅在內心交戰。她錯了，星族並沒有拋棄他們。

棘星還活著！

第六章

點毛伸個懶腰，懶洋洋地舔著前腿，享受陽光的暖意透進皮毛。營地的陰涼處和高台下方仍殘留大片積雪，但已數月沒見過這麼溫暖的天氣，天空也呈現清澈的淡藍色。

一切都會好起來的，她高興地想。莖葉在空地另一邊與姊妹鷹翼和梅石分食一隻松鼠，他們目光相遇時，他親切地對她豎起耳朵。

嗯，松鼠，她想。現在新葉已經長出來了，獵物也能自在奔跑，禿葉季的飢餓感已成為記憶。正當她盤算著要起身去看看新鮮獵物堆，由煤心率領的狩獵巡邏隊回到營地，嘴裡叼著更多獵物。

不妨吃一隻老鼠吧，她一邊想，一邊歪頭看著燕雀掌叼著的胖老鼠。點毛起身時，松鼠飛從棘星窩走出來，然後爬下落石堆回到空地。

「幹得漂亮！」她稱讚。「雷族今天有頓大餐可以吃了。」

棘星跟在她身後，從高台上跳下，腳掌觸地時發出輕輕的聲響。點毛胸中湧現一股焦慮，取代了剛才的好心情。自從棘星帶著新的一條命醒來，個性就變得高深莫測。也許他死了那麼久，很難適應再次活著。

「百合心，」他喵聲道，掃視獵手。「妳的獵物呢？」

小虎斑貓躲在巡邏隊後面偷瞄。「我什麼都沒發現。」她輕聲回答。百合心眼中流露的緊張神情，令點毛全身緊繃。

棘星的尾巴尖抽動一下。「沒發現？」他問。「為什麼沒有？」

「我……」百合心眨了眨眼。

煤心將獵物丟到新鮮獵物堆上，走了過來。「我們捕獲的大部分獵物都有她幫忙，棘星，你也知道巡邏隊的合作狩獵模式。」

棘星輕蔑地看了她一眼。「我只聽到她什麼也沒抓到，」他大步走到百合心面前。「沒有為部族狩獵的戰士會讓大家失望，她沒有奉行守則。」點毛不安地移動腳掌，暗自希望可以為百合心辯護。責怪她並不公平，正如煤心所說，巡邏隊帶回的獵物想必都有她幫忙。

「我試過了！」百合心駁道，她看起來很想跑去躲起來。

「棘星，」松鼠飛插話。「百合心是優秀的戰士，並不是每位戰士每次出動都能捕獲獵物，而且我們捕到的也夠多了。」

棘星瞇起琥珀色眼睛，環顧四周的貓群。「守則告訴我們，要把部族放在第一位，」他提高嗓門，字字句句在空地上迴盪。「真正的戰士會持續狩獵，直到帶獵物回來養活部族。如果想要平安順利地活下去，每隻貓都必須為部族效力。」

百合心低頭看著腳掌。「我很抱歉。」她低聲說。

「妳可以拿出更好的表現，來證明進步的決心，」棘星告訴她。「今晚睡在荒原上，明天要抓到至少幾件獵物再回營地。」點毛默默倒抽一口氣，百合心也出現沮喪的表情。棘星真的要讓百合心單獨在外受罰？他曾在竹掌的樹林迷路事件後許下承諾，難道都忘了？

「荒原！」松鼠飛憤怒地喵聲道。「那裡的地上還有雪，她就不能明天再去打獵嗎？」

「這取決於她有多想為部族服務，還有她是否相信這條戰士守則——亦即族長的話就是守則。」棘星瞇眼看著百合心。

「對任何一隻貓來說，晚上獨自待在外面恐怕不是好主意。」松鼠飛表示反對。

百合心費力地吞了吞口水。「我會照做。」她喵聲道。

棘星點點頭。「很好，或許妳還是可以對雷族展現忠誠。」

百合心朝營地入口走去，點毛因不安而皮毛刺痛。為什麼棘星變得如此嚴厲？也不過一、兩個月前，她和莖葉表明晚上把貓單獨送出營地是不公平的懲罰，他當時便表示認同。自從他開始以新的一條命活著，就變得態度嚴厲又脾氣暴躁，但他從未違背過上一條命訂下的規則。他為什麼要這樣懲罰百合心？更根本的問題在於，他為什麼要懲罰她？

她與莖葉隔著空地遙遙相望，深知他的想法與自己的想法一致。**這是不對的。**

「我們必須相信棘星知道自己在做什麼，」煤心喵聲道，抬頭朝空中嗅了嗅。「有沒有聞到兔子的味道？」

點毛沮喪地想喵喵叫。她先前說服父母和她一起出去巡邏，方便私下交談，但他們似乎根本沒有在聽她說話。

獅焰豎起耳朵。「我想吃兔肉。」他自言自語。

「你們不擔心棘星最近的行為嗎？」點毛問。他們怎麼會看不出問題呢？「他比以前嚴厲得多，如果沒有為了雞毛蒜皮的事罵某隻貓，他就只想跟松鼠飛一起縮在窩裡。他甚至把一半副族長的職責丟給鬃霜，這樣松鼠飛就可以一直待在他身邊。」

雖然年輕的鬃霜盡全力執行任務，但將重責大任賦予一隻剛擁有戰士名字的貓，實在太荒謬。也許棘星沒有注意到，但點毛早就發現，當這隻年輕的貓對年長戰士發號施令時，往往把他們氣得炸毛。

煤心和獅焰互看對方一眼。

「點毛，」煤心開口說道。「棘星經歷了很多波折，他剛剛失去一條命，自然希望伴侶陪在身邊。」她深情地看著獅焰。

話是沒錯，但……「他醒來時……那不是族長獲得新生命該有的樣子吧？也許他在星族出了什麼事。」

點毛沒有親眼見過族長以新的一條命繼續生活，但她聽說過此事的模式——在上一條命結束和下一條命開始之間，應該僅僅間隔幾秒，而且他醒來時應該呈現強健且神清氣爽的狀態。棘星長達數小時動也不動地躺著，全身冰冷，連皮毛都結冰了。他終於醒來時，點毛在他眼中看到的依舊是茫然、呆滯的神情。她想到這一切，不由得渾身發顫。

煤心的藍眼充滿悲傷。「星族離我們太遠了，」她喵聲道。「也許棘星很難找到回家的路。」

點毛雖然不情願，內心深處依然湧現一股同情，她開始想像棘星在星族的祖先和自己冰冷身體之間徘徊的情景。

「這仍然不能當做他苛待其他貓的藉口，」她固執地爭辯。「他一直是仁慈的族長，為什麼要這樣懲罰百合心？」

「我也不喜歡棘星最近的行為，」獅焰喵聲道。他思索了一下，然後換個站姿。「但他得到大家的信任，也帶領雷族度過各種難關。他像父親一樣養育我和同窩手足，總是希望每隻貓得到最好的生活，我必須給他一個機會。」

「我們必須選擇追隨棘星，並且相信他，」煤心輕聲附和。「我確信他會恢復先前的樣子，妳能不能也試著相信？」

點毛望著父母，看得出他們是發自內心地真誠。他們說得沒錯，棘星一次又一次證明他是優秀的族長，而且全心全意帶領並保護部族，當然值得大家給他一點時間恢復原狀。

「好吧，」她同意。想到棘星可能很快恢復正常，她感到一陣寬慰。「我會盡力。」

冰冷的雨滴沿著點毛的皮毛滴下，她煩躁地把毛抖鬆。獅焰在她身旁，雨水在他的金毛上留下深色痕跡。鬚霜則低下頭，避免水流進眼睛。雨已經下了一整天，上空厚厚的烏雲沒有消散的跡象。**不過，**點毛心想，**繼續進行邊界巡邏比待在營地好多了。**棘星前一天當眾宣布，他和松鼠飛既然貴為族長和副族長，理應首先挑選新鮮獵物，就連長老和貓后也得排在他們後面。每隻貓都豎起了毛，就像毛裡卡了一根刺。

戰士守則分明規定，長老與帶著小貓的貓后先吃飯。長老是為部族奉獻一生的戰士，為了表達敬意便將第一個獵物獻給他們。至於確保哺乳的貓后吃得好，則是為了促進部族永續發展。這是戰士守則中最重要的規範之一。

為什麼棘星會突然做出改變？點毛一邊暗自納悶，一邊在又高又溼的草叢中前進。守則也確實表明，族長的話就是守則，所以，無論棘星說什麼都是正確的。但他以前從來沒有堅持要求特殊待遇，松鼠飛對他的宣布感到驚訝和不安，但還是同意了。

這會改變獅焰對棘星的看法嗎？點毛不禁好奇起來。父親在她身邊潛行，嗅著空中的氣味，似乎除了邊界和獵物，其他事都不放在心上，但他昨天聽見棘星的新規定一度很生氣，還跟族長爭論。她焦慮得胸口發緊——如果連獅焰都認為棘星的做法有誤，情況想必就是如此。

「我們先去天族邊界巡邏吧，」鬚霜提議。「樹下比較不會被淋溼。」

至少鬚霜的腦子還算正常，點毛心想。這位年輕戰士總是崇拜地看著棘星，似乎將他的話當做星族的聖旨，慶幸的是她巡邏時頭腦很清楚。

幾股細細的水柱不斷從他們上方的樹冠流下來。「她說得有道理，」點毛喵聲道。

「雨可能會停，到時我們再去查驗風族邊界，不用怕淋溼。」

獅焰看著天上厚厚的雲層，哼了一聲。「反正不管怎樣，我們都會淋溼，」他喵聲道。「乾脆趁氣味還沒完全被沖走，過去查驗一下。」

他朝荒原走去，點毛只好嘆口氣跟上，鬃霜走在最後面。點毛一離開樹林，傾盆大雨立刻打在她的背上，但至少沒有冷到骨子裡。「很高興這是雨而不是雪。」她對獅焰喵聲道。

獅焰搖搖頭，耳朵上的雨滴紛紛甩落。「我倒寧願下雪。」

「至少空氣中有幾分暖意。」點毛一邊提醒他，一邊快步穿過草地。

「不太夠，」獅焰反駁。「但是獵物回來了，下點雨也值得。」

「感謝星族保佑。」點毛想起禿葉季從頭到尾那種隱隱約約的飢餓感。

獅焰抬頭看看天空，瞇起眼睛。「不用浪費心意了，誰曉得祂們還有沒有在聽。」

「當然有！」點毛驚恐地叫著。部族因為月池結凍而聽不到星族的聲音，但她認為一定要相信星族一直在守護他們。當初他們以為棘星已經毫無希望，星族卻在大家準備放棄時把他帶了回來，不是嗎?當然，要不了多久，祂們就會像往常一樣對巫醫說話。總之：「現在已經開始解凍了，他們沒有理由聽不到。」

獅焰的肩膀垮下來。「祂們可能需要一段時間才能再次聯繫我們。」

點毛的皮毛因焦急而刺痛。不會吧？

「也許祂們正在等我們奉行戰士守則。」他們身後響起鬃霜的聲音。點毛轉過頭，皺眉望著她。這話是在暗示什麼？

「我們一直都奉行戰士守則，」獅焰冷冷地說。「至少，有些貓是這樣。」

獅焰和鬃霜久久對望。點毛忽然聞到熟悉的氣味，頓時鬆了口氣。「我聞到兔子的味道。」她喵聲道，打破緊張的氣氛。

獅焰抬起頭，嗅著空氣。「我也聞到了。」他們互看對方一眼，然後望向他們和風族邊界之間的石楠花叢。

就在那裡！一隻在禿葉季中餓成皮包骨的灰兔，正在啃兩叢灌木之間的草。點毛壓低身子，悄悄向前走，眼角餘光瞄到獅焰也開始潛行。

他們已經靠得夠近，看得到兔子呼吸時側腹迅速顫動。牠突然聞到他們的氣味，耳朵動了一下，立刻拔腿逃跑。點毛和獅焰追了上去。

點毛跳出去時踩到潮溼的石楠花，腳滑了一下，她連忙站穩身子，用更快的速度追上，鼻中充滿令她垂涎欲滴的香味。牠忽然用後腿站起來，白色的腹部一閃而過，接著牠朝另一個方向狂奔而去。父親穿過灌木叢追趕，一個縱身跳到她前面，雨水打在她臉上，她感到腳步久違地輕盈。

兔子終於被他們包圍，獅焰一躍而起，將牠擊倒。他急促地喵了一聲，對星族的保佑表示感謝，然後叼起兔子朝鬃霜走去。

「幹得漂亮。」點毛呼嚕道，獅焰對她點頭致意。

鬃霜趕過來，臉上充滿驚恐。「你們竟然在風族領地抓牠！」眼見父女倆來到她面前，她嚎叫起來。

點毛的心一沉，急忙環顧四周。不會吧？但就在幾呎外確實有一排金雀花做的邊界，標示著這一片屬於風族領地，想必他們在狩獵時不小心越界了。

獅焰放下兔子。「這不在我們的控制範圍內。」他內疚地喵聲道。

點毛點頭表示認同。他們不是故意的，只是在追趕獵物，這是屬於雷族的獵物。

「牠是因為被我們追趕，才會跑進風族領地。」她回頭看了一眼荒原，希望這裡也有分隔風族和雷族領地的小溪——他們不可能錯過那條邊界。

獅焰和鬃霜仍在爭論。「星族會知道的。」鬃霜絕望地喵聲道。

「星族絕對不會對餵養部族的戰士生氣。」獅焰斷定，然後叼起兔子。「這可以讓灰紋、雲尾和亮心飽餐一頓。」

點毛跟在獅焰後面，腹部因不安而陣陣痙攣。她一邊用氣味標記雷族邊界，一邊思索獅焰說的話。剛才純屬意外，而且他們的出發點是好的，星族當然不會為此懲罰他們……

「如果兔星來這裡，指責我們入侵他的領地，你會這麼對他說嗎？你會說要是他仔細標記邊界，你們也就不會越界了？」棘星對他們怒道，脊椎的毛都豎起來。獅焰反駁，指出意外跨越邊界在所難免。點毛站在棘星後面，看到鬃霜焦急地在地上抓來抓去。

想必鬃霜已對他說明事情經過，點毛想。如果他還是那個年長、穩重、深思熟慮的棘星，她和獅焰會親自稟報族長，但如今棘星變得高深莫測，**不值得信任**。一想到這裡，她的內心充滿擔憂。如果不能信任族長，他們還能信任誰？

「你知道幾個月以來，星族始終沉默不語，」棘星嘶聲道。「我們應該奉行戰士守則，這樣祂們才會回來。你認為祂們對於擅自跨越邊界的戰士做何感想？如果我們連這麼簡單的守則都無法遵循，你覺得祂們還會回來嗎？」

「星族不會因為我越過風族邊界就拋棄我們。」獅焰咆哮。

點毛看著他們爭執，內心的焦慮漸漸轉為憤怒。棘星有什麼權利界定激怒星族的標準？年紀比他還小的獅焰被他當成無賴貓看待，但獅焰可是在短短幾天前拚命保護過他！她湊過去，與父親肩靠著肩。

「你違反守則，哪怕我已經告訴你務必要遵守。」棘星咆哮著逼近獅焰，雙方僅僅隔著一根鬍鬚的距離。

點毛再也忍不住了。先前棘星對部族其他成員咆哮時，她選擇沉默，但她決定阻止他繼續用那種方式跟她父親說話。「這裡的每隻貓都曾在某個時刻違反守則，」她瞪著棘星。「有些貓違反的程度更誇張。」

棘星的琥珀色眼睛看著她，一臉怒氣沖天的樣子，點毛有股想要低頭退開的衝動，但她挺起肩膀，勇敢地回望。

「那是什麼意思？」棘星伸出長爪問道。

「我的意思是，松鼠飛曾經對大家謊稱她姊姊——就是當巫醫那位——的孩子是她的。她是故意說謊，而且騙了大家幾個月。如果你對這件事毫不在意，當然也能忽略我們跨越邊界的意外事故。」點毛聽到松鼠飛驚喘，並感覺到身邊的獅焰——他是她剛才提到的孩子之一——緊張起來，但她的視線依舊鎖定棘星。她知道，提起這些貓的傷心往事，對他們來說並不公平，但必須讓棘星明白他是隻偽善的貓。他憑什麼私自認定誰可以違反守則？

星族已經原諒葉池和松鼠飛。松鼠飛也已對雷族說明，當初她和葉池因落石事故而受傷，在生死存亡之間掙扎時，星族曾針對她們的所作所為爭論不休，雖然她們違反了守則，星族最後仍決定讓這對姊妹歸屬星族。

即使她們嚴重違反守則，星族依然不曾背棄優秀的戰士。相較之下，一次小小的意外越界又算得了什麼？

有那麼一瞬間，點毛以為棘星會撲過來。但他退後一步，毛也不再豎起。「松鼠飛的事用不著妳操心，」他喵聲道。「身為副族長，她無私地為部族賣命。我是族長，由我決定誰該受罰，除非妳覺得被星族賜予九條命沒有意義？」

他說得對。星族早就認可棘星擔任他們的族長。點毛垂下頭，好一會兒沒有回話。她感到整個部族的視線都集中在她身上，**是不是每隻貓都在生我的氣？**當然，某些族貓一定和她一樣對棘星的做法感到沮喪。

「接下來的四分之一月，」棘星開口說道。「禁止任何貓和點毛說話。」

點毛猛地抬頭，盯著棘星。她從來沒有聽過禁止說話也可以當做懲罰。她是不是只能沉默地和戰士們——以及親屬——一起打獵、睡覺並吃飯？

但棘星不再看她了，他轉頭盯著獅焰。「至於你將被逐出營地四分之一月。」

點毛睜大眼睛。**逐出營地？獅焰是忠心耿耿的戰士，棘星怎麼可以把他趕走？**

「這是不對的。」莖葉低聲說道。

太陽落到樹林後面，營地的影子漸漸拉長。自從棘星宣布懲罰，以及獅焰抬頭挺胸走出營地，再也沒有貓對點毛說過話，儘管煤心悲傷地凝望她，鬃霜也頻頻以痛苦而愧疚的表情吸引她的注意。即使天愈來愈黑，她和莖葉仍然背對背躺在地上，並且刻意面無表情，這樣就不會有貓注意到他們正在說話。

「我知道，」點毛低聲回應。「這些懲罰——把貓趕走，現在又不讓任何貓跟我說話——像是刻意要把我們分開一樣。」想到父親震驚的表情，她心中浮現一股怨恨。

「不管從哪方面來看，棘星都是獅焰的父親，為什麼要這樣對他？」

「自從獲得新的一條命，」莖葉把聲音壓得更低。「棘星就有些不對勁了。」

「沒錯，」承認這一點讓她如釋重負，好像拔掉皮毛上的荊棘。她的尾巴掃過泥地。「有這種感覺的貓一定不只我們，情況必須改變。」

第七章

「等等我！」點毛大叫，很高興聽到自己的聲音。她沉默地度過了受罰的四分之一月——直到她擔心自己會忘記如何說話。懲罰已經在前一天結束，她比平常更聒噪，只是為了聽聽自己的聲音。被流放的獅焰還沒有回來，她渴望再次見到父親，也相信他很快就會回來。

拍齒和飛鬚在營地入口回頭，目光透著一股暖意。「快跟上，」飛鬚喊道。「我們要看看能否在那棵大橡樹下找到一些老鼠。」

點毛跟著同窩手足穿過荊棘隧道。來到外面後，飛鬚立刻開心地與她肩碰肩。「很高興可以再次和妳說話。」她呼嚕道。

拍齒點點頭。「現在一切都可以恢復正常了。」

點毛有點僵住。她和莖葉已經決定找其他貓談談棘星的行為有多奇怪，除了同窩手足，還有誰更適合成為第一批談論這種話題的對象呢？機會擺在眼前，她的皮毛因不安而刺痛。「事實上，」她開口說道。「我正想跟你們談談這件事。」

飛鬚盯著灌木叢，尾巴顫動。「談什麼？」她心不在焉地問。「我好像看到那下面有幾隻鼩鼱。」

「關於一切恢復正常，」點毛喵聲道，總覺得自己的聲音聽起來有些遲疑，於是她吞了吞口水，以更堅定的語氣再度開口。「你們不會真以為棘星的行為很正常吧？」

飛鬚嚇了一跳，對灌木叢失去興趣，和拍齒互看一眼。

「妳是什麼意思？」拍齒小心翼翼地問。

「他最近的一些行為，」點毛喵聲道。「包括老是在發脾氣，先是對守則過度執著，後來又說他要先吃飯，以及不讓松鼠飛履行副族長職務，甚至把星族沒有與巫醫交談當成我們的錯。莖葉和我認為，如果有夠多貓站出來反抗他，他就會意識到自己需要改變……」她的語音漸落，拍齒和飛鬚都驚恐地看著她。

「棘星是族長，」拍齒駁道。「星族給了他九條命。」

飛鬚搖搖頭。「如果我們反抗棘星，星族可能再也不會回來了。」

該不會所有族貓都這麼想吧？「所以，不管棘星做了什麼，你們都會追隨他？」

「他是我們的族長，」拍齒目光堅定地重申，全身的毛都豎起來，宛如正準備戰鬥。

「我是忠誠的戰士，妳也該是。」

「我很忠誠，」點毛痛苦地喵聲道。「但忠誠不僅僅是追隨某隻貓，而是大家一起努力，讓部族變得更好，即使這意味著要反抗棘星。」

飛鬚皺起眉頭。「別這樣，點毛，」她懇求。「聽起來妳想反抗我們的族長，妳一定會害自己和其他貓受到傷害。」

「我沒有那個意思——」點毛憤怒地開口，但飛鬚打斷了她。

「妳忘了嗎?我們聽過很多關於暗尾和影族的事，影族的見習生和年輕戰士都不想聽花楸星的話，不想奉行守則。正是因為某些貓不忠誠，所以很容易被無賴貓控制。」

「我又沒有說不想奉行守則，」點毛駁道。「但我認為棘星最近的行為違反守則。」

「我並不認同，」飛鬚喵聲道，虎斑尾巴左右甩動。「如果妳採取反抗棘星的行動，那妳就是鼠腦袋。妳已經看到他如何懲罰違反守則的貓了，妳認為他會如何對待試圖慫恿部族反抗他的貓？」

拍齒眯起眼睛。「妳確定這麼做不是因為妳自己被他罰過？」他問道。飛鬚也歪著頭端詳她，兩位同窩手足都在等她回答。

「當然不是，」點毛喵聲道，口氣聽起來有些陰鬱，而且聲音出乎意料地微弱。為什麼他們不聽她的？同窩手足又互看對方一眼，顯然不相信她，接著拍齒一甩金色尾巴並走開。

「算了吧，點毛，」他喵聲道。「我們來比賽，看誰先到橡樹。」

「你們跑不過我！」飛鬚顯然很開心話題轉移了，沒等他們準備好就出發。

「不公平！」拍齒急忙追上去。

根本就沒有用，點毛一邊想，一邊跟在後面。同窩手足沒有注意到，或至少不承認棘星的言行影響士氣，**但也許是因為他們還沒有受到影響**。

也許另一隻遭受嚴厲懲罰的貓會更願意聽她說。

點毛和莖葉發現竹耳獨自待在營地邊緣。

「我們可以和妳談談嗎？」點毛輕聲問道，接著看看四周，確保談話不會被其他貓聽見。雲尾和亮心正在長老窩附近分享舌頭，灰紋陪他們聊天，而燕雀掌和焰掌正忙著撤除長老窩裡的舊苔蘚，以便鋪上新的。蕨歌剛從新鮮獵物堆挑出一隻麻雀。

一切看似正常，但整個營地瀰漫著壓抑的氣氛。**都是因為棘星，**點毛想。**每隻貓都戰戰兢兢的，生怕自己走錯一步。**

竹耳看起來確實很害怕，淺琥珀色眼睛看看點毛，再望望莖葉，接著她緊張地回頭看了一眼。「你們想說什麼？」她確認無誤後，這才開口問道。

「關於棘星，以及雷族出了什麼問題。」點毛說。然後她和莖葉對這位年輕戰士低聲訴說心中的擔憂，同時注意談話不會被其他貓聽見。

「妳是否認同棘星變了？」莖葉問。「還有我們應該一起努力讓雷族恢復原狀？」

竹耳低下頭。「棘星的行為很奇怪，」她認同，然後抬起下巴，疑惑地瞇起眼睛。「你們是想引誘我說棘星的壞話，好去找他告狀？」

「當然不是！」點毛震驚地喵聲道，接著發現竹耳看著某個方向。原來是鬃霜在營地另一邊望著他們，藍綠色眼睛睜得大大的。

點毛感到一陣刺痛掠過脊椎的皮毛，難怪竹耳會這麼想。大家都知道鬃霜負責向棘星報告哪隻族貓言行失當。竹耳是鬃霜的同窩手足，即使如此也不能保證她沒事。自從鬃霜把獅焰和點毛越界的事告訴棘星，族長便老是把鬃霜叫去，顯然是在詢問她哪些貓違反守則。現在大家都知道，不管棘星問什麼，她都會如實回報。

他們無法信任鬃霜。

不過，點毛也無法恨她。鬃霜依然是見習生時期熱情洋溢的那隻貓，一心只想為部族效命，並竭力成為最優秀的戰士。點毛雖然清楚她的感受，但也認為追隨棘星不是現在為雷族效命的最佳方式。

想到這裡，她忽然覺得渾身發冷。這是不對的，他們需要一個值得信任的族長。

「好吧，」竹耳顫聲說道。「我認為棘星的做法有問題，但我們也無能為力。」

「不至於。」點毛下意識地喵聲道。**但他們能做什麼？**

她看著莖葉，他點點頭。「我們會想出辦法。」

「要小心一點，」點毛解釋。「我們不能直接走到每隻貓面前，詢問他們對棘星的看法。不過，確實有很多貓不認同他現在的管理方式。」

嫩枝杈和鰭躍肩並肩地依偎著，莖葉坐在他們旁邊掃視灌木叢，確保他們的談話不被發現。他們在湖邊，舉目望去沒看到其他貓。新葉季已正式降臨，水面上出現和煦微風，吹得四隻雷族貓的毛豎起，空氣中充滿生機盎然的植物和健壯獵物的氣味。點毛想，**要不是因為棘星，我們說不定可以好好享受這個季節。**

嫩枝杈一臉哀戚。「我知道我從別族轉過來有一段時間了，」她喵聲道。「但這真的違反守則嗎？我從來沒有貳心。」

點毛同情地發出呼嚕聲。天族來到湖邊後，嫩枝杈和妹妹紫羅蘭光發現父母是天族貓，而父親和其他親屬仍是天族成員。兩隻母貓從來不知道這些親屬的存在，為了親近他們便決定加入天族，這也算合情合理。後來嫩枝杈帶著鰭躍回到雷族，因為她意識到雷族才是真正的家。從那時起，她對部族更加盡心盡力。她選擇了雷族，而不是親屬。

星族怎麼可能不懂她的用意？點毛不禁納悶。**祂們非明白不可。**「星族除了是死去的貓以外，」她喵聲道。「其他都跟我們一樣。妳需要花時間與親屬在一起，祂們不能因此怪罪於妳，尤其是妳最後又回到了部族。」

「但祂們說我是守則破壞者！」嫩枝杈嚎叫。

經歷過各部族與星族長期失聯後，曾經拯救棘星的影族巫醫影望首度看見異象。星族給了他一份違反戰士守則的名單，並告知必須處置這些貓，否則，他們預言部族將遭受苦難。

「在我看來，那張守則破壞者名單從頭到尾都很奇怪，」莖葉想了想。「我的意思是，上面列出獅焰和松鴉羽，只因為他們的父母都是守則破壞者。難道星族真的認為他們的誕生就等於違反守則？」

「無論星族怎麼想，棘星非常認真看待這份名單。」鰭躍喵聲道，短尾巴搭在伴侶的背上，以示安慰。「你也聽到他逼他們立誓，如果嫩枝杈——他們當中任何一個——違反了守則，他將永遠放逐他們。」

點毛想起棘星滿臉得意地強迫三隻貓宣誓。「他做這件事時高興得很。對於星族要求懲罰守則破壞者，其他族長都覺得很不安，但棘星似乎等不及要放逐族貓。」

莖葉點點頭。「想想他是如何將獅焰放逐了四分之一月。妳明明也越界，他卻只是禁止妳說話。後來，他還因為火花皮去找獅焰而懲罰她。」

點毛不禁全身發顫。當時懲罰已經結束兩天，獅焰卻始終沒有回來，火花皮便外出找他。棘星發現後決定懲罰她，派她單獨去廢棄的兩腳獸巢穴尋找貓薄荷，最後她帶著傷返回營地。「火花皮被狗襲擊，棘星甚至沒有表示關心，她可是他的親生女兒，」她搖搖頭。「他以前從來不會這樣。」

鰭躍挪動纖瘦的棕色腳掌。「我不是在這個部族出生的，如果接下來棘星要放逐我，那該怎麼辦？我不想回天族，我早就是雷族貓了。」

嫩枝杈的表情更加哀戚。「我認為葉星不會同意我回去，她的族貓中沒有一個被星族列入守則破壞者名單，相信她會樂意維持下去。」

「就算她願意，沒有妳我也不會回天族。」鰭躍說著，將肩膀靠在她的肩上。

兩隻貓緊緊依偎，點毛甩動尾巴並插話。「重點在於棘星的行為變本加厲，他會懲罰任何表現不完美的貓，不管他們有沒有違反守則。當他聲稱他代表星族發言時，許多族長都聽他的，要不了多久，各部族都會照辦。雷族正在瓦解，如果我們放任不管，到時不管你在哪出生都不重要了，因為雷族不復存在。」

「當然，這是指它不再是我們原先信任的雷族。」莖葉補充說明。「其他部族想必也有一些貓察覺異狀了，我們要跟他們碰面，大家必須擬定策略。」他嚴肅地盯著鰭躍和嫩枝杈。「你們要不要一起？」

第八章

沒想到會出現這麼多貓，點毛想。幾天來，她和莖葉篩選那些看似最擔心部族近況的貓，然後私底下與他們接觸，邀請他們參加在綠葉季兩腳獸地盤舉行的秘密月升集會。但他們當中大多數都抱持驚訝和懷疑的態度，就連在棘星譴責守則破壞者時挺身而出的貓也不例外。這些貓——特別是外族貓——到時會不會來，她和莖葉實在沒把握。

此刻，月亮高高地在頭頂上空慢慢移動，他們擠在一個被灌木叢包圍的狹小空間。各部族的貓都來了，包括族貓鰭躍和嫩枝杈，河族的斑紋叢和噴嚏雲；風族的風皮、煙雲霧和微足；影族的苜蓿足、螺紋皮和熾火；還有天族的根掌、斑願和花心。另外也包括天族的樹，雖然他們沒有邀請他——想必是兒子根掌帶他來的。點毛沒料到樹會對這件事感興趣，所以她不曾想過要找他談。這隻怪貓曾經是獨行俠，與各部族總是若即若離。但他的伴侶和孩子畢竟是天族成員；她認為他的關心不無道理。

貓咪們圍成一圈坐下，她感到每隻眼睛都盯著她和莖葉。大家看起來一臉戒備的神情，尾巴頻頻抽動。除了在大集會上，點毛從來沒有見過這麼多各族的貓共聚一堂。她的胃不禁痙攣起來。**他們會聽我們的嗎？要是他們認為沒有問題，也不會來這裡了。**

莖葉清清嗓子，看起來有點焦急。「多謝大家出席，」他開口說道。「我知道要你們暫離部族很難，但這次集會真的非常重要。」

風皮的琥珀色眼眸挑釁地看著他。「你真的認為我們能夠阻止各部族發生的事？」

螺紋皮將爪子深深陷進地面。「要不是棘星，各部族也不會發生這些事。」「他這麼做，不過是想殺雞儆猴，警告那些守則破壞者。」噴嚏雲附和，尾巴尖抽動著。

斑願不安地動了一下。「看起來星族確實站在他那邊。」

一陣冰寒竄過點毛的心頭。怎麼可能？她信任的星族才不會施行這麼嚴厲的懲罰，祖先可不是隨時準備朝貓撲去的飛鷹；他們是親屬。

斑願和莖葉正在討論影望最近看到的異象，又是關於守則破壞者的警告，但突然出現的聲音分散了點毛的注意力。附近的灌木叢中傳來樹枝移動的劈啪聲，她全身緊繃，耳朵豎了起來。但黑暗中沒有露出發亮的眼睛，也沒有再出現劈啪聲。她嗅了嗅空氣，只聞到周圍其他部族的刺鼻氣味。**可能只是風**。

她回頭繼續參與討論，正好聽見根掌遲疑地喵聲道：「也許星族無意讓守則破壞者吃那些棘星製造的苦頭，只是希望他們承認自己的問題。」

這番話讓點毛想起父親。「並不是每個守則破壞者都知道自己做錯了什麼。」

大家火冒三丈地爭論起來，有的憤怒，有的苦惱。對於如何懲罰守則破壞者，無法達成一致的意見，就連星族是不是真心要施行懲罰，他們也沒有共識。爭執聲浪令點毛眉頭深鎖。剛開始討論時，每隻貓都知道要壓低聲音，但他們愈來愈煩躁，也就忘了這是秘密集會。莖葉把尾巴搭在她的背上，依然專注聆聽，綠眸輪流看著各個發言者。

最後，他打斷大家：「我說，要不是棘星成天嚷嚷著懲罰，各部族早就找到更好的方法來處置守則破壞者。」

苜蓿足的眼睛瞇了起來。「你這話是在暗示什麼？」

莖葉抬起頭。「棘星試圖讓我們表現得像暗尾，他希望我們互相攻擊。但戰士並不殘忍，從來就不會這樣。棘星的腦子一定進水了，我們必須除掉他，以免他永遠破壞所有部族。」

眾貓好一會兒沒有開口。點毛壓低耳朵。即使是現在，想到要真正除掉族長，她還是非常震驚。但這本來就是他們一直以來的目標，不是嗎？

她的呼吸卡在喉嚨裡，很難想像雷族沒有棘星會變成什麼樣子。但如果他留下來，雷族又會變成什麼樣子？

其他雷族貓似乎也有同樣的感覺。莖葉和其他部族的貓開始爭論驅逐棘星的可能性有多大，她和嫩枝杈與鰭躍則痛苦地互相凝望。

最後，鰭躍顫聲說道：「從前的棘星絕對不會出現這種行為，我希望他能振作起來，恢復正常。」

這就是問題的核心。**他還有可能變回原來的自己嗎？**

根掌微微挺身，帶著一種奇怪的緊迫感提議。「也許他再也不能恢復正常了，也許他死後發生了什麼事。」

點毛困惑地眨眨眼睛。「你是不是認為星族在他死亡那段期間對他說過什麼？」

根掌全身顫抖，盯著父親，眼神充滿懇求，於是樹大步上前。「他死亡那段期間恐怕發生了什麼事，但我不認為這與星族有關。帶著新的一條命回來的不是棘星。」

呃？點毛環顧現場其他貓，但他們的表情似乎和她一樣困惑。

「你是什麼意思？」莖葉問。

樹抬高下巴，一副就要開戰的架式。「現在這位不可能是棘星，因為我在森林裡見過棘星的靈體，也跟他說過話。」

「你見過他的靈體？」莖葉驚訝地問。

「你跟他說話？」點毛也忍不住追問，只覺得心亂如麻。這根本就不合常理，棘星又不是靈體；他有體溫，有血有肉，而且忙著懲罰守則破壞者——或任何惹他生氣的貓。

每隻貓都知道樹很奇特，最好別把他的話當真。但棘星確實不一樣了……天族巫醫斑願也加入爭執行列，樹轉頭看著她。「再度回來的棘星不是真正的棘星，而是利用他的身體來傷害各部族。真正的棘星是靈體，他看得到一切，但無法連絡星族。我是唯一聽得到他說話的貓。」

這件事令點毛內心充滿震驚和悲傷，如果是真的，那就太可怕了。

之前族貓被規定長達四分之一月不准和她說話，她還記得當時自己多麼孤獨。但他們還看得到她，也知道她的存在。若是一隻貓明明在部族營地中走來走去，卻沒有貓看得見或聽得見，那種孤獨一定更不好受。如果樹說的是真話，棘星除了要承受可怕的孤獨，以及與族貓分離的痛苦，還要被迫目睹身體被霸占，敵貓用他的聲音來懲罰和欺負族貓。一隻外來貓與他的伴侶朝夕相處。點毛與莖葉互望，看見自己的恐懼映照在他的眼中。

其他貓開始質疑影望，懷疑他是棘星身體被占據的幕後黑手。**的確是他堅持把棘星放在雪地裡**，點毛心想。**當時他已死，所以一定是有別的貓趁機霸占他的身體**。但這位影族年輕巫醫身上明顯散發著羞澀而天真的氣質，很難想像他竟與如此邪惡的計畫有關。

大多數的貓似乎也這麼認為，尤其是那些最了解他的影族貓。「我認為影望應該不會欺瞞大家，」苜蓿足皺著眉頭喵聲道。「他可能是什麼地方搞錯了。」

斑願回答她時，另一邊又傳來輕微的劈啪聲，點毛猛地抬頭，但依然沒有看到任何異狀。

「好，我們先查清楚影望看到的那些異象究竟是怎麼回事，再決定下一步要怎麼做，」莖葉說著站起身。「我們最好在行蹤曝光前回到各自的部族。」

點毛站了起來，與莖葉和其他貓並肩走出去。許久以來，她第一次感到未來充滿希望。現在看到的棘星是冒牌貨，這個想法令大家震驚，但至少他們終於知道問題出在哪裡。還有其他貓會跟他們一起努力，讓一切恢復原狀——不是只有她和莖葉單獨對抗族長。

灌木叢再次沙沙作響，點毛突然發現黑暗中有一雙藍綠色大眼睛向外窺視。是鬃霜！

「快跑！」嫩枝杈尖叫起來。「是棘星的間諜！離開這裡！她會舉發我們！」

點毛迅速轉身，彎曲後腿，準備跳開，心臟怦怦直跳。如果鬃霜向棘星舉發這次集會，那麼一切都完了。**我會被流放**。但鬃霜在他們身後拚命嚎叫。「我不會檢舉你們！我來這裡是為了……」。

點毛停下來，回身面對她。鬃霜抬頭高喊：「我來這裡是為了加入你們！」

除了點毛之外，其他貓都不安地挪動腳掌。她是不是在說謊？鬃霜一直對棘星忠心耿耿，並一一回報違反守則的情況——因為她認為這樣可以強化部族，也許對每隻貓都好，她總是這麼說。難道她真的改變主意了？

莖葉瞇起眼睛質問她，鬃霜聲稱她只聽到談話的最後一部分。「我知道現在的棘星是冒牌貨，」她告訴他們。「你們想除掉他。」

點毛的耳朵往後貼。**她是不是在耍詐？**但鬃霜眼見莖葉緊盯著自己，便以懇求的目光回望，似乎迫切希望他明白。

點毛突然覺得自己被排除在外。鬃霜是不是對莖葉還有感情？「妳怎麼知道我們要集會？」點毛驟然開口問道。

鬃霜轉過頭，對點毛露出同樣迫切的表情。「我聽到妳和莖葉談論這件事。」

「這麼說妳又開始暗中監視了？」點毛厲聲說道，隨即感到內疚，接著又為內疚而惱火。雖然鬃霜看起來很真誠，但她也向棘星舉發點毛和族貓。**整整四分之一月沒有貓跟我說話！**

鬃霜的眼睛睜得更大了，她試圖解釋自己沒有暗中監視，只是湊巧聽到的。她覺得有必要來參加集會，因為她知道棘星變了。

一直都很喜歡鬃霜的根掌開口說道：「我們打算找影望問清楚那些異象是怎麼回事，」他告訴她。「他或許可以透露一點線索，讓我們知道冒牌貨是誰。」

點毛從來沒有看過鬃霜這麼悲傷的樣子。「然後呢？我們必須揭發棘星，」她喵聲道。「這是我們確保安全的唯一方法，此外，我們需要更強大的貓來支援。」

斑願身上的毛豎了起來，聽到鬃霜聲稱有別的貓比巫醫更強大，她似乎很憤慨，但鬃霜繼續說下去。「雷族還有一隻母貓早就在懷疑棘星是冒牌貨，如果我們能說服她加入，說不定不需要開戰也能除掉冒牌貨。」

一隻強大的雷族貓已經開始懷疑？點毛試著想像可能的對象。剛才鬃霜說那是一隻「母貓」。**是煤心？還是藤池？**「你說的是誰？」

鬃霜挑釁地抬高下巴，彷彿已經預料到沒有貓會相信。「松鼠飛。」

她的說明得到根掌和樹的支持。正牌棘星透過樹對松鼠飛傳訊，而松鼠飛已確定伴侶出了問題，那兩隻天族貓也已說服她相信真相。

松鼠飛需要族貓的支持——他們都同意這一點。

「我們不能冒著害棘星受傷的風險，」點毛說。「畢竟棘星的靈體會想要找回身體。」

鬃霜的眼神比剛才更迫切。「我們一定要想辦法解決，冒牌貨對火花皮下手，試圖害死她。」

火花皮遭到襲擊後，鬃霜調查了廢棄的兩腳獸地盤，發現連日來有貓用新鮮獵物把狗引過去。鬃霜認為棘星要害火花皮掉進他設下的陷阱，點毛一邊聽她分析，一邊覺得自己像是身體兩側被貓頭鷹抓住並用力擠壓，呼吸因而變得急促。**那可是他的親生女兒……**

不是他的女兒，是松鼠飛的女兒，她必須採取行動。

點毛感到希望在胸中蔓延。如果棘星的伴侶兼雷族副族長松鼠飛與他們同一陣線，或許情況會好轉。

一個月後，情況變得更糟了。

「也許虎星是對的，」莖葉低聲說道，將荊棘捲鬚穿過戰士窩的牆洞。「也許殺死棘星是唯一的辦法。」

「噓！」點毛斷聲道，回頭看了一眼，確保其他貓不會聽到。「這件事不能在這裡提！」

我根本不想談這件事。

松鼠飛被流放，與獅焰、松鴉羽、嫩枝杈、風族副族長鴉羽和河族巫醫蛾翅一起躲在影族領地的廢棄天族營地裡。儘管松鼠飛努力說服其他族長相信，只有虎星願意與冒牌貨棘星戰鬥——天族族長葉星認為，棘星懲罰守則破壞者的做法有誤，但不願意公開反抗他，以免害部族陷入險境。河族族長霧星和風族族長兔星站在棘星這邊，因而將蛾翅和鴉羽視為守則破壞者並予以放逐。

雖然棘星聲稱影望已經逃跑，但虎星認為假棘星殺死了影望。年輕巫醫已經失蹤好幾天，點毛認為他很可能已經死了。

但是若要謀殺族長……

這是不對的，殺死任何一隻貓都是不對的，不是嗎？

「你覺得其他貓說得對嗎？」她一邊對莖葉低聲說道，一邊將另一根樹枝編進牆裡。「如果棘星的身體被殺，他還有機會從冒牌貨手中把身體搶回來嗎？」

莖葉絕望地搖搖頭。「誰也無法知道。」

點毛環顧營地四周。焰掌正從雲尾的側腹拔出一隻蜱蟲，厭惡地將耳朵向後貼。赤楊心和新「見習生」翻爪正在巫醫窩外整理草藥。煤心垂著尾巴，悲傷地啃著一隻麻雀——自從獅焰被放逐，她就沒什麼胃口了。

在她看來，沒有一隻貓心情愉快，但部族是一體的。「如果我們反抗棘星，無論是攻擊他還是驅逐他，」她低聲說道。「雷族不是會四分五裂？」

莖葉還來不及回答，就看到鬃霜從荊棘隧道溜進營地。她的耳朵向後壓，尾巴緊張地抽動。

「妳還好嗎，鬃霜？」煤心起身問道。鬃霜只是盯著她，一副沮喪得說不出話的樣子。

「她不是和棘星一起出去嗎？」莖葉低聲說。棘星已經尋找松鼠飛長達四分之一月，心情愈來愈迫切——他雖然放逐松鼠飛，顯然一直希望把她找回來並請求原諒。這一次，他帶著鬃霜一起去找。

棘星在鬃霜後面慢慢走出隧道，尾巴在地上拖著。點毛直盯著他，只見棘星目光呆滯，皮毛又髒又亂。她從來沒見過他出現這副模樣。

「棘星？」煤心試探地問。

這隻肌肉發達的公貓走到空地中央。「松鼠飛死了，」他斷然宣布。「有個怪獸在兩腳獸地盤旁邊的轟雷路上殺了她。」這句話彷彿耗盡他最後的力氣，他說完癱倒在地，放聲痛哭。

周圍響起震驚和悲傷的驚呼。

「我不信！」蜂蜜毛的尾巴哀戚地垂下。

「她根本不該被趕走！」刺爪咆哮。

點毛看著莖葉，恐懼得睜大眼睛。「松鼠飛怎麼會死呢？」她木然地問。

「她沒死，」鬃霜低聲說道。她已經偷偷來到他們身邊，混亂中誰也沒有注意到。她看起來很疲憊。「詐死是讓他停止找她的唯一方法。」

點毛皺起眉頭，接著點點頭。「如果他繼續尋找，說不定會找到流亡者的營地，」她恍然大悟。「到時我們都有危險。」

這是明智的計畫。不論這個假棘星究竟是誰，都是他們的大敵。鬃霜既然成功騙倒他，證明了她跟他們同一陣線。

空地中央的棘星將爪子陷進土裡，不住呻吟。點毛覺得背上好似被重物壓住，忍不住為他難過。她想像不出有什麼事比誤以為莖葉已死更可怕。不管棘星體內躲著哪隻貓，他的悲傷都是真實的。

幾天後，叛軍再次會面，他們得知天族發現影望還活著，但他受了重傷，由天族的巫醫照顧。**終於有好消息了**，點毛心想。但大家依然憂心忡忡。

「往好的方面想，棘星頂多就是謊稱影望逃跑，」樹對他們說道。「往壞的方面想，他可能與這次襲擊有關。」

眾貓你一言我一語，爭論有沒有可能發生這種事。棘星真的會攻擊另一隻貓，況且對方還是巫醫？或者躲在他體內的貓真的會這麼做？

「他會的。」莖葉的聲音很低，只讓離他最近的貓聽到，點毛也點頭表示認同，她確信這隻冒牌貨討厭雷族貓。

鴉羽的嚎叫聲蓋過了其他貓的爭吵。「情況已經到了離譜至極的地步，」前任風族副族長的聲音無比肯定。「我不喜歡這樣。很明顯，我們需要殺死棘星。」

點毛有些反胃。**我們真的要這麼做嗎？**

現場爆發混亂——驚恐的喵叫聲與認同的喵叫聲互相交織。最後，松鼠飛懇求他們暫且按兵不動。「至少等到我們查明影望出了什麼事再說。當然，我們可以把行動延後，等到他恢復知覺，我們就能問出他知道的事。目前還有太多問題沒有答案，不能貿然採取行動。」

點毛的心直往下沉。松鼠飛表面上只是在爭取時間，但她從這隻薑黃貓絕望的眼神中看得出來，松鼠飛永遠不會同意殺死棘星的身體，無論裡面躲著哪一隻貓。

而這隻冒牌貨正在瓦解部族，愈來愈多貓被流放。他曾試圖殺死火花皮，還有影望，雷族還能撐多久？

莖葉發表意見。「妳說得對，松鼠飛。」點毛盯著他，意識到伴侶沒有看任何一隻貓，而是低頭望著腳掌，聲音有點發顫。**他在撒謊**，她赫然發現。「我們應該等到影望醒來再進行下一步。」

虎星同意了，對於那些針對棘星的死爭論得最激烈的貓，他要求他們承諾會耐心等待。

在剩下的時間裡，莖葉避開所有貓的目光，但他們走出流亡者營地時，他停了下來。「怎麼回事？」點毛問。

「我認為我們不能再等下去了，妳覺得呢？」莖葉對她說，眼神充滿擔憂。「情況已經愈來愈糟。」

「那你為什麼認同松鼠飛的說法呢？」點毛問。

莖葉搖搖頭。「她永遠不會同意殺死棘星的身體，因為她無法失去與伴侶最後的連結，哪怕他早已離開了。她甚至可能會提醒他注意安全。所以，我們不能公開決定，以免其他貓會告訴她。」

點毛看著虎星跟著天族貓匆匆離去，想必是去探視天族巫醫窩中的影望。松鼠飛和鴉羽還在流亡者營地裡爭論不休。莖葉說得沒錯，他們不能指望這些年長的貓。「那麼我們需要自己定計畫。」

幾天後，他們已準備就緒。點毛和莖葉並肩走過森林，身上的皮毛互相摩擦。點毛覺得這樣還不夠近，便再靠過去一點，透過他的氣味得到慰藉。

我控制不住害怕的感覺。胸口彷彿有個巨大的東西在作怪，害她呼吸困難。如果她和莖葉領軍攻打棘星，或許能拯救雷族。但若失敗了該怎麼辦？**不管結局如何，一切都會改變。**

抵達邊界時，他們停下來。點毛吞了吞口水。等到他們再回雷族領地，這個計畫感覺起來會更加真實。

莖葉靠著她，與她尾巴交纏。她轉頭望進他的眼眸深處。

「要是我們殺掉棘星，保護部族，」他問。「妳覺得星族會回來嗎？」

「我不知道，」點毛回答。與星族連結還算是目標嗎？她只想讓雷族再次團結，一如她見習生時期那樣。「我一直努力成為優秀的戰士。」她說。莖葉點點頭，眼神因同情而深邃。點毛想起父母鼓勵她以身作則，成為其他族貓的榜樣。**什麼樣的優秀族貓會攻擊族長？**

他不是我的族長，我是忠誠的戰士，這麼做都是為了拯救部族。胸口的異樣感受平復下來，被一種冷然的決心取代。「我真的知道，這是唯一的辦法。雖然不喜歡，但我相信棘星的死對雷族最好。」

莖葉與她臉貼著臉。「這次行動會很危險。」

點毛閉上眼睛，吸進他的氣味。「明天，一切都會改變。」

那天夜裡，他們擠在同一個窩裡，頭枕在彼此的側腹，連呼吸頻率都相同。「星族會回來的。」點毛低聲說道。**拜託，星族，如果祢們還在守護我們，請回來吧。**

莖葉靠得更近，皮毛溫暖柔軟，氣味芬芳。「會好起來的，」他低聲說。「就在明天。」

第九章

「好，」點毛環顧聚集的眾貓。「大家都清楚計畫嗎？」淅淅瀝瀝的小雨飄下來，令她冷到骨子裡，頻頻打顫。她意識到，**不只是因為寒冷，這件非做不可的事讓我害怕。**

旁邊四隻貓回望著她，表情肅穆而堅定。她知道他們也有同樣的感覺。

松果足嚴肅地對她眨眨眼睛。「妳負責說服棘星與妳和莖葉一起離開營地，一旦他被你們帶去夠遠的地方，我們就會——」影族公貓臉色一沉。「發動攻擊。」

斑紋叢和鳶撓不安地對望，然後點點頭，眼神變得冷酷。「要是被霧星發現，她會不高興，」斑紋叢喵聲道。「但就算我永遠回不了河族，還是得做對的事。」

點毛與莖葉對視，他的眼神中映照著她的想法：如果雷族發現他們是棘星死亡的幕後黑手，他們通通會被趕出去。密謀殺死族長不僅僅是破壞戰士守則那麼簡單，而是將它徹底瓦解。她忽然感到無比的悲傷。棘星曾是多麼仁慈而睿智的族長，她還記得他們找他談竹掌的懲罰時，他多麼耐心地傾聽，琥珀色眼睛清朗澄澈，體貼入微。她萬萬沒想到，有一天，她會攻擊有著這樣一雙眼睛的貓。

這是值得的，她想。**總有一天，他們會明白我們保護部族的苦心。**

他們走過熟悉的樹林，每一步都讓點毛心痛：輕柔的細雨穿過樺樹和橡樹葉，淅淅瀝瀝地落下，樹林的霉味和獵物的氣味，腳下柔軟的苔蘚和新生的雜草——這一切都屬於雷族領地，對她來說就像自己的皮毛一樣熟悉。

她的尾巴撫過莖葉的側腹。「如果成功了，」她低聲說道。「我們會失去這一切嗎？失去我們的家？」

莖葉搖搖頭。「不會，」他以堅定的聲音回答。「有一天，族貓會明白我們不得不這麼做的原因，到時就可以回家了，之後我們會在雷族養育小貓。」

點毛胸中泛起一股暖意，想像溫馨的畫面——孩子們遺傳莖葉火焰般的毛色和她的藍眼睛，在營地的空地上玩耍，有整個雷族守護他們的安全。幻想中的情景看來多麼清晰。

這就是我們非做不可的原因，為了近親和遠親著想，以便維繫部族安全。

他們來到雷族營地附近，莖葉停了下來。「該讓他們躲在哪裡？」他問點毛。

點毛盤算他們能將棘星引到多遠的地方。「要讓他以為我們發現了流亡者的跡象，」她提議。「出了營地後，還要確保遠離任何巡邏隊，所以不能在邊界附近，說不定湖邊比較適合？他們可以躲在灌木叢下面，等我們過去。」

「噓！」松果足豎起耳朵。「有沒有聽到？」眾貓立刻停步並細聽。

「我想知道妳的想法，鬃霜，」一隻貓在遠處喵聲道。「我對莓鼻有疑慮。」

點毛睜大眼睛。「是棘星！」她悄悄倒抽一口氣。

這下可說是得來全不費工夫。不需要躲藏，也不用設法把棘星引出營地，他們現在就可以行動。「在這等。」她低聲說道，然後靜靜蹲下，開始潛行，並保持在棘星所在位置的下風處。**不曉得他身邊有幾隻貓？**這可能使他們的計畫變得更容易或毫無希望。

她躲在灌木叢後方窺視，那隻肌肉發達的公貓逼視鬃霜，垮著肩膀，齜牙咧嘴。

「他那副忠心耿耿的樣子想必是裝出來的，」他咆哮。「妳不這麼認為嗎？」

一看到他，點毛就覺得一陣反感。

她以前怎麼會把眼神傲慢又懷著狐狸心的貓誤認為棘星呢？這是對正牌雷族族長的侮辱。

她一揮尾巴，示意其他貓上前。這可是前所未有的大好機會，棘星不但遠離營地，而且身邊只有鬃霜。「現在，」她告訴他們。「我們必須鼓起勇氣，為所有部族而戰。」她瞇起眼睛，伸出爪子。已經沒有回頭路了。

「呃，」鬃霜說。「我真的不知道——」

她的視線與點毛的目光交會，她驚恐地倒抽一口氣，停止說話。假棘星警覺地迅速轉頭，瞬間明白自己中了埋伏。他發出憤怒的咆哮，朝他們撲過去。

「攻擊！」點毛尖叫，跳上半空中迎敵。

她伸爪狠抓冒牌貨，但他強勁的後腿一踢，把她踢得踉蹌後退，重重摔在地上。其他貓將他團團包圍，對他又抓又打。點毛掙扎起身，再次朝他撲去。

斑紋叢猛擊棘星的喉嚨，伸出利爪準備痛下殺手，但這隻比他年長的貓擋住攻勢，然後一掌打退河族戰士。

「鬃霜，」棘星尖叫。「去找救兵！附近一定有巡邏隊！」

她會不會跟我們並肩作戰？點毛知道鬃霜原本認同叛軍，但松鼠飛反對殺死棘星時，她選擇支持副族長。點毛不敢把目光從假棘星身上移開，眼睛不停尋找再次攻擊的機會，耳朵卻豎起來等著鬃霜回應。好一會兒沒有任何回話，接著傳來腳步聲，鬃霜跑了。

若是再有一個幫手會更好，但點毛沒有時間多想，至少鬃霜沒有與他們對戰。莖葉跳到棘星的背上，這隻體型碩大的貓猛烈擊打他，但他始終緊抓著族長。斑紋叢和松果足雙邊夾擊雷族族長，鳶撓則狠抓他的後腿。點毛衝過來猛擊棘星的眼睛，冒牌貨一閃身，鼻子被她抓出一道深深的傷口，血順著口鼻流下來。

棘星奮力朝一側撲去，差點把背上的莖葉甩開。他伸出巨掌劃過斑紋叢的胸口，鮮紅的血漫過河族戰士灰白相間的皮毛，他的藍眼也變得朦朧。斑紋叢跪倒在地時，張嘴發出無聲的哀號。

其他貓驚恐地尖叫著，施展全力攻擊。點毛又抓又咬，眼前全是皮毛和爪子。棘星不再戀戰，只想逃離現場，但無處可去。叛軍已將他全面包圍。

這是為了讓你的所作所為付出代價，點毛心想，腦海充滿嗜血的喜悅，並再度朝他的臉劈去。**把族長還給我。**

一聲憤怒的嚎叫響起，玳瑁色皮毛從她身邊一閃而過，把松果足打倒在地。**是葉蔭。**點毛赫然發現，心開始下沉。棘星剛才盼望的巡邏隊終於來了。

點毛咆哮著再度撲向棘星，卻被爪子猛拉回去並摔倒在地。她伸腿奮力回踢，兩隻後腿踢中一隻貓的腹部。**是殼毛**，她意識到，莖葉的同窩手足。他箝制點毛，和莖葉一樣的綠眸閃著憤怒的光芒，但他的身體忽然晃了一下，視線落在別處。

點毛從他身下掙扎而出，起身時正好看到棘星發動攻擊。莖葉已經倒在地上，冒牌貨揮出閃著光芒的利爪，狠狠劃過莖葉的喉嚨。點毛身旁的殼毛不禁倒抽一口氣。

起來。莖葉激烈地又踢又打，深紅血液浸溼皮毛。他發出奇怪而帶著喘氣的喵叫聲，然後就不動了。

起來！點毛再次在心中吶喊。

點毛跑向棘星，途中發現松果足也倒下了。葉蔭和鳶撓捉對廝殺，在嚎叫聲中奮戰。棘星轉身迎戰點毛，她看到他的前腿濺上斑斑血點，那是莖葉的血。

她朝他的喉嚨撲去，牙齒剛觸到他的皮毛，就被他擊退。

更多戰士怒吼著，從灌木叢中衝出來。莓鼻、栗紋、露鼻和拍齒，眾貓由鬃霜帶頭。點毛驚恐地睜大眼睛。**我們輸了，鬃霜背叛我們**。

「完了！」鳶撓嚎叫著朝她跑來，雖然肩上流著血，但他沒有倒下。「快撤！」

點毛退開，遠離那些貓和棘星，但地上還有三隻貓，斑紋叢、松果足和莖葉。她無法呼吸。

鳶撓衝過來，將她往後推。「我們幫不了他們，」他低聲說。「點毛，我們得走了。」

他說得沒錯，現在要為他們或者莖葉做任何事都已經太晚了。點毛顫抖著吸了一口長氣，轉身與鳶撓並肩跑開。

第十章

我們失敗了，我回不去雷族。

我回不去雷族，而且莖葉已經死了。

點毛茫然地盯著腳掌，無視流亡者營地的各種說話聲。她還是會想像孩子們有著莖葉的毛色和她的眼睛顏色，在雷族中安全而快樂地成長。**現在這個美夢永遠不會實現了。**

她發顫地吸了一口長氣，然後閉上眼睛。腦海浮現草地上的血跡，還有棘星的爪子劃過莖葉的喉嚨。

「我明明要妳等一等。」虎星憤怒的聲音打破她的恍神。「時候還沒到你們就發動攻擊，這下子棘星會比以往更加謹慎，我們在雷族營地也失去了眼線。」

「鰭躍還在，」嫩枝杈不甘心地爭辯。「還有鬃霜。」

點毛的嘴發乾，聲音連自己聽來都覺得緊繃。「當時鬃霜跑去搬救兵，」她告訴他們。「她選擇保護棘星。」

「我們還能不能相信她，我實在沒把握，」鳶撓表示認同。「她沒有與我們並肩作戰，但也沒有跟我們對戰。」

「是我要她保護棘星的，」松鼠飛插話。「鬃霜對我許下承諾，她只是想兌現諾言罷了，她是忠誠的戰士。」

獅焰沮喪地嘶聲道。「我也愛棘星，他養育了我，我是指正牌棘星。但他已經不在了，而妳居然保護殺死他的凶手。」

松鼠飛不為所動。「我仍然相信我們能把他救回來，」她喵聲道。「我不會放棄他。」

「無論妳是否放棄他，這次襲擊只會讓情況變得更棘手。」松鴉羽嘶聲道。

松鼠飛嘆氣。「點毛、鳶撓和其他貓勇猛抗敵，我無法責怪他們，」她喵聲道。「他們採取了自認為正確的行動。現在我們所能做的就是確保莖葉、斑紋叢和松果足的犧牲沒有白費。」

點毛不禁畏縮起來。**不管什麼事都不值得犧牲莖葉。**

那天稍晚，點毛獨自蜷縮在流亡者營地邊緣，她半眯著眼，抵擋夕陽的餘威。傍晚的寒意在她身上蔓延，但她沒有力氣移動。

輕柔的腳步聲慢慢靠近，只聽松鼠飛開口說道：「我可以和妳一起坐嗎？」

點毛聳聳肩，前任雷族副族長便在她身邊坐下，兩隻貓側腹相貼。她的身體溫暖而堅實。

點毛把頭擱在腳掌上。她覺得空虛，所有恐懼和悲傷都被掏空，只剩下疲倦。「謝謝妳，」她終於低聲說。「多謝妳今天為我們說話，我知道妳根本不希望我們攻擊棘星。如果我當初聽進去，也許莖葉還活著。」愧疚淹沒了她，她只能閉上眼睛。

「我還是不想攻擊他，」松鼠飛喵聲道。「我們一定要想辦法拯救正牌棘星，但我知道妳是為雷族而戰，正牌棘星一定會很感激。」她把下巴抵在腳掌上，點毛轉頭與她對望，松鼠飛的目光清澈而溫柔。「妳非常勇敢，」她告訴點毛。「莖葉和其他貓也一樣。」

悲傷刺痛點毛。「莖葉死了，」她喵聲道。「我現在不知道該怎麼辦。」

松鼠飛伸出尾巴，撫過點毛的背。「我知道很難熬，但妳每天都會更加堅強。妳還年輕，這一生還有很長的路要走。」

點毛皺起眉頭——**沒有莖葉的這一生還很長**——松鼠飛與她肩並肩。「這想必也是莖葉的盼望，」她繼續說道。「他希望妳擁有長久而幸福的生活，並且繼續戰鬥。總有一天，我們會奪回雷族，讓它恢復部族該有的樣子。」

點毛發出斷續的乾笑。「族長是冒牌貨的部族嗎？」她問。「如果正牌棘星再也不回來，該怎麼辦？」她赫然發現松鼠飛也在為伴侶哀悼，即使她仍抱著希望。在點毛看來，棘星可能永遠消失了。

松鼠飛的聲音很平穩。「我不知道，但雷族比任何一隻貓都重要。不管發生什麼事，我都會為部族而戰。」

點毛費力地吞了吞口水。這就是她和莖葉一直以來的盼望：儘可能成為最優秀的戰士並保護部族。有一天，他們會重新連絡上星族，也許莖葉就能看到他們是如何提供幫助的。

他的死一定有意義，畢竟他們並肩為未來而戰。

她和莖葉原本打算養育孩子，讓他們在雷族營地裡快樂地翻滾，火色皮毛在陽光下閃耀。這些孩子永遠沒有機會誕生，但還是會有其他小貓，他們應該和成長階段的點毛一樣，得到部族給予的安全感。

無論點毛會變成什麼樣子，雷族的未來仍然很重要。一種新的力量開始湧入體內，點毛抬起頭。**我仍然會努力成為最優秀的族貓。**

她和莖葉共同規劃了未來，但部族的未來不僅關係到他們，也關係到每隻貓。點毛還活著，她還有活下去的理由，還有需要試著去保護的對象。

「總有一天，」她回應松鼠飛的話，心頭泛起一股暖意。「總有一天，我們一定會奪回部族。」

WARRIORS

貓戰士

黑足的審判

Blackfoot's Reckoning

特別感謝克萊瑞莎・赫頓（Clarissa Hutton）

灰掌：深藍色眼睛，淡灰色帶深色斑點的公貓。導師：塵皮。

貓后　（懷孕或正在照顧幼貓的母貓）

柳皮：顏色極淺的灰白母貓，有雙特別的藍眼睛。

長老　（退休的戰士和退位的貓后）

獨眼：淺灰色母貓，是雷族裡最年長的一位，眼睛和耳朵幾乎都不管用了。

小耳：耳朵很小的灰色公貓，是最年長的公貓。

花尾：有著可愛花紋的玳瑁色母貓，年輕時很漂亮。

斑尾：淺白色虎斑母貓。

各族成員

雷族 *Thunderclan*

族長　**火星**：火焰色毛皮的薑黃色公貓。見習生：棘掌。

副手　**白風暴**：白色大公貓。

巫醫　**煤皮**：暗灰色母貓。

戰士　（公貓，以及沒有年幼子女的母貓）

暗紋：烏亮的黑灰色虎斑公貓。見習生：蕨掌。

長尾：淺白色虎斑公貓，身上有暗黑色條紋。

鼠毛：嬌小的黑棕色母貓。見習生：刺掌。

蕨毛：金棕色虎斑公貓。見習生：褐掌。

塵皮：黑棕色虎斑公貓。見習生：灰掌。

沙暴：淺薑黃色母貓。

灰紋：灰色長毛公貓。

霜毛：漂亮的白色母貓，有一雙藍眼睛。

金花：淺薑黃色母貓。

雲尾：白色長毛公貓。

無容：白色帶薑黃色斑點的母貓。

見習生　（六個月大以上的貓，正在接受戰士訓練）

棘掌：琥珀色眼睛的暗棕色虎斑公貓。導師：火星。

蕨掌：淺綠眼睛，淡灰色帶深色斑點的母貓。導師：暗紋。

刺掌：金棕色虎斑公貓。導師：鼠毛。

褐掌：綠眼睛的玳瑁色母貓。導師：蕨毛。

風族 *Windclan*

族長　**高星**：尾巴很長的黑白花公貓。

副手　**死足**：有一隻前掌扭曲的黑色公貓。

巫醫　**吠臉**：尾巴很短的棕色公貓。

戰士　**泥爪**：毛色斑駁的黑棕色公貓。
網足：深灰色虎斑公貓。
裂耳：虎斑公貓。
一鬚：棕色虎斑公貓。見習生：金雀掌。
流溪：淺灰色虎斑母貓。

見習生　**金雀掌**：藍眼睛，毛色很淺的灰白色母貓。導師：一鬚。

貓后　**灰足**：灰色母貓。
晨花：玳瑁色母貓。
白尾：體型小的白色母貓。

影族 *Shadowclan*

族長　**虎星**：暗褐色虎斑大公貓，前爪特別長。過去屬於雷族。

副手　**黑足**：白色大公貓，腳掌巨大而黑亮，之前是無賴貓。

巫醫　**鼻涕蟲**：嬌小的灰白色公貓。見習生：小雲。

戰士　**橡毛**：矮小的棕色公貓。

圓石：瘦巴巴的灰色公貓，之前是無賴貓。

枯毛：暗薑黃色母貓，之前是無賴貓。見習生：杉掌。

鋸齒：高大的虎斑公貓，之前是無賴貓。見習生：花楸掌。

見習生　**小雲**：非常矮小的虎斑公貓。導師：鼻涕蟲。

杉掌：暗灰色公貓。導師：枯毛。

花楸掌：薑黃色公貓。導師：鋸齒。

貓后　**高罌粟**：有著長腿的淺棕色虎斑母貓。

血族 *Bloodclan*

族長　**鞭子**：嬌小的黑色公貓，一隻腳掌是白的。

副手　**骨頭**：高大的黑白花公貓。

族外的貓 *Cats Outside clans*

大麥：黑白花色公貓，住在離森林很近的農場。

烏掌：烏溜溜的黑色大貓，與大麥共住在農場上。

公主：淺棕色虎斑貓，胸前和腳掌有明顯的白毛，是寵物貓。

史莫奇：胖嘟嘟、和善的黑白花寵物小貓，住在森林邊緣的一棟房子裡。

河族 *Riverclan*

族長　豹星：帶有少見斑點的金色虎斑母貓。

副手　石毛：灰色公貓，雙耳有戰疤。見習生：暴掌。

巫醫　泥毛：淺棕色長毛公貓。

戰士　黑爪：
　　　沉步：強壯的虎斑公貓。見習生：曦掌。
　　　影皮：深灰色母貓。
　　　霧足：藍眼睛的灰色母貓。見習生：羽掌。
　　　響肚：暗棕色公貓。

見習生　暴掌：琥珀色眼睛的暗灰色毛公貓。導師：石毛。
　　　曙掌：淺灰色母貓。導師：沉步。
　　　羽掌：冰藍色眼睛的銀灰色虎斑母貓。導師：霧足。

貓后　苔皮：玳瑁色母貓。

符號說明
部族
雷族
河族
影族
風族
星族
北方
腐肉場
影族營地
轟雷路
頭鷹樹
大梧桐樹
雷族營地
蛇岩
沙坑
松樹林
兩腳獸地盤

高岩山
大麥的農場
四喬木
風族營地
瀑布
貓兒視角
陽光岩
河
河族營地
伐木場

北愛爾頓
垃圾堆置場
上風路
白鹿森林
雀爾福林場
雀爾福工廠
雀爾福鎮
符號說明
地形
落葉林區
針葉林
沼澤
懸崖與巨石
健行步道
北方

惡魔指山
[廢棄礦坑]
北愛爾頓公路
上風農場
督依德谷
上風高地
督依德
急流
兩腳獸視角
雀爾河
摩根農場
露營地
摩根農場
摩根路

第一章

「鞭子！鞭子死了！」

身後某處響起呼喊聲，黑足正在與血族虎斑貓搏鬥，牙齒深深陷入對手蓬亂的毛中。對手似乎沒有聽見喊聲，依舊不斷號叫並激烈掙扎。她的爪子狠抓黑足的側腹，但他無視抓傷帶來的刺痛，更用力咬住她的喉嚨。他有些懷疑：**這是真的嗎？**

「鞭子死了！」另一隻血族貓驚恐地叫著。

虎斑貓這次總算聽到了。四周響起哀號聲，她震驚得後退；黑足也鬆開了箝制。他們轉過頭，看到鞭子小小的身軀倒地，已經失去生命跡象，上半身鮮血淋漓。**是真的。**黑足和虎斑貓對望一會兒，她忽然睜大眼睛，轉身就跑。黑足怒吼，立刻追上去。

所有血族貓都在逃竄。他們失去族長後，隨即放棄進攻部族的領地。他們驚慌失措，以最快速度衝出四喬木，部族貓緊跟在後，黑足也在後面窮追不捨。

風族的高星與他並肩齊行，對四散奔逃的入侵者咆哮，他的另一邊是同族的晨花，她也凶狠地齜牙咧嘴。四個部族的貓都加入追擊行列，大家沉浸在復仇的狂喜中。

他們抵達領地盡頭時，黑足發動最後一擊，抓傷母虎斑貓的後臀，她喵聲大叫著衝進森林，和其他血族入侵者朝來時的兩腳獸地盤跑去。黑足認為他們不會回來了。瘦小而嗜血的族長鞭子妄想將部族領地據為己有，少了他，他們只是一群無賴貓。

那麼，**少了虎星，影族又算什麼呢？**黑足的族長妄想與血族族長協商，聯手對抗他在部族中的仇敵，不料反遭鞭子殺死。虎星決心領導森林的每一隻貓，一手策劃虎族——他將影族和河族合併而成的部族——的每次行動。**少了他，我們該怎麼辦？**這個討厭的想法令黑足有些惱怒，他抖了抖皮毛，似乎想把它甩掉。他忽然覺得一股溫熱的血液淌過皮毛，便低頭察看肩膀上令他刺痛的一排抓痕。

影族會貫徹一直以來的原則，他告訴自己。**我們一定會活下去。**

他轉身回四喬木，只見那些貓正以巫醫或族長為中心，聚集成一個個部族小團體，地上停放著幾具戰士和無賴貓的屍體。黑足經過倒在土裡的暗紋時，看到這隻灰色虎班貓黑銀條紋的臉因臨死咆哮而扭曲，不禁寒毛直豎。暗紋先前離開雷族，跟隨虎星來到影族，但虎星一死，他就徹底背叛了部族，為那些無賴貓而戰。**叛徒。**沒有什麼比拋棄自己部族的貓更可惡，暗紋甚至背叛了兩次。黑足對著死貓咆哮一會兒才繼續前進。他們暫時把暗紋留在那裡；既是叛徒，影族自然沒必要為他守夜。

他頭也不回地穿過空地，來到影族巫醫鼻涕蟲身邊，巫醫正被族貓團團圍住。

「只要保持傷口乾淨，應該不會留下疤痕，」這隻灰白色小公貓對橡毛說，橡毛胸前有血淋淋的長條傷口。「明早來我的窩，我再幫你敷點金盞花。」

戰士點點頭。「謝了，鼻涕蟲。」

黑足環顧四周的影族戰士。鼻涕蟲的見習生小雲正在舔高罌粟側腹的傷口。枯毛的後腿被抓傷，但血似乎已經止住。這幾位的傷勢是他目前看到最嚴重的。**多謝星族保佑。**

許。

「每隻貓都沒事吧？」他問，只是想確認一下。

「我們運氣算不錯了。」花楸爪喵聲道，瞥了一眼草地上幾具屍體。

「我們打得漂亮。」枯毛糾正他，自豪地抬頭挺胸。黑足發出一陣呼嚕聲，表示嘉許。

橡毛的見習生褐掌蹲在同窩手足棘掌身邊，兩隻貓頭挨著頭說話。黑足看到這一幕，眼睛瞇了起來。**我應該把棘掌趕走嗎？**這兩隻見習生都是虎星的孩子，但小公貓是雷族的見習生，而褐掌在雷族的好事者質疑她的忠誠時，毅然決定加入父親的影族。虎星走後，影族需要更加強大和團結。

但今天，兩族並肩作戰。棘掌和褐掌都是虎星的小貓，他們在一起互相安慰，黑足不想阻止，他不希望給褐掌任何理由重新考慮她對影族的忠誠。黑足尋思，虎星已然離去，自己也該開始站在族長的立場思考了。他曾是碎星副族長，後來改擔任虎星副族長。**如果星族同意……影族就由我來領導**。

但這種想法非但沒有讓黑足覺得強大，反而使他充滿懷疑。**我有領導部族的能力嗎？**他感覺自己好像突然肩負著影族的全部重擔。從現在起，他必須做出決定，必須為部族做出所有選擇。**一直以來都有別的貓為我指出一條明路**。他想念虎星，思念來得又猛又急。那隻暗棕色大虎斑貓永遠知道該怎麼做。

有個動靜引起他注意，他抬頭一看，發現河族貓跟著豹星走出空地。金色母虎斑貓抬頭挺胸，直視前方，率領部族行進，連看都沒看黑足一眼。

我知道她在打什麼主意，黑足心想，憤怒地抽動著尾巴。豹星先前選擇追隨虎星，也心甘情願地合併河族和影族，組成了虎族，因為她認為這樣會變得更強大。不管虎星要她做什麼，她全部照辦，因為她相信兩個部族聯合起來就能戰勝其他部族，統治整個領地。

但現在虎星敗在鞭子的爪下，一命嗚呼，豹星和戰士們決定拋棄影族。如果其他部族想為虎星以前的所作所為尋仇，她當然希望他們不記得河族曾是虎星的盟友——有一段時間，她和黑足曾驕傲地站在虎星的左右兩邊。

身後傳來輕輕的哈氣聲，黑足轉頭看到枯毛不屑地瞪著河族族長的背影。「狐狸心。」這隻暗薑黃色戰士嘀咕，黑足點頭表示同意。

「虎星不應該相信她。」他怒道。

一隻火紅色大公貓跛著腳朝他們慢慢走來，黑足頓時僵住。**火星想要幹什麼？**雷族族長來到面前，黑足抬起了頭。

「火星，」他喵聲打招呼。「看來還是我們贏了。」他的皮毛刺痛起來。這隻貓一直是虎星的肉中刺，火星在加入雷族之前曾是小寵物貓，但在部族中的地位一直提升，到最後趕走虎星，接替副族長位置。

「是的，我們做到了。」火星同意。「黑足，你現在有什麼打算？」

黑足瞇起眼睛。這還不夠明顯嗎？**火星懷疑我不夠資格擔任族長？**黑足從未想過統領影族，但這是他的權利。「我打算帶族貓回家，然後準備前往高岩山。我現在是他們的族長，為了恢復元氣，我們有很多事要做，但會照常在森林中生活。」

「那我們下次大集會再見。」

黑足大大鬆了口氣，卻也為了自己的如釋重負而惱怒。火星的意見不該這麼重要。但是，如果雷族和風族都接受他，風族族長高星也會聽從火星的命令，黑足的日子就會好過一點。他確信豹星不會挑起爭端——因為她接下來要忙著平息虎族的風波，不可能再挑起新的麻煩。

火星盯著他。「你最好從前任的錯誤中記取教訓，」他冷冷地說。「我看到你在骨丘對石毛做的事。」

黑足的如釋重負頓時轉為羞愧，胸口被一股熱辣辣的感覺重重壓住。

我是忠誠的副族長，服從族長的命令，他告訴自己。**這才是一個好副族長該做的。**

但胸口的重壓還在。

火星尾巴一甩，棘掌便站起身，用鼻子在姊妹的側腹上輕輕一頂，然後走到族長身邊。褐掌熱切地注視著他，一會兒後抬頭看著黑足，等待他下令。黑足的心頭泛起一絲欣慰。**我剛才沒有拆散他們是對的，她還是站在我們這邊。**

黑足朝族貓點頭示意，他們便起身圍攏過來。「走吧。」他喵聲道。他們跟著他離開空地，鼻涕蟲走在最後面。

隔天早上，黑足伸個懶腰，走出戰士窩時打了個寒顫。微微的陽光穿過雲層，空氣中彌漫著寒意。他瞥了一眼大橡樹下族長窩的入口，感到胸口一陣悸動。昨晚睡在那裡時還覺得不太妥當……**但明天，那裡就是我的了**。他還是覺得難以置信。

鼻涕蟲正在空地上等他。「準備好了嗎？」巫醫問。「你起得有點晚，而且今天風很大，可能會拖慢我們的速度，我們該上路趕去高岩山了。」

「我們走吧！」黑足瞥了一眼新鮮獵物堆，在去高岩山之前，按規定他不能靠近它。不知怎麼回事，他雖然飢餓，卻因為不安而無心飲食。他不會讓鼻涕蟲知道這件事，但他對於和星族分享舌頭感到緊張。他知道自己一直是完美的副族長……但是，也許有時候不是完美的貓。**星族會認為我有資格擔任族長嗎？**他必須相信他們會肯定自己的能力，但一想到九命儀式會是什麼樣子，恐慌便宛如冰爪刮過他的皮毛。

鼻涕蟲嚴厲地看了他一眼。「你準備好了嗎？」他問道。

黑足不知道巫醫在問哪件事。**我準備好前往高岩山了？還是我準備好當族長了？**

「怎麼會還沒準備好呢？」他簡潔地回答，與鼻涕蟲犀利的表情不謀而合。

鼻涕蟲轉過身去，沒有回答他的問題。「那就走吧。」他說完後，不等黑足回答便率先走開。黑足順了一下身上的毛，跟了上去。

枯毛正在營地入口站崗，看起來很疲憊，但依然保持警覺。眼見他們走近，她便恭敬地低下頭。「祝你們一路順風。」

他深情地對她眨眨眼睛。昨晚，黑足久久無法入睡，有個念頭一直在腦子裡翻騰：**要是真的當上族長，我需要強大的副族長**。最後，他想到一個名字。現在，他看到枯毛直率的目光，知道自己的決定是正確的。這隻暗薑黃色母貓也許一開始是無賴貓，但後來成為影族最忠心的戰士。「謝謝妳。」他對她說。「我不在時，希望妳好好挑選並派遣今天的巡邏隊。」

枯毛驚訝地睜大眼睛。「沒問題。」

「在我回來前，我相信妳會守護影族。」黑足繼續說道。

枯毛豎起耳朵，慢慢地喵聲道：「你的意思是……？」

「沒錯，」黑足呼嚕呼嚕地說。「等我從月亮石回來，我會任命妳為影族的副族長。除了妳，我想不出還有什麼更好的選擇。」突如其來的喜悅讓枯毛眼睛一亮，黑足的毛皮也感到陣陣暖意。他想，**也許我會成為強大的族長，至少我的第一個決定是正確的。**

儘管肚子餓得要命，受傷的肩膀也隱隱作痛，但內心的滿足讓黑足在前往高岩山的漫長旅途中步伐穩健。鼻涕蟲用紫草根治療傷口，並用蜘蛛網包紮肩膀，但他還是覺得很痛。

夕陽漸漸西沉，在地面投下長長的影子，他們終於抵達高岩山。黑足腳掌下的土地有些涼意，他緊張地望著斜坡上的小路，端詳黑漆漆的洞口，那裡便是慈母口。

「準備好了嗎？」鼻涕蟲再次問道。

慈母口的出現讓這一切變得太過真實。黑足再次納悶，鼻涕蟲的喵叫聲是不是透著懷疑。他想對巫醫挑釁，想大叫「我當然準備好了」，但他只是點了點頭，焦慮不安令他胸口悶得慌。他無法在鼻涕蟲面前假裝自信，因為自己心中也充滿疑慮。**星族會如何對待我？**他以前也陪過別的貓去高岩山，但沒有進入慈母口，也沒見過月亮石。他一直提不起勇氣去問虎星或碎星，月亮石到底是什麼樣子，因為那種感覺就像越權，這是只有族長和巫醫才能了解的神聖知識。他跟著鼻涕蟲爬上岩坡，心怦怦直跳，然後在洞口暫停，瞇眼細看黑暗的洞穴。

「跟我來。」鼻涕蟲用尾巴輕碰黑足的背部。「時候到了，我們該去查明月亮石有什麼在等著你。」

他們走進去，洞口微弱的光線很快就被黑暗吞沒。黑足跟著鼻涕蟲，小心翼翼地嗅著巫醫的氣味和細微的腳步聲，他全憑二者在黑暗中找到方向。

洞穴向下傾斜，氣味有些難聞，但黑足高興地吸氣，胸中充滿自豪，疑慮煙消雲散。**事情真的發生了，我即將成為影族族長！**儘管大家還在為失去虎星而悲傷，但他們剛強勇猛，對彼此忠心不二。如果黑足能以智慧帶領他們，就能讓影族再次成為森林中最強大的部族。**我到底夠不夠格？**

同樣的疑慮再次浮上心頭，但他還是把它甩開了。

我一定要讓自己夠格。

下坡不斷延伸，黑暗的洞穴愈來愈冷。黑足的腳掌踩著冰冷粗糙的石頭，整個空間愈來愈窄，使得他的鬍鬚在行進中頻頻擦過壁面。

他終於在遠處某個地方聞到獵物的氣味。黑足心想，**遠遠的上方岩石處一定有一個開口**。他剛想到這裡，前面的鼻涕蟲便停下來。

「到了。」巫醫輕聲告訴他。「現在要等月升。」

鼻涕蟲說完便緊靠著黑足坐下，黑足也跟著落坐，把腳掌疊在身下。他們靜靜等待，黑足覺得嘴巴很乾，也感到心跳得更快。他告訴自己，**我一定會成為優秀的族長。**但是，眼前浮現一張又一張死去貓兒的面容：年輕的獾掌，急切地想要證明自己；碎星，目光冷酷而凶狠；虎星，充滿憤怒和決心。石毛，眼睛大張，眼神充滿驚恐與不可置信。黑足費力地吞了吞口水，這些貓他沒能救到任何一隻。

但我跟隨族長，遵循守則，我是忠誠的副族長，做了應該做的事。

他再怎麼自我安慰，還是甩不掉令他如坐針氈的不安。

星族會如何評價我所做的一切？

一道刺眼的光突然照過來，黑足嚇了一跳，連忙向後跳開。一塊巨石出現在他們的正前方，足以把他們像螞蟻一樣壓死，黑足頓時覺得自己渺小得無足輕重。石頭本身似乎具有發光能力，它閃爍著光芒，仿佛是由無數冰塊組成的。

雖然他對這個地方充滿好奇，但這一刻還是讓他措手不及。

「月亮石，」鼻涕蟲虔誠地喵聲道。「在它旁邊躺下，用鼻子輕觸它，你的未來將變得明朗。你和星族分享舌頭時，我會守護你。」

黑足遲疑地悄悄向前走去。他回頭看一眼鼻涕蟲，希望得到鼓勵，但巫醫只是點了點頭，很難猜透鼻涕蟲在想什麼。黑足終於停在石頭旁邊，亮光刺痛他的眼睛。他深吸一口氣，身體前傾，閉上眼睛，用鼻子碰了碰月亮石。

一陣刺骨的冰冷襲來，他的身體因突然的疼痛而抽搐，雙腿和尾巴變得沉重。他不敢輕舉妄動，因為他知道反正也動不了。他覺得自己快要死了，即使是在嚴寒的禿葉季也沒有這麼冷過，他嚇得渾身發抖。

為什麼鼻涕蟲沒有事先警告我？難道星族決定懲罰我？

時間似乎不斷流逝，但他只覺得寒冷和疼痛，除了自己急促而持續的心跳聲，他什麼也沒有聽見。他不知道自己還能不能活下去，接著聲音和疼痛瞬間消失，就和發生時一樣突然。他現在什麼也聽不見，連鼻涕蟲的呼吸聲也沒了，他害怕地睜開眼睛。

洞穴已經不見，月亮石也消失了，一陣暖風拂過他的皮毛。他仰起頭，張開嘴，深深吸一口新鮮空氣。

他置身在大岩附近的四喬木，但這裡看起來和前一天不一樣了，完全沒有戰鬥的痕跡，空氣中瀰漫著綠葉萌芽的清新氣息，還有獵物、溫暖的泥土和生機勃勃的植物。高聳的橡樹林鬱鬱蔥蔥，銀毛星群在晴朗的夜空中閃爍。

等等……銀毛星群？黑足眨了眨眼睛，詫異地抬頭察看。**星族現在也是月升？迎接我的貓在哪裡？**他站起身，銀毛星群似乎愈來愈近，愈來愈清晰，他倏然一驚，瞬間明白那些不是星星，而是貓，星族正朝他而來。他的心跳得更快，怕得頻頻喘氣，呼吸急促。他們來到他面前，雙眼炯炯有神地盯著他，彷彿可以看穿皮毛，直視他的思想和內心。他們無所不知，洞悉他所有的疑慮和恐懼。黑足咬緊牙關，不讓嗚咽有機會鑽出喉嚨。**我絕不會洩漏內心的恐懼。**

星族貓圍著他，有些是生面孔，也有一些是他認識的。由於數量太多，他看不到盡頭，只看到熠熠星光朝著四面八方延伸出去。夜星也在場，抬高尾巴向他問好，死在轟雷路的白喉也友好地甩了甩耳朵。然而，其他貓只是冷冷地看著黑足。

一隻雪白母貓從貓群中走出來。黑足認出她是賢鬚，在黑足還是見習生時，她就是影族的巫醫。

他低下頭。「賢鬚。」

巫醫的皮毛上有許多閃閃發光的小星星，她莊嚴地向他致意。「黑足，我知道你心裡還有疑慮。」

「我——」黑足遲疑地說。他想反駁，但知道不能對她撒謊。「沒錯，但我忠心不二，一定會把部族放在第一位。」

周圍的貓群中傳來一聲輕輕的嘶吼，他嚇了一跳，想看看是哪隻貓發出的聲音，但是他被閃閃發亮的眼睛和星光點點的貓毛包圍，什麼也看不清。這群貓每一隻看起來都很憤怒，都有可能對他發出嘶吼。他不禁畏縮了。

「影族受了很多苦，」賢鬚告訴他。「但是所有部族也一樣，有一部分是影族的錯。下一任影族族長必須強大且盡顯榮耀，否則影族就會漸漸被遺忘。」

黑足睜大了眼睛。危險想必已經過去了吧？如今鞭子和虎星都已死去，各部族將再度恢復和平。但他的胃忽然痙攣起來——儘管目前各部族沒有爭鬥，但彼此之間缺乏信任。他想起豹星背棄自己，也想起火星話裡暗藏的冷酷敵意。

「如果影族滅亡，」賢鬚接著說。「其他部族也會滅亡，就連星族也不能倖免於難，森林必須保持平衡。你真的認為自己能擔當這個重責大任？你能成為影族需要的強大且盡顯榮耀的族長嗎？」

黑足吞了吞口水。「我會盡力而為。」他回答時嗓音有些沙啞。「我剛說了，我願意為影族做任何事，我先前的所作所為全都是為了影族。」

賢鬚點了點頭。「很好，那麼接下來將要進行一連串考驗，每隻貓會給你一份禮物，可能會附帶一段記憶，但你不一定會喜歡每段記憶。」

黑足覺得嘴裡發乾，這輩子有太多事他不願回想。他費力地吞下口水。「我準備好了。」他說，暗自希望自己真的準備好了。

賢鬚與他對望。「要是你覺得無法承受，隨時可以要求我們停止。你可以離開，按照以前的方式生活，影族則會選出新族長。你明白了嗎？」

黑足默默盯著祂。他很想知道，是不是每隻貓的九命儀式都一樣，還是他們只針對他進行考驗。他想起鼻涕蟲說過的話：**你的未來將變得明朗**。

所以，要不要接受考驗完全取決於他。「我明白了。」黑足說。

賢鬚甩甩耳朵。「很好，開始吧。」

閃閃發光的星族群眾讓出一條路，兩隻貓走上前。黑足眨了眨眼睛，有些愣住。

「冬青花，」他低聲說道，與灰白色母貓對望。**我的母親**。「我好想妳。」

她的藍眼睛透著溫暖。「我的孩子，」她驕傲地說。「影族下一任族長。」但她說完便垂下尾巴，看看身邊的貓，再看看黑足。「有件事應該讓你知道。」她喵聲道。

黑足轉頭，看著和母親站在一起的斑白公貓。「不要緊，」他對公貓說。「我早就知道了。你好，暴翅。」

幾乎同一時間，他感到周圍的貓全都退開，幾位兒時夥伴則在身旁一一出現……

第二章

巫醫窩很冷。黑掌把身體縮成一團，緊閉雙眼，肚子依然痛得厲害。**我真不該聽蕨掌的話**。他和同窩手足在營地邊緣附近發現一隻死青蛙，當時他餓壞了！

「我敢說一定沒問題，」蕨掌一邊對他說，一邊用纖細的玳瑁色腳掌戳著青蛙。「牠應該剛死沒多久，不然我們之前就會發現了。」

「也許吧……」黑掌疑惑地喵聲道。他已經親自聞過一遍，青蛙的氣味似乎還可以。他的肚子咕咕作響，提醒他有多久沒吃東西了。最後，他忍不住咬了一口，牙齒陷入青蛙富有彈性的肉裡。

現在回想起來，**真是大錯特錯！**他縮進窩裡更深處，這是他在巫醫窩度過的第二個夜晚。他感覺身體好了一點。也許明天早上，賢鬚會說他已經可以回見習生窩了。然後他可以告訴蕨掌，她的建議真的很糟。

在他生病期間，他們的母親冬青花一直陪在身邊。他閉著眼睛，嗅聞空氣中她那令他安心的氣味。**沒錯，她還在**。

他發現這裡還有另一隻貓，這股新的氣味不屬於賢鬚，也不屬於她的見習生黃牙。聞起來是一隻公貓……那會是誰？

「你在這裡做什麼？」冬青花輕聲問道。她的口氣透著奇怪、不高興的情緒，黑掌趕緊豎起耳朵傾聽。

「我很擔心。」低沉的聲音聽來很熟悉。**是暴翅？**這位戰士為什麼半夜造訪巫醫窩？他在擔心什麼？黑掌動也不動，悄悄把眼睛睜開一條縫。

冬青花和暴翅看起來像兩道暗影，在巫醫窩門口對峙。冬青花繃緊全身肌肉，好像隨時準備戰鬥。

冬青花為什麼要和暴翅戰鬥？黑掌不禁納悶。他不太了解這位年長戰士，但對方看起來總是一副和藹可親的樣子。

「你不必擔心。」冬青花冷冷地喵聲道。「你不怕被別的貓看到你來這裡？你不會希望他們想歪吧，是不是？」

暴翅嘆了口氣。「隨便你要怎麼想，但我真的很關心這些小貓。你知不知道，他們也是我的孩子？」

黑掌感覺胸口像被踢了一腳。他嚇得倒抽一口氣，接著飛快把嘴塞進側腹底下，避免再發出聲音。**暴翅的孩子？**但是……暴翅沒有小貓啊。他有伴侶羽暴，不是冬青花。

冬青花嘶吼。「黑掌、蕨掌和燧掌都是我的。你丟下我獨自撫養他們，因為你不想對羽暴說出實情。我不需要任何貓的幫助，尤其是你。」

黑掌震驚不已，眼睛閉得更緊，不希望被他們發現他醒了。他一直想知道父親是誰，蕨掌、燧掌和他從很小就開始討論這個問題，始終不曾放棄。

「小夜和小爪的父親是蟾蜍躍，」小蕨曾經推論，一張小臉因為苦苦思索而皺成一團。「他常來育兒室，我們一定也有爸爸。」

「一定有。」小黑同意。「但會是誰呢？」

小燧問過冬青花，但她只是搖搖頭，舔了舔他背上的毛，表示安撫。「你們不需要父親，」她告訴他們。「你們只需要知道自己是影族的一分子。」她的口氣聽來別具深意，讓他們不敢再問。

他現在知道自己的父親就是暴翅！黑掌的腹痛變得更嚴重，害他更想吐。暴翅早就知道自己是黑掌和同窩手足的父親，卻沒有告訴他們，也沒有告訴任何一隻貓，只因為怕被伴侶發現。

可見他們這些在他心中沒多大分量。

熱辣辣的怒火湧上黑掌的心頭，他很想跳起來攻擊暴翅，用爪子撕扯這隻公貓的皮毛。但心底隱約還有一股令他費解的衝動，他想要立刻衝過去，與暴翅鼻子碰鼻子，請求他留下來，畢竟黑掌一直渴望了解父親。他稍微睜開眼睛，想看看暴翅對冬青花憤怒的嘶吼有什麼反應。

「我們不需要你做任何事。」冬青花的聲音冷冰冰的，黑掌看見暴翅幽魂般的身影轉過去並離開。他把臉埋在腳掌下面裝睡，聽見冬青花走回來躺下。

下次和冬青花說話時，我怎麼能裝作沒有這回事？應該讓蕨掌和燧掌也知道。

但他不希望同窩手足也經歷這種感覺。

我不能告訴他們。

他再次回想冬青花以前在育兒室說的話。**我不需要父親，只需要知道我是影族的一分子。**

過了三次日出，黑掌的胃感覺好多了。整個早上，他努力不去想那夜冬青花和暴翅的對話。他偶爾還能說服自己，整件事或許只是吃壞肚子引起的夢。但是每當萬籟俱寂，他躺在見習生窩裡，心裡很清楚那不是夢。暴翅確實是他的父親，而且，暴翅一直很謹慎，生怕被別的貓發現。

黑掌沒有告訴任何一隻貓。

剛過日升，見習生在營地邊緣附近打鬧。小碎在旁邊獨自玩著一團苔蘚，尾巴在身後彎著，他的名字就是從尾巴而來。

黑掌意識到，**小碎總是自己玩**。他會不會覺得孤單？他的父親鋸皮以這個孩子為榮，但他母親的身分是祕密，養母蜥蜴紋也不太喜歡他。她放任自己的孩子欺負他，如果他抱怨就會被她責備。每隻貓都知道，她等不及要回到戰士窩，而不是像撫養自己的孩子一樣養育額外的孩子，但至少她看起來有點以自己的孩子為榮。小碎不跟大家親近，黑掌也不怪他。

「退開，你這個敗壞的雷族狐狸心！滾出我們的領地！」爪掌咆哮著撲向燧掌，燧掌閃身躲開，朝棕色公貓揮出一拳。黑掌驚愕地眨了眨眼睛，重新注意見習生的遊戲。

「伏擊！」蕨掌跳到爪掌背上，把他撞倒。爪掌翻身爬起，用後掌把她推開。

黑掌快活地嘶吼一聲，從後面撲向夜掌，把黑色公貓按在他兄弟身邊的地上。「我們會打敗你，邪惡的入侵者！」他用兩隻前掌壓制夜掌，喵聲道。「你投不投降？」

夜掌抬眼瞪他，尾巴頻頻抽動，咳了幾聲才喘過氣。「休想！」

「我可以在這裡跟你耗一整天，」黑掌告訴他，用爪子輕輕刺一下夜掌。他比這隻黑毛見習生還重，夜掌在他的箝制下掙扎，但徒勞無功。

他一抬眼，視線離開憤怒的見習生，恰巧看見暴翅穿過空地，來到新鮮獵物堆旁。這隻年長公貓與他對望片刻，黑掌的呼吸頓時卡在喉嚨裡。

身下的夜掌突然扭動，黑掌嚇了一跳，重重摔在地上。他掙扎起身，看見暴翅已經轉身離開，嘴裡叼著一隻田鼠，準備帶回去給羽暴。

「哈！」夜掌咳了幾下，喵聲道。「我打敗你了！」

「我想，我應該專心一點。」黑掌無精打采地回答。

「你必須提高警覺！」燧掌斥責他。「萬一你真的在和對手打鬥，那該怎麼辦？」

爪掌甩甩尾巴，一臉得意。「也許跨族身分意味著你們三個只能當半個戰士。」

「我們會成為偉大的戰士！」蕨掌憤憤不平地喵聲道。

「我們不是半族貓！」黑掌咆哮，渾身的毛都豎了起來。「我們是完完全全的影族！」

燧掌和蕨掌互看對方一眼。「這個嘛，我們也不知道。」燧掌猶豫地喵聲道。「但是誰都比不上我們對影族忠心耿耿。」

「我們真的知道！」黑掌堅稱。他好想伸爪朝其他見習生甚至同窩手足揮過去，要是能告訴他們真相該有多好！「我身上每個部分都屬於影族！」

爪掌嗤之以鼻。「那你說說看，你父親是誰？」他問。「他搞不好是寵物貓，我很訝異，杉星居然沒把你趕出去。」

「他知道我們會成為比你和夜掌強兩倍的戰士，」蕨掌嘶吼。「我們的父親是誰並不重要。」

很重要！他是影族的戰士！黑掌真想當著爪掌的面大聲吼出來。

但是，如果每隻貓都知道了會怎麼樣？暴翅會感到羞愧——因黑掌和同窩手足的存在而羞愧。至於他的伴侶羽暴則會傷心又尷尬。而冬青花呢？其他貓會不會生她的氣？她會不會因為和其他貓的伴侶生孩子而受罰？萬一她被逐出影族該怎麼辦？

黑掌勉強壓下怒火，轉身背對其他見習生。「我不想玩了。」他喃喃說完便踩著重重的步伐走開，獨自在見習生窩旁坐下。

小碎還在附近拍打那團苔蘚。黑掌坐下時，他停止動作。「你為什麼要在乎他們怎麼想？」他問道，犀利的橙色眼睛盯著黑掌。「爪掌是個鼠腦袋。」

「他是鼠腦袋沒錯，」黑掌同意，內心突然湧現對這隻小貓的喜愛。「而且，就因為他完全不知道某件事，就拿我開玩笑。」

小碎甩了甩尾巴。「誰在乎呢？」他喵聲道。「其他貓都不重要，你只需要知道自己想要什麼，然後想辦法讓他們幫你完成心願就行了。」他說完又開始擊打那團苔蘚。

這話有點可怕。小碎認定其他貓都不重要，難怪他總是獨來獨往。但是，由於蜥紋一直放任孩子欺負小碎，黑掌明白小碎為什麼會有這種感覺。他可能很孤單。**他和我一樣，只有一個父親或母親關心他**。

「反正我知道他說錯了。」黑掌試圖解釋。

小碎抬起頭。「你知道你父親是誰？他是影族的貓？你應該告訴他們，這樣就可以讓爪掌閉嘴。」

黑掌愣住。他不能對任何貓說出真相。**我甚至不應該告訴小碎我知道**。「這是祕密。」他只能這樣說。

「你父親在影族，但他不想讓任何貓知道他是誰？」小碎似乎把黑掌的不言不語當成了默認，他瞇起眼睛。「也許有一天你會成為偉大的戰士，到時候就可以讓你父親學到教訓。」

黑掌想像當著暴翅的面揭穿真相。他不需要父親——小碎說得終究沒錯——但也許有一天，他會比父親更為傑出。或許只有這隻奇怪的小貓能理解他的感受。他抬起尾巴輕拂小碎的背。「也許你是對的。」

暴翅和冬青花悲傷地望著黑足，隨著他的兒時景象漸漸消失，他們閃耀的尾巴垂了下來。

「你看到了什麼？」暴翅問道。

黑足搖搖頭，希望自己能把話說清楚。「我在巫醫窩裡聽到你們說話，」他解釋。「從那時起我便知道你是我父親。」

「真不敢相信，你已發現真相這麼久。」冬青花的聲音很輕。

「我很抱歉傷害了你，」暴翅喵聲道。「但謝謝你為我們保守祕密。你真的想要這條命？」

黑足愣望著父親。**是我想要的嗎？**回憶令他痛苦，但他不能改變什麼。再說，黑足也不會是第一個身世不尋常的族長。「是的。」他說。

暴翅上前一步，皮毛上原本微弱的星光似乎變得更加閃亮，他用鼻子輕觸黑足的額頭。黑足感到他的觸碰宛如冷火一樣灼熱，他奮力壓下驚喘的衝動。

「這一條命，我賜予你接納的能力。接納你的過去，以便將它拋在腦後，與你的部族一同前進。」

一股暖意流過黑足全身，他感覺好像卸下了背上的重擔。未來就在眼前，與過去截然不同。涼風吹拂他的鬍鬚。他可以向前方跨出一步，並且完完全全確信，族貓會與他同在，聽憑他發號施令。

他想，**他們要給我九條命，我應付得來。星族知道我所做的一切都是為了自己的部族著想，也許我沒什麼需要羞愧的。**

第三章

暴翅和冬青花轉身離去，冬青花戀戀不捨地回頭望了最後一眼。他們歸隊後，另一隻貓站起來，緩步朝他走來，黑足一眼就認出對方。

「鋸星。」他低下頭，恭敬地致意。在碎星之前，這隻貓曾是部族的副族長，後來當上族長。黑足一直很尊敬他。

「你好，黑足。」前族長熱情地打招呼，然後彎下腰，用帶著傷疤的鼻子碰了碰黑足的額頭。這次黑足沒有畏縮，因為他已做好心理準備，知道對方的觸碰會帶來冰冷的灼痛。星族貓的身影幾乎瞬間消失，過去的景象在他周圍逐漸成形。

「今天連一點風族的氣味都沒有，」黑足一邊歡快地對巡邏隊喵聲道，一邊帶路返回營地。

「他們知道最好別進入我們的領地。」花楸莓答道，甩了甩棕色和奶油色相間的尾巴。旁邊的果鬚發出呼嚕聲表示同意。

他們穿過荊棘叢之間狹窄的通道，進入影族營地，一路上黑足胸中充滿自豪。他透過巡邏的方式保護營地和所有貓兒，看看這片營地，多麼忙碌又安全。**戰士就是為此而戰。**

巫醫見習生涕掌正在營地中央晒草藥。拱眼和鴉尾在長老窩前一邊分享舌頭，一邊聊八卦。鼠翅和圓石坐在一起，大口大口地吃著獵物。多麼寧靜祥和啊！黑足和花楸莓前往新鮮獵物堆，途中經過果鬚身旁，果鬚高興地磨蹭了一下黑足的肩膀，黑足對他們甩甩耳朵。

「要是再讓我看到你幹這種事，我一定會罰你幫長老們驅蟲一個月！」刺耳的叫聲打破空地的寧靜，黑足轉頭看到灰心在營地邊緣訓斥碎掌。她看起來像是在強忍住撲過去痛揍他的衝動。肌肉發達的見習生回頭瞪著母貓，憤怒地抽動尾巴。鹿掌在他們身後焦急地變換站姿，他的肩膀有一道血淋淋的長條抓痕。

「你不能命令我！」碎掌輕蔑地反脣相譏。

灰心氣得面孔扭曲，她舉起一隻腳掌，伸出爪子威脅。

「等等！」黑足想也沒想，急忙朝他們跑去。他擠到碎掌前面，擋住灰心。「你不能攻擊見習生。」

「我不需要你保護。」碎掌憤慨地喵聲道。

「他罪有應得，畢竟他用爪子重傷了鹿掌，」灰心對黑足說。「他明知訓練中不可伸出爪子。」

碎掌咆哮。「如果我們害怕腳掌沾血，要怎麼和其他部族戰鬥？」

他一定會成為勇猛的戰士，黑足讚許地暗想。但所有戰士都應該為見習生樹立好榜樣，所以他喵聲道：「碎掌，我們的腳掌不能沾上族貓的血，你知道規矩。」他瞥了小見習生一眼。「鹿掌，你要不要去巫醫窩？黃牙可以幫你上點藥。」鹿掌巴不得早點脫離這場衝突，便點個頭匆匆離去，臉上浮現如釋重負的表情。

「規則太愚蠢了，」碎掌嘀咕。「我們必須強大起來，只有懦夫才不願意受傷。」那雙橙色眼睛意味深長地看了灰心一眼。然後，他轉過身，一邊朝見習生窩走去，一邊甩動彎曲的尾巴。

灰心嘶聲怒叫，看起來隨時會朝見習生撲過去。

「來吧，」黑足走到她面前，擋住她的去路，說出他想到的第一句話。「妳不會想打副族長兒子的，妳明知鋸皮多麼愛護他。」

「我沒要打碎掌，」灰心喵聲道。「我只是想嚇嚇他，讓他乖一點。」

她雖然嘴上說不打碎掌，但黑足有些懷疑，畢竟她看起來非常生氣。再說，碎掌的目光既冷酷又充滿挑釁，不管是哪一方攻擊另一方，黑足都不會驚訝，但他有責任不讓衝突升溫為暴力事件，影族戰士不應該互相攻擊。

「見習生總是惹麻煩，」他不安地對她說。「我們不能把這種事看得太嚴重。」

灰心譏諷。「你不會真以為碎掌只是普通見習生吧？」

「妳這是什麼意思？」黑足問道。

灰心抽動尾巴。「那傢伙就是有點……不對勁。」

「妳真傻，」黑足對她說。他心頭閃過碎掌眼中冷酷的怒火，但他不理會。**碎掌只不過是因為被罵而生氣。**「他有點獨來獨往，但這又沒什麼錯。其他掌字輩都很尊敬他，因為他體格最壯碩，此外，他也是最好的戰士。」

什麼事。」

「我擔心的也包括這一點，」灰心淡然回答。「影族最不需要的就是其他貓開始仿效碎掌的行為。」她搖了搖頭，轉身離去。「我要去找夜皮，讓他知道他的見習生做了什麼事。」

碎掌不會聽夜皮的話。這件事黑足非常肯定，此外，他也覺得沒必要為了碎掌公然鄙視導師的行為而責怪這位見習生。這些想法令他覺得有些內疚。

但是，為什麼杉星把最有前途的見習生交給一個病懨懨又好脾氣的戰士呢？隨著黑足和同窩手足見習生期滿結業，夜皮的咳嗽和氣喘也愈來愈嚴重。**我本來可以擔任他的導師，這對他來說更好**。但是杉星選擇了夜皮。

碎掌蹲在見習生窩旁，觀察營地其他貓兒。黑足走過去，在他身邊坐下。有那麼一瞬間，他想友好地與這隻小貓鼻子碰鼻子，但隨即改變主意。碎掌不喜歡別的貓碰他，除非是在戰鬥訓練中。「你還好嗎？」他問。「灰心對你很嚴厲。」

碎掌的耳朵抽動一下，橙眼冷酷地掃視其他貓兒。「我不在乎她怎麼想。」即使在訓練或巡邏時，碎掌也與其他見習生保持距離。「你想談談鹿掌的事嗎？」黑足問道。

「也沒什麼，」碎掌喵聲道。「他只是需要加強訓練。」

「但他流了很多血，」這麼深的抓傷不是單純的意外。「你是不是生他的氣？他不是你的朋友嗎？」那些小時候嘲笑過碎掌的年輕貓現在都很尊敬他。

碎掌哼了一聲，噘起嘴唇。「我沒有朋友，只有族貓。」

「族貓比朋友更好。」黑足下意識地回答。他的每個朋友都是族貓，雖然他知道有些貓並不是這樣。黑足不明白和外族結交有什麼好處，既然那些外族貓在戰鬥中不能支援你，無法做你的後盾，為什麼要把時間浪費在他們身上呢？

碎掌聳了聳肩。「你會跟朋友一起混，因為他們能讓你開心。」他的口氣帶著嘲諷意味。「族貓與你並肩作戰，保護你的領地，還會狩獵，讓所有貓都有食物可以吃。如果你的族貓不會狩獵或戰鬥，那他們就一無是處。」

黑足不由得驚喘，連忙深吸一口氣，試圖掩飾。**這違反了戰士守則！**但即便如此，黑足還是為這隻年輕的貓心痛。碎掌的憤怒難以平息，他小時候看起來非常孤獨，現在彷彿痛恨每隻貓，但這不可能是真的。他小小年紀就遭到養母和同窩手足排斥，要他信任族貓一定很難，他只是需要一隻可以理解他的貓。黑足用尾巴輕撫碎掌的後背，年輕的貓身體有些僵硬，但他什麼也沒說，一會兒後黑足收回尾巴。

「一旦你當上正式的戰士，就會發現沒有什麼比和族貓一起工作更好的事，」黑足告訴他。「在部族裡，我們會互相照顧。」碎掌沒有回答，但黑足希望他明白自己所言不假，這是最真的事實。

我說的話真的正確嗎？後來，黑足上完廁所返回營地，途中仍在思考與碎掌在一起的經過。他突然聽到身後傳來鋸皮的聲音。「嘿，黑足，可以和你談談嗎？」

黑足轉過身，眨眼看著這隻棕色公虎斑貓。「沒問題。」

鋸皮用尾巴指了指附近的松樹下方，黑足便跟上去。「什麼事？」他想不出影族副族長需要和他單獨談話的理由。**該不會是我惹了什麼麻煩？**

「我聽說你為碎掌挺身而出。」鋸皮喵聲道，琥珀色眼睛透著暖意。

「哦，對。」黑足尷尬地舔一下胸口的毛。「我也沒做什麼，灰心只不過是對訓練中失控的掌字輩有些反應過度。」

「碎掌會成為偉大的戰士，」鋸皮告訴他。「他強壯、勇敢又聰明，但不是每隻貓都喜歡他，他的處境一直都很艱難。」副族長的口氣透著一絲苦澀。「我們都知道，不被父母接納的小貓活得多麼艱辛。我想，正是因為幼年的遭遇，使得他和其他小貓不一樣。我希望他永遠不會覺得自己不受歡迎。」

沒錯。黑足有點激動，他想起大家也不知道鋸皮的父親是誰，不過有些貓懷疑一定是來自兩腳獸地盤的寵物貓。**他和我一樣，而且他當上了副族長。**黑足和鋸皮都曾遭到父親排斥。至於碎掌的母親，不管她是誰，也一樣不想要他。**我們三個的命運都一樣。**

「我明白。」他對副族長說，嗓音出乎意料地沙啞。

「我很高興有你這樣的貓在，給碎掌證明自己的機會。」鋸皮喵聲道。

「我會照顧他，」黑足喵聲道。「我相信碎掌，他一定會成為偉大的影族戰士。」

星族四喬木的暖風再次吹拂黑足的鬍鬚。隨著眼前景象消失，黑足的肩膀也垮了下來。他們當初對碎掌的信任並不明智。鋸星的死血腥而慘烈，碎尾是唯一目擊者。當時，黑足以為凶手是風族，但後來有些貓說碎星已經承認自己謀殺父親。黑足沒有親耳聽到他這麼說，便裝作這是碎星仇敵散布的謊言。他一直不想知道真相，但現在，他以新的視角看著那個悶悶不樂、滿腔怒火的見習生，感覺就像不可否認的事實。**為了當上族長，碎星確實殺了鋸星。**

黑足吞了吞口水，儘管被星族的綠葉圍繞，他還是覺得冷。他曾經全心全意追隨碎星，如果連信任的貓都如此蛇心，那麼自己的其他選擇又意味著什麼？

「我能想像你看到了什麼，」鋸星喵聲道。「我們都曾面臨相同的挑戰，把信任寄託在錯誤的貓身上。你真的想要這條命？」

黑足看著前任族長。雖然很難面對過去的真相，但他依然覺得自己準備好了。「是的。」他說。

「那麼，這一條命，我賜予你信任的能力。」鋸星喵聲道。「信任你的族貓，就像信任自己一樣。」

黑足渾身一震，痛苦的痙攣襲來，他不由得蹲下。他感到影族過去和現在的貓都圍繞在身邊：在他睡覺時，他們守護著部族；在他狩獵、巡邏及大步奔向戰場時，他們陪在左右。他想要信任他們，他一定會信任他們。

他與鋸星對望，下巴猛地一抬，點頭表示同意。他看見對方的眼神浮現一抹陰影。信任可以成為力量，但也可能是弱點。

「我們都曾信任碎尾，」他對鋸星說，前任族長則疲憊地凝視他。「但這是個錯誤，不是嗎？影族就是從那時開始瓦解。」

鋸星低下頭。「我們錯信了他，最後我甚至被他殺死。你因為追隨他而改變，但木已成舟，」他喵聲道。「如果影族要生存下去，你必須信任自己的戰士，他們也必須信任你。」

黑足費力地吞了吞口水。**我想要信任，也需要信任，但萬一我又錯了呢？**

第四章

一隻體型很小、黑白相間的小貓擠過星族貓群，走了出來。

「獾牙。」黑足低聲說道，胸口一緊。**我的親族，蕨影唯一的孩子。**

「黑足！」獾牙高興地叫著，朝他跑去，星光閃爍的尾巴興奮地抽動。他來到黑足面前，高高抬起頭，黑足便低下頭，讓小貓以鼻子輕觸他的臉。黑足猛地意識到，獾牙身上的氣味變了——不再是以前可愛的小貓，而是夜涼如水般清冷，就像星星的氣味。

在小貓鼻子的觸碰下，黑足感到自己陷入過去。

黑足打了個哈欠，用尾巴把自己包得更緊，再將全身的毛都豎起，以抵擋寒風。他整夜都在看守營地，儘管寒風刺骨，他還是很睏。

「把那些有能力自己捕捉獵物的足齡貓都叫來族岩下開會！」碎星的吼叫聲響徹營地，黑足豎起耳朵，疲憊頓時消失。碎星抬頭挺胸站在族岩上，眼裡充滿喜悅。

黑足起身，跑到族岩下站定，內心湧現暖暖的自豪。自從鋸星死在風族掌下，碎星和族貓便一心要找殺害族長的貓報仇。碎星率領影族屢戰屢勝，並選擇黑足擔任副族長。他強壯又凶猛，是任何貓都會欽佩的族長。

黑足的見習生曙掌從他身旁走過，他低頭看著她。「你知道是怎麼回事嗎？」她低聲問道。

「噓，」他對她說。「先按照碎星的命令去做，妳等一下就知道了。」

貓群在下方集合完畢，碎星讚許地望著他們。「影族貓，」他喵聲道。「你們都是凶猛且勇敢的戰士。每一次戰鬥，我們都在向風族復仇，也證明影族不受威脅。森林裡每隻貓都怕我們，其他部族明白最好不要挑釁我們，甚至不要涉足我們的領地，這都是因為你們英勇又高超的戰鬥本領。」

「影族！影族！」黑足抬起頭，和部族其他成員一起熱烈地高呼。他身邊的貓都很瘦，身上傷疤累累——因為碎星下令，戰鬥和訓練是首要任務，大家要自己抽空狩獵——儘管如此，他們依然鬥志高昂，雙眼發光。對影族每隻貓來說，鋸星的死就像心臟受到猛力一擊，而他們每次攻擊風族，都會讓這種痛苦減輕一點。

「影族最年輕的成員已經用行動來證明，他們是我們當中最可敬的一分子。」碎星宣布，曙掌興奮地豎起耳朵。「我們已開始訓練更年輕的見習生，他們也向其他部族展示了影族的年輕世代多麼強悍！」

「影族！」年輕的見習生濕掌突然大叫，逗得全場發出喵喵笑聲。碎星讚許地朝他點點頭。

影族巫醫黃牙和鼻涕蟲站在附近，黑足看到他們擔憂地互看對方一眼。他心裡閃過一陣惱怒，隨即將它壓下。黑足想，他們擔心是正常的。**巫醫的格局不夠大，見解不夠全面。**影族的新見習生或許比其他部族的見習生更年輕，但這意味著他們會更快成為訓練有素的戰士。既然有些貓想要早點學習戰鬥，就沒有理由把他們困在育兒室裡等待。

不過，曙掌的同窩手足死了，這是事實。巫醫一直在全力挽救族貓，避免他們死亡，黑足深知他們最不能接受的就是小貓死去。**然而，戰士也會為族貓哀悼**。每當黑足想起青苔掌都相當難過，他在一次訓練事故中折斷脖子；還有田鼠掌，他被老鼠咬傷後因感染而死。但這些死亡事件並不是因為見習生年輕而發生，任何一隻貓都可能遇上這種事。

「現在，又有一隻小貓準備成為見習生。」碎星告訴部族。「小獾出列。」小獾高興地尖叫，快步朝族岩走去，不久卻又放慢速度，顯得更加莊重，還刻意把頭抬得很高。

黑足看著小獾在族岩前停下，胸口感到一陣莫名的疼痛。這隻貓看起來多麼嬌小。黑足不由自主地瞥了姊姊和她的伴侶一眼。蕨影一臉驚恐，眼睛瞪得大大的，狼步緊緊依偎著她。

他們真的不懂。對父母來說，看著孩子成為見習生可能很難受，但這麼小就開始受訓是一種榮耀。

「小獾，你成為見習生的時候到了，」碎星喵聲道。「從今天起，你將被稱為獾掌，直到獲得戰士名號為止。你的導師是燧牙，希望他能傾囊相授。」碎星望著燧牙，點頭示意他上前。強壯的灰色公貓慢慢走過去，表情難以捉摸，他用尾巴輕輕拂過小獾的背。

「燧牙，你已準備好收徒弟了。因為你已展現凶猛和果敢的一面，我知道你一定會把獾掌訓練成同樣強悍的戰士。」

黑足看到兄弟低頭與獾掌鼻碰鼻，終於可以吐出一直憋著的那口氣。他相信燧牙會好好照顧姊姊的孩子。**一切都會好起來的。**

「你們倆瘋了嗎？」獾掌正在一一接受戰士們的祝賀，蕨影卻把燧牙拉到一邊，質問同窩手足。她身上的毛因憤怒而豎起，但她壓低聲音，把手足帶到營地邊緣，以免其他的貓聽到他們談話。

燧牙緊張地搖搖腳掌，用眼神向黑足求救。「我一定會照顧他，我保證。」

「這不是重點！」蕨影喵聲道。「他才剛滿三個月，當見習生太小了！我不知道碎星怎麼想的，但讓這麼小的貓當見習生，這是在危害他們。」

黑足直起身子，驕傲地抬頭。「他這是在為部族的利益著想，」他告訴她。「碎星說，如果戰士能早點開始訓練會更強大。妳應該以獾掌為榮，他並不害怕，很高興能開始受訓。」

「他當然很高興，」蕨影嘶聲說道。「他還小，滿腦子想的都是成為有史以來最偉大的戰士，一掌就可以打倒其他部族。他還不夠大，還不知道怕。」

燧牙低頭盯著自己長滿厚毛的腳掌。「關於這件事，我們也改變不了什麼。碎星是族長，他說什麼我們都得照辦。」

蕨影瞪著他們，黃色眼睛目光炯炯。「至少告訴我，你們不同意他的觀點。即使什麼都不做，也要承認你們知道這件事不對。你們是我的弟弟，我知道你們都很關心小獾。」

燧牙默默搖了搖頭。黑足看見姊姊恐懼的表情，心裡有點難受，但還是定定地望著她，眼睛都沒眨一下。「碎星被星族賦予了九條命，」他喵聲道。「無論他做出什麼決定，對影族來說都是正確的。星族希望獾掌成為見習生。」

蕨影好一會兒沒有回答，氣得耳朵向後貼。接著她嘆口氣，尾巴垂下來，憤怒地低聲說道：「我確實以他為榮，他是勇敢的小貓，但我能做的就是希望每隻貓都不會對碎星的選擇感到後悔。」

風族營地展開激烈戰鬥，憤怒的咆哮和痛苦的尖叫在空中迴盪。黑足猛地撞向裂耳，結實的灰色虎斑貓重摔在地，他的胸中喜悅狂湧。「狐狸心！」他對自己怒吼，伸爪狠抓對方的毛和皮肉。裂耳痛得尖叫起來。

風族在落葉季殺害了鋸星，影族從禿葉季到新葉季反覆與風族交戰，有時襲擊他們的營地，有時只是追趕巡邏隊。黑足和族貓不消滅風族誓不罷休。

碎星說過，影族必須讓其他部族打從心底懼怕他們，而現在他們一心只想著戰鬥，很容易就讓所有貓害怕。**我們一定會把他們趕出森林，**黑足得意地想。**我們將永遠消滅風族，這是他們妄想傷害影族的報應。**

空地瀰漫著濃濃的血腥味，風族巡邏隊隊長正大叫撤退。黑足讓裂耳從爪子下溜走，目送那隻公貓倉皇逃離現場，然後他回頭望著自己的巡邏隊。碎星正趕走最後一批風族貓，他的尾巴高高翹起，毛也因為興奮而聳立。微掌倚著導師爪面，只見他高舉著一隻前掌，上面有一根爪子脫落，還在滴血。焦風舔著受傷的肩膀，圓石的耳朵有撕裂傷。除了他們，巡邏隊其他成員看起來沒有受傷。

但燧牙和獾掌上哪去了？黑足抱著希望四處察看。獾掌對於自己首度披掛上陣非常興奮，他想使用燧牙剛剛教過的雙掌攻擊。如果他在這場戰鬥中正確出招，一定會高興得不得了。

黑足終於看到燧牙的灰色皮毛。他邁步跑去，突然發現這位灰毛戰士的姿勢不太對勁。他正用身體護著一個東西，看起來……**哦，糟了**。黑足看到燧牙的表情，突然感到一陣反胃。

然後，他看到這隻驚駭的公貓身下躺著一個小東西。竟是獾掌。小貓黑白相間的皮毛沾滿了血跡。

黑足慢慢朝他們走了幾步，心跳得很快。**想必是獾掌參戰時過度興奮，因為蕨影說以他為榮。**

他來到近處，已經聽得到他們說話，獾掌的聲音很微弱。「我想叫做獾牙，就像你一樣，因為你是偉大的導師。」

燧牙把鼻子輕靠在獾掌的頭上，聲音因疼痛而沙啞。「這是我的榮幸，獾牙是很好的戰士名字。」他們靜默了好一會兒，黑足走得更近，聽得到獾掌急促的呼吸聲。「你會在星族守護我們迎接每個月到來。」

萬籟俱寂，空地的風已平息，附近的樹葉似乎也停在原地，寂靜在耳邊炸響。黑足再也聽不到獾掌的呼吸聲了。**拜託**。他對星族無聲地呼喊，但深知已經太遲。

燧牙低聲說著什麼，聲音太小，黑足聽不見。他慢慢走過去，燧牙抬起頭，盯著兄弟的眼睛，滿臉悲傷和恐懼。黑足終於可以確定，獾掌死了，這隻小貓的屍體癱在燧牙的腳掌上。

黑足覺得肚子彷彿被一隻強力的後掌狠狠踢中。他大口大口地喘氣，只覺得天旋地轉。

蕨影是對的，獾掌還沒準備好。想到姊姊，情況只有更糟。他們該怎麼告訴她，她唯一的孩子死了？

我當初是不是該和碎星爭論？也許他不該訓練這麼年輕的貓。這個想法很可怕，黑足甩甩頭，把它趕跑。碎星是族長，他的話就是戰士守則。應該這麼說，是星族選擇了他，獾掌的死一定是星族的旨意。

我不明白這個道理，也討厭這樣，但想必事情非這樣不可。

第五章

一陣暖風拂過黑足的皮毛，他睜開眼睛，發現自己身邊再次圍繞著星族。黑足試著喘口氣。看到獾牙，想起他的死，黑足對這隻小貓的悲痛就和那天在戰場上一樣強烈，令他胸口疼痛不已。

「我當初是不是該試著說服碎星，不要訓練這麼小的幼崽？」他低聲自問。獾掌並不是第一隻因為過早當上見習生而受苦的小貓。也許青苔掌死時，黑足就應該知道這些幼崽太小，不適合受訓。也許碎星首次把三個月大幼崽任命為見習生時，他就應該知道了。他們本該待在育兒室裡，但碎星始終堅信，族貓存在的唯一目的就是戰鬥。「我必須聽從族長的命令，」黑足對圍繞在他身邊的星族貓說。「這就是我們與無賴貓不同之處。」

獾牙嚴肅地看著黑足。「你知道，你隨時可以停下來，」他提醒。「我不是非要給你這條命不可。」

黑足吸了一口氣。**愈往後疼痛就愈劇烈，但我可以繼續。**「我不想停下來，」他說。「求求你，獾牙，把你要給我的命賜予我。」

獾牙點頭，走上前去。「這一條命，我賜予你洞察的能力，」他喵聲道。「你要盡可能多方徵求意見，同時明白族長到頭來還是要為自己著想。」

隨著新的一條命降臨，黑足的肌肉痛苦地繃緊，眼前閃現不屬於他的記憶——**橡毛讚許地看著褐掌跳起來抓田鼠；枯毛和圓石在邊界巡邏時說著悄悄話；鼻涕蟲檢查高翳**

粟正在癒合的傷口，腳掌輕觸她的側腹——他知道自己正透過族貓的眼睛看世界。視角轉換時，他瞬間暈了一下，接著眼前豁然開朗。

獾牙親暱地用尾巴磨蹭黑足的側腹，然後轉過身，朝聚集的星族貓走去。黑足目送姊姊的孩子遠去，心中感到一陣酸楚。**別走。**

我是否原本可以阻止獾牙的死？我當初是否該嘗試出手救他？

黑足抖了抖皮毛，努力趕走思緒。**我別無選擇。**

周圍星光熠熠的戰士們沉默不語。黑足料想他們和自己一樣，都在為過去的行為糾結。有些貓似乎在默默責怪，另一些則表示同情。

星族曾經選擇碎星，現在選擇黑足。**星族有沒有可能出錯？**

一隻皮毛光滑的深灰色公貓走過來。

「我不認識你。」黑足戒備地說。

公貓來到他面前，金色雙眼充滿溫暖的憐憫，黑足感到胸口的結瞬間解開，這隻貓相信黑足能夠領導影族。「我是灰翅，」灰色公貓告訴他。「我是森林裡第一批部族貓其中之一，我們一手打造各自獨立的部族，但也明白各部族必須團結合作才能確保安全並壯大。」

黑足閉上眼睛，做好心理準備，感到過往情景再度浮現……

「他遲到了。」黑足抱怨，來回掃視代表風族和影族邊界的轟雷路兩側。

「高星一定會來，」碎星胸有成竹地喵聲道。「他別無選擇。」

整個新葉季期間，影族更加頻繁地攻擊風族領地。風族的狩獵隊或邊界巡邏隊每每被狂暴的影族貓逼得退回營地，影族戰士比風族任何一隻貓都強壯而凶猛，黑足知道風族很害怕。

高星和死足從轟雷路另一側的高草叢中悄悄走出，腳步有些猶豫，目光充滿戒備。黑足看到他們，心頭浮現一種惡劣而滿足的快感。儘管腳掌扭傷了，死足還是緊跟著族長。他們在轟雷路邊緣停下來，互看對方一眼，然後懷疑地望著黑足和碎星。風族族長和副族長顯然感應到了威脅。

他們應該害怕，黑足想。**畢竟他們殺了我們的族長。**

儘管如此，當他看到高星驕傲地抬頭說話，眼中沒有任何害怕的跡象，口氣透著冷酷無情，他的心頭還是掠過一絲敬意。只聽高星說：「碎星，你要求會面，有什麼話要對我們說？」

碎星注視著風族貓，久久不語。怪獸從雙方之間的轟雷路上疾駛而過，捲起一陣狂風，把他們的耳朵和鬍鬚往後吹，但兩隻族長都沒有退縮。

碎星終於鎮定地喵聲道：「我希望兩族之間能和平相處。」

黑足差點就要轉頭不可置信地看著碎星，他好不容易才壓下這股衝動。**我們來這裡可不是為了這件事！**

高星回答時，表情顯得更加戒備：「我們也希望和平。」他身邊的死足渾身發抖，視線在族長和碎星之間來回遊移。黑足想，**他們正在等待獵物的骨頭。**不管怎麼說，風族族長和副族長畢竟不是傻子。

「沒有犧牲就沒有和平。」碎星莊嚴地喵聲道。

「犧牲？」高星問道，與死足擔憂地互看一眼。「我們只想在自己的領地上安穩生活，不要被影族攻擊，為什麼我們應該犧牲？我們又沒對你們做什麼。」

沒做什麼？黑足心頭那一絲不情願的敬意驟然消失。他伸出爪子，狠狠地刨著地面。又有一個怪獸衝過來，經過時捲起刺耳的風聲。黑足深吸一口氣，勉強壓下對風族貓咆哮的衝動。

他本以為碎星會質問高星和死足，當初風族是如何殺害鋸星的——既然幹了這種勾當，不管影族如何報復都是他們罪有應得。然而，扁臉公貓只是平靜地眨眨眼睛。「不管你們做了什麼或沒做什麼，」他喵聲道。「這次的禿葉季都很難熬。風族死了許多小貓，但影族的育兒室熱鬧得很。」

這番話令高星有點畏縮，但他沒有回應。

「影族正在壯大，」碎星接著說。「目前領地已無法養活所有貓。我們不想開戰，但如果雙方要和平相處，你們必須允許影族在風族領地狩獵。」

另一個怪獸以雷霆萬鈞之勢奔過，狂風襲來，呼嘯聲淹沒了高星和死足抗議的叫聲。

高星等怪獸的呼嘯聲遠去後立刻開口。「絕對不行。」他的長尾巴快速抽動，但這是他唯一明顯的憤怒跡象。「部族之間的邊界存在已久，所有貓都記不清從何時開始的。我們需要領地的每一寸土地，不願意放棄，任何貓都不能改變部族的邊界。」

「除非透過戰鬥。」碎星的聲音非常冷酷，連黑足都覺得背脊發涼。

死足焦急地抽動耳朵，高星卻只是瞇起琥珀色眼睛。他看起來似乎想奔過轟雷路，朝碎星的喉嚨撲去。「談話到此結束，」他啐道。「離我們的領地遠一點。」

「等等，」高星轉身準備離開，黑足忽然叫道。「我們應該談談——」但兩隻風族貓已經消失在後方的高草叢中，誰也沒有回頭。

黑足等他們遠去，便看著碎星。「你認為我們拖住他們的時間夠長嗎？」

碎星露出若有所思的表情。「到時就知道了，不是嗎？」

黑足的胸中洋溢著歡欣，他高興地捲起尾巴。**整起事件可能到此為止**，他想。**終於可以為鋸星的死報仇了。**

風族被滅後，生活將重歸美好。

一旦影族對風族復仇成功，他們是否能減少戰爭，為族貓狩獵，並且迎回被碎星流放到領地別處的長老？

確認過沒有怪獸後，他跟著碎星迅速穿越轟雷路。他們刻意繞路，避免被高星和死足看到或嗅到氣味。他們發現風族那兩隻貓在前方深談，高星的長尾憤怒地抽動，他和死足似乎在低聲爭論著什麼。

黑足再怎麼頻繁穿越邊界，風族的領地依然讓他渾身不自在。上方出現開闊的天空，他的皮毛不禁感到一陣刺痛，這與影族松林令他安心的保護截然不同。他嗅到乾燥的泥土味，鼻子頻頻抽動，這氣味和影族溫暖的泥炭味完全不同；這裡的土壤充滿岩石，踩起來很不舒服，不像影族領地那樣鬆軟潮濕。他覺得自己在這裡很脆弱。一隻鳥掠過他的頭頂上方，他本能地退縮，希望有個東西可以將他和天空隔開。

高星半轉過頭，豎起耳朵，黑足和碎星立刻蹲下，讓長草遮住他們。但是高星沒有朝他們這邊看，而是聽到了某個聲音。他匆匆對死足說了一句話，隨即拔腿奔向風族營地，副族長緊跟在後。

「快！」碎星嘶吼，他和黑足追著風族貓而去，剛跑了幾步就聽到剛才高星聽見的聲音，那是戰鬥的咆哮和怒吼。黑足已經聞到血腥味，鬍鬚激烈地抽動。

他們在風族營地的邊緣追上風族族長和副族長。高星遲疑了一下，看看眼前的戰況。風族巫醫吠臉正試圖保衛巫醫窩，但遭到煤毛和胖尾左右夾攻。

風族女王灰足和晨花守著育兒室入口，當爪面嘶吼著要晨花讓開時，鮮血已經開始順著晨花的胸口流下。黑足聽到裡面的小貓正在哀號，儘管他知道風族罪有應得，但聽見這些哭聲還是讓他急得毛全豎了起來。到處都有戰士在戰鬥，影族顯然占了上風。

就在高星和死足呆望著眼前情景時，碎星趁機奮力一跳，從後面撲向高星，把風族族長撞倒在地。死足驚愕地轉身，但黑足已經衝向他，飛快將這隻較小的貓壓在身下。

「蛇心！」死足咆哮，在他身下掙扎。「你們為什麼就是不放過我們？」

怒火在黑足的喉嚨裡升騰，幾乎讓他窒息。死足是風族副族長，想必十分清楚影族為什麼非要消滅風族不可。他竟敢裝做對鋸星被謀殺一無所知？黑足用後掌使勁壓制死足的腹部，死足痛得皺眉又驚喘，黑足簡直樂壞了。

「你知道，只要森林裡還有一隻風族貓，我們就不會停手。」黑足咆哮。

他能聽到高星在碎星身下掙扎，頻頻發出急促刺耳的喘息聲。風族營地傳來一隻貓痛苦的叫聲。碎星舉起腳掌，正對高星的眼睛，鋒利的爪子已經伸出。

「我現在就能弄瞎你的眼睛，」碎星嘶聲道。「不妨試著在失明的情況下領導你的部族，高星。」

風族族長靜了下來。「命令你的戰士撤退，」他喵聲道。「我們可以談談如何劃定邊界。」他的聲音還算穩定，但身上散發著恐慌的氣息。

「影族需要你們的領地，」碎星對高星說，居高臨下地瞪視他。「我們給過你們分享狩獵場的機會，但現在為時已晚。我只警告你這一次，明天哪怕只有一隻風族貓出現在這裡，我們都會殺光你們。你自己知道，你不夠強大，無法保護你的部族並反抗我們。」

高星又驚又怒，抬頭直瞪著他。「離開森林？」他問。「但這裡是我們的家，我們還能上哪去？」

碎星平靜地眨著眼睛看他。「這不是我的問題，」他以平穩的聲音說。「我只警告你這一次，這也是風族活下去的唯一機會，好好把握。」

兩位族長瞬間死盯著對方，碎星的目光因仇恨而冷酷。他向後退，放開高星，高聲呼喚：「影族聽令，全員歸隊！」

黑足聽見碎星的召喚，臨去不忘以後爪抓傷風族副族長柔軟的腹部，然後才從死足身上跳開，朝族長奔去。他聽見影族戰士自他身後的風族營地湧出來，發出勝利的呼喊，空氣中彌漫著濃重的血腥味。

他來到碎星面前。族長高高翹起尾巴，全身的毛因高興而蓬鬆。

「你真的認為他們會離開森林？」黑足問他。影族已經讓風族刮目相看，這一點他相當確信。在未來許多個月裡，影族戰士將出現在這些貓的噩夢中。但是，單憑這次襲擊和碎星的威脅，就能逼迫他們逃離荒野上的家園嗎？風族已經在這裡生活了許多世代，比任何貓的記憶都要久遠。

碎星看著黑足，開心地鬍鬚頻頻抽動。「他們會離開的，」他喵聲道。「風族的領地屬於我們。」

第六章

回憶漸漸消失，黑足不安地變換站姿，不敢抬頭看周圍的星族戰士。如果風族沒有殺死鋸星——他們確實沒有；黑足已經知道，殺死鋸星的是碎星——那麼襲擊並趕跑風族顯然不正當。說真的，這比不正當還要糟糕，應該說是懦弱、狐狸心、壞透了，他簡直就像是當時死足口中的「蛇心」。

「我們確實需要那片領地，」他弱弱地喵聲道，低頭盯著自己的大黑掌。「我們的貓比風族的多，而且獵物不夠。」他感到星族在身邊聚攏，祂們輕柔的呼吸聲，還有清涼如夜的氣味，但誰也沒有回應他。「祢們不明白，」他繼續說，突然發怒。「我們必須活下去。」

這是真的，但他感到內疚的爪子在狠抓腹部的皮毛。他們真的需要消滅風族才能活下去嗎？**星族是不是認為我做錯了？**

他一度想否認自己的所作所為：**這些全是碎星的決定，我只是奉命行事。**但他從頭到尾都與碎星形影不離，不是嗎？他非常樂意執行計畫，星族明白這一點。

灰翅睜大金色眼睛，打量著黑足。「我知道，重溫過去可能很難，」他說。「我們從一開始便一直強調，這是你的選擇。你想要我給的這條命嗎？」

黑足低頭看著地面。**我是個好副族長，也可以成為好族長，我辦得到！**但他愈來愈懷疑這是兩種不同才能。

「我想要這條命。」他說，但聲音有些沙啞。灰翅低下頭，與黑足鼻子碰鼻子。他呼出的氣息雖然清涼，但不過輕輕一碰，一陣劇痛再度貫穿黑足全身，仿佛一百隻貓在戰場上受傷的痛苦瞬間集結在他身上。「這一條命，我賜予你團結的能力，」灰翅喵聲道。「盡你所能，確保每個部族變得強大。因為只要一個部族傾覆，所有部族都會滅亡。」

黑足閉上眼睛，努力把灰色公貓的忠告記在心裡。他睜開眼睛並抬頭，無意間看見星族另一隻貓，頓時僵住，感覺那根內疚的爪子已經劃開他的肚皮。「玫瑰尾。」他低聲說道。

灰色母虎斑貓只是靜靜回望他，粉橘色蓬鬆尾巴緩緩擺動。黑足倏然一驚，隨即別過頭去，不敢與她對望。

「又來一隻不是影族的貓，」他咕噥，連自己都覺得聽起來像在控訴。「這些貓為什麼願意給我命？」

賢鬚在貓群中開口說話。「星族的我們都屬於同一個部族。」這位前任巫醫平靜地望著他，目光不帶一絲批判。

黑足吞了吞口水，用眼角餘光瞥了一眼玫瑰尾。只見她除了一臉冷漠，沒有其他表情，耳朵也低伏著。她看起來不像是樂意賜予他一條命，也不像認同他擔任影族族長。

黑足不怪她。

他閉上眼睛，任由往事浮上心頭。

「你們明白計畫嗎？」黑足悄聲問道。「大家都知道該怎麼做嗎？」他懷疑雷族貓在荊棘牆另一邊的營地聽得到他的聲音，但重要的是不能冒險出動，這次攻擊需要出其不意。

「我們準備好了。」鼠疤一邊回答，一邊活動爪子。他身旁的胖尾和爪面點點頭，尾巴激烈地抽動。

「好，你們三個跟我來，我們要直接穿過營地圍牆。雖然有荊棘和金雀花，但我們的皮毛都很厚，他們不會料到我們從這個方向入侵，過去後應該就在育兒室附近了。」

黑足花了點時間視察巡邏隊。蜥蜴紋、鹿足、枯毛和圓石警覺地豎起耳朵，等待他下令。他們身後聚集了更多戰士，這是他率領過最大的一支巡邏隊。「其他貓可以從隧道進去，可能會遇到一個守衛，但營地的戰士應該不多，儘快幹掉他們。」

這時剛過日升，黑足認為對方營地裡不會有多少貓——雷族族長藍星昨天被發現帶著幾名戰士前往月亮石，而且她不太可能在黃昏前回來。日升剛過，每天這個時候，雷族其他戰士幾乎都在狩獵或巡邏。這是突襲他們營地的好時機，因為裡面大多是長老和正在哺育幼崽的貓后。

黑足的皮毛發癢，令他有些難受。他當然會服從命令，但這次突襲似乎有些……不對勁。

「我們必須竭力維繫影族的強大，」他喵聲道，既是叮嚀自己，也提醒麾下的戰士們。「畢竟敵方總是在設法對抗我們。」

「你覺得黃牙可能和雷族勾結嗎？」蜥蜴紋問道，她的黃眼睛懷疑地瞇成一條縫。

「我不大相信，」黑足回答，一股厭惡在肚裡翻騰。「雷族有什麼理由要收留她？」

「我以前沒想過黃牙會傷害小貓。」枯毛傷心地喵聲道，搖了搖頭。

黑足抽動耳朵表示同意。這隻巫醫的脾氣一直很古怪，也愈來愈不支持自己的部族，對碎星的每一個決定都提出質疑。但是，不忠的抱怨是一回事，謀殺小貓又是另一回事，這兩件事天差地遠。看在星族份上，她可是影族的巫醫啊！

當初碎星發現被她殺死的小貓，那是她同母異父的手足，她也在場，後來被趕走，永遠不准回到森林。她聲稱自己到場時他們已經死了，但他們身上全是她的氣味。「沒有部族會庇護她，」黑足對其他貓說。「碎星已在大集會上把她的所作所為告訴每一隻貓。」

「她一定早就走了。」圓石表示認同。

想起亮花那幾隻被殺害的可憐孩子，黑足心頭不禁浮現前所未有的正義感。影族已經失去太多小貓，他們將竭力維繫部族強大，無論要付出多少代價。雷族的弱點將成為影族的優勢。

「在金雀花隧道外面等一下，」他喵聲道，點頭示意蜥蜴紋帶領其他貓。「先準備好，等我們過去再發動攻擊。」

她低下頭，毅然地一甩尾巴，帶著其他戰士離開。

「來吧。」黑足示意鼠疤、胖尾和爪面上前，站在他身旁的營地圍牆邊。「一開始要靜悄悄的，等過了荊棘叢，我們就可以全速衝刺，穿越剩下的灌木叢，進入營地。」他舉起一隻腳掌，伸出爪子撥動荊棘叢，迅速開出一個足以讓身體通過的洞。**我們得快一點**。如果雷族戰士意識到影族的目的，他們勢必會拚死抵抗，巡邏隊必須在對方發現前潛入並退出。

在四位影族戰士通力合作下，他們一定可以迅速在荊棘叢中清出通道。黑足對三位夥伴甩甩尾巴，示意大家安靜，然後聆聽灌木叢另一邊營地的動靜。

兩位貓后在說悄悄話，他聽不清她們到底在說什麼。這時，一個見習生或較大的小貓以尖銳嘹亮的嗓音打斷她們談話，緊接著是一陣笑聲。罪惡感在黑足的肚裡翻騰，但他強行壓下並告訴自己，**影族必須活下去**。

「就是現在！」他對夥伴說，然後衝過灌木叢，爪面、鼠疤和胖尾緊跟在後。樹枝和荊棘刮過他的皮毛，但他們很快就穿過營地的圍牆，其他影族戰士也開始奔過入口隧道。蜥蜴紋發出一聲咆哮，朝守在隧道口的戰士撲去，將對方壓制在地。

雷族貓被嚇了個措手不及，紛紛驚叫著跳起來。「保衛營地！」一隻毛很濃密的金色虎斑貓叫道。黑足認出他是雷族副族長獅心，不由得感到一陣沮喪——他本希望這位可敬的戰士不在營地裡。爪面上前攻擊獅心，焦風也從另一邊衝過來。

其他影族戰士分散到營地各處與雷族貓戰鬥，成功將他們從黑足身邊引開，黑足則轉身奔向育兒室。

兩位貓后擋住入口：獅心的白毛伴侶霜毛，另一隻灰色虎斑貓挺著大大的孕肚，黑足不認識。他使了個眼色，枯毛和圓石隨即發動攻擊，把貓后引到更遠的地方去。

就在那一瞬間，黑足猶豫了。

我這麼做是為了影族，他提醒自己，然後朝暫時無貓看守的育兒室走去。雷族貓正在激烈戰鬥，營地的貓比他預料的要多，他必須盡快行動。他壓低身子，從遮住入口的茂密荊棘叢下方窺探內部，看到幾張小臉回望著他。雷族小貓看見他，嚇得尖叫起來；即使營地的戰鬥聲不絕於耳，他依然聽到他們的尖叫聲。

我不會傷害他們的，他提醒自己。**任何一隻小貓都應該以成為影族戰士為榮**。這些幼崽還小，很快就會忘記自己原本效忠於雷族。碎星下達命令時已經說得很清楚：這些小貓將成為影族的正式成員，無論他們出生在哪個部族。**這對他們來說，終將是一種榮耀**。

身後傳來一陣騷動，黑足回頭，看見雷族的援軍正穿過金雀花隧道進入營地。藍星、高大的高階戰士虎爪，還有幾個即將成年的見習生投入戰鬥。黑足對自己發出一聲咆哮；真希望他們外出久一點。這下影族巡邏隊寡不敵眾，他最好趕快行動。

他壓低身子，一隻腳掌伸進育兒室入口。小貓們喵喵叫著躲開，他又往前伸掌，無視荊棘劃傷他過寬的肩膀。

一隻貓突然重重衝撞他的側腹，把他撞翻在地，腹部都露了出來。黑足嚇了一跳，後腿狠狠一踢，把攻擊者踹飛。他掙扎起身，看見一隻灰色虎斑貓長老，尾巴呈粉橘色。他從記憶的某個角落挖出她的名字：**玫瑰尾**。

她朝他嘶吼。「離孩子們遠一點。」

黑足出掌劃了她一下，在她的喉部留下長長的抓痕。以前她一定是強壯的戰士，但由於年事已高，加上連續多個季節在長老窩外晒太陽，她的反應變得遲鈍，現在已經不是他的對手了。「滾開！」他嘶吼。

玫瑰尾挺起胸膛，瞪大眼睛，擋住育兒室入口，鮮血從她的傷口緩緩滴落。「休想！」

「想打敗我，妳毫無勝算。」黑足對她說。他又靠近一些，想找一條越過她的路。「快跑吧，老貓。我會帶走小貓，但不會傷害他們。」

「他們是雷族的一分子，」她啐道，全身的毛高高豎起。「只要我能戰鬥，就不會讓你帶走他們。」

我非這麼做不可。影族需要他領導，但若整個部族要生存下去，他們還需要小貓。黑足沮喪又憤怒地咆哮，接著撲向長老，惡狠狠地又抓又咬。她奮力反抗，不肯屈服。他身後傳來戰鬥的吼叫聲，聽起來痛苦而激烈，影族似乎要輸了，他的時間已經不多。

黑足奮力一揮爪子，粗暴地劃過長老的喉嚨。她的驚喘瞬間哽住，身體跪倒在地，鮮紅的血迅速漫過胸膛。她身後的育兒室裡，小貓們都在驚恐地尖叫。

影族需要這麼做。黑足感到噁心，但還是下定決心，把擋在育嬰室入口的長老拖走。她還在呼吸，氣息顯得急促而費力，但眼睛已失去神采。她快死了。「願星族領妳升天。」黑足喃喃地說，爪子再度劃過她的喉嚨，讓她盡快結束痛苦，而不是放任她的生命力一點一滴流逝。

他轉身回到育兒室外，伸進一隻血淋淋的前爪去抓小貓。他們拚命向後縮，背靠著荊棘牆，悲傷地啼哭。他們的眼睛瞪得很大，眼裡充滿驚恐。

「我不會傷害你們，」他喃喃地說。「我發誓。」他抓住第一隻深灰色母貓，把她帶出來。她實在太小，除了掙扎也無計可施。他又伸掌把另一隻小貓拉出來，那是一隻金棕色公虎斑貓。

他的腳掌伸向第三隻小貓，那是一隻有薑黃色斑塊的白色母貓，不料他的側腹忽然被凶猛的爪子劃過，一個熟悉的聲音咆哮：「離他們遠一點。」

黑足急急回頭，暫時忘記那些小貓。「黃牙！」他驚呼，不敢相信雷族竟收留她。他們真的那麼傻嗎？

影族的前任巫醫怒瞪著他，那張飽經戰爭摧殘的寬臉曾在很長一段時間裡給他安慰。許多個季節裡，她為他療傷，給他草藥治病。但現在，那雙橘色的眼裡只有敵意。「把你的爪子從那些小貓身上移開。」她咆哮。

黑足僵在原地，怒不可遏。「我不會傷害他們，」他嘶聲說。「如果雷族願意讓妳在營地裡遊蕩，那我這麼做說不定是救了他們。我知道妳做了什麼——妳這個凶手。」

黃牙怒叫著朝他衝去。黑足眼見小貓們爬回育兒室入口，但他現在沒時間追他們。他一個後空翻，與憤怒的巫醫纏鬥。她曾是戰士，現在依然強壯凶猛。她的爪子劃過他的腹部，他則扭頭咬住她的肩膀。她痛喊著退開，他伸爪抓她的臉，一根爪子勾住她的眼角。

她慘叫一聲，後退幾步，眼睛腫了起來。雙方繞著對方轉圈，都在尋找空隙出招。

「你是個鼠腦袋，黑足，」黃牙咆哮。「你一直都是。」

黑足嘶吼：「我不聽叛徒說的話，妳這個凶手。」

「我從沒殺過那些孩子，」黃牙的聲音因痛苦而緊繃。「如果不是被趕出來，我永遠不會離開影族。」

「騙子。」黑足不知道黃牙當初為什麼背叛部族，但他確實看到她丟下的小屍體。

黃牙憤怒地尖叫，朝他撲來，比之前更凶猛。黑足以腳掌硬扛，但她攻勢凌厲，把黑足逼得連連後退。一聲痛呼從他身後傳來——**是蜥蜴紋**。他認出她的聲音——他伸爪猛抓黃牙，趁她躲開時迅速回頭瞥一眼營地。

他看到蜥蜴紋的後腿沒入金雀花隧道，她飛快跑出了營地。他這才意識到，幾乎所有影族戰士都已離開。

他們失敗了，這個念頭令他感到一種幾欲作嘔的恐懼。他耳邊依然迴盪著玫瑰尾粗重的喘息聲，還有他抓破她喉嚨瞬間的死寂。**全都白費了**。他的腳掌開始顫抖。

他對黃牙發出最後一聲咆哮，轉身就跑。既然局面明顯寡不敵眾，沒有必要留下來等著被抓。

黑足朝著影族領地飛奔，腳掌把灌木叢踩得劈啪作響。他很想知道，等等向碎星彙報時，族長會怎麼說，又會怎麼做。黑足回想玫瑰尾臨終毫無生氣的雙眼，還有小貓們驚恐的哀號聲。

他想，**全都白費了，我們到底做了什麼？**

眼前景象消失，黑足低下頭，羞愧像尖利的小牙啃噬他的內心。當初他為什麼沒有停下來想一想？影族遴選年紀太小的貓當見習生，他們的死亡導致部族規模愈來愈小，於是他們企圖偷走雷族的幼崽，這孤注一擲的做法欠缺考量。讓偷來的小貓加入部族，對小貓來說不是榮耀，反而像是被判了死刑。

儘管這是碎星的命令，但黑足從來沒有反對過，甚至連想都沒想，盲目聽令的他也難辭其咎。

「黃牙沒有殺死那些小貓，對不對？」他低聲問道，但沒有貓回答。

他抬頭環顧周圍星光熠熠的貓，發現玫瑰尾仍然盯著他，表情冷酷。「你還想繼續嗎？」她問道。她的口氣與前幾隻貓不同，聽不出一絲同情。

黑足盯著她。時間似乎被拉長了，他初次懷疑這一夜會不會結束。他想，他可以到此為止。**但我不能這樣，既然已經走到這一步，還是堅持到底吧。**「我願意。」他粗聲應道。

她慢慢來到他面前，勉強用鼻子輕輕掠過他的下巴，然後馬上縮了回去。

「這一條命，我賜予你慈悲的能力，」她平淡地喵聲道。「盡你所能，了解森林其他貓的希望和夢想，哪怕他們與你不同部族。」

另一段回憶和各種感覺湧上黑足心頭，疼痛貫穿他的全身。他感到玫瑰尾倒在自己掌下的恐懼，還有小貓與母親分離的驚恐。他感到憤怒、愛、飢餓與悲傷——其他貓的情緒在他身上流淌，他咬牙忍住嚎叫，直到它們消失不見，留下筋疲力盡、氣喘吁吁的他。

這算什麼九命儀式？黑足愣愣地想，看著玫瑰尾的背影漸漸遠去。**感覺像是一種懲罰，而不是獎賞。如果我這麼差勁，他們為什麼要給我當族長的機會？**

但還有別的貓可以選擇嗎？經歷了碎星和虎星統治時期的戰鬥與肆虐部族的疾病後，影族元氣大傷，早已今非昔比。在這恢復元氣的非常時期，總得要有一隻貓站出來團結全族。如果他放棄了，星族還會允許另一隻貓領導大家嗎？碎星被趕走後，夜星接替他的職位，但星族從未給他九條命，至少在碎星還活著時沒有。體弱多病又溫順的夜星已經死了，而且到現在都沒有回陽間。

黑足滿心縈繞著夜星的死，以及星族還能找到哪隻夠格率領影族的貓。只見另一隻貓從貓群中走出來，她有灰藍色長毛和冰藍色眼睛。「你好，黑足。」她平靜地喵聲道。

「你好，藍星。」黑足領軍襲擊雷族營地的情景剛剛還歷歷在目，但面前的雷族前任族長沒有流露絲毫敵意，讓他鬆了一口氣。碎星恨過風族，虎星則對火星深惡痛絕。影族和雷族之間的衝突已經變成……私仇。但也許藍星沒有討厭黑足的真正理由。**除了那次我試圖偷走她部族的小貓，還有要求雷族開放領地供影族狩獵，還有我數度襲擊她的營地，還有兩個部族之間多次戰鬥，還有我幫助虎掌試圖殺死她。**

藍星走到黑足面前，他有些畏縮，但她只是跟他鼻子碰鼻子。周圍的貓再次消失，黑足想起他和藍星在不同時期做出的選擇——最後導致所有部族付出了慘痛代價。他所想的正是虎星。他曾是藍星的副族長，後來成了黑足的族長。

「我們差點就把他救回來了，」黑足咆哮。他們真的只差一點點就能從雷族營地救出碎星。**那樣一來，一切都可以恢復正常**。

影族趕走碎星，因為雷族讓他們誤信謊言——以為碎星殺死自己的父親。黑足不明白，影族貓跟隨碎星經歷了那麼多場戰鬥，怎麼會相信這種事，但他們就是信了。之後，雷族便俘虜了碎星。

黑足確信一旦碎星重獲自由就能解釋一切，影族會重新接納他，也會重新接納他們。幾個月以來，他和影族最忠心的幾位戰士遭到流放，被迫成為無賴貓，儘管他們是部族中唯一支持族長的——想到影族，黑足的胸口就隱隱作痛。他只想回家。

「要是那些河族戰士沒有出現就好了，」糾刺哀傷地喵聲道。她舔著棕灰色皮毛，試圖舒緩腹部嚴重的咬傷。「我們本來可以輕輕鬆鬆打敗那些蛇心雷族。」

她說得沒錯。昨天的戰鬥在河族戰士衝進營地之前進行得非常順利，但現在他們縮在兩腳獸地盤邊緣的荊棘叢中，完全被趕出部族的領地，而且只剩下幾隻貓——虎爪幫他們招募的無賴貓幾乎都在戰鬥中逃走了。**真是一群膽小鬼**。只有族貓才值得信任。黑足深吸一口氣。「沒關係，我們只好再試一次了。」

「為什麼？」斷牙是唯一還在的無賴貓，他暴躁地抖了抖厚厚的薑黃色皮毛。「他已經瞎了，無法領導你們的部族。」

「他可以！」黑足背脊上的毛豎起來，眼角餘光瞥見糾刺和胖尾懷疑地互看一眼。

「他還很強壯，即使看不見，昨天還是打得很漂亮。」

「要是我們自己回影族，說不定……」胖尾剛開口，就被黑足瞪了一眼，聲音頓時低了下去。

「我們不會拋棄碎星，」他告訴他們。「也許虎爪會再次幫助我們，只要他的部族沒發現是他帶我們進營地……」碎星被俘虜後，這位雷族副族長找過黑足，提議他們聯手合作。虎爪會把影族的流亡貓和幾隻精心招募的無賴貓帶進雷族營地，表面上是為了搭救碎星而戰，其實是他打算對雷族族長藍星發動攻擊。

想到副族長攻擊族長，黑足就感到皮毛一陣刺痛，但虎爪解釋過了：藍星允許一隻寵物貓進入部族，並且深受對方影響，因而相信要是沒有強大的族貓統領，火心就會傷害雷族。虎爪不想趕走藍星，但他必須拯救自己的部族。

再說，黑足會在乎其他部族的事嗎？他忠於影族，永遠不變。

他忠於由碎星這樣強大的族長領導的影族。

糾刺抽動著耳朵。「如果虎爪殺了藍星，不是早就把碎星交給我們了嗎？我想他可能已經死了。」

「也許吧。」黑足把頭枕在腳掌上。一旦虎爪除掉藍星的計畫沒有成功，雷族就有充分理由殺死他，糾刺無疑是對的。昨天的戰鬥令他渾身疼痛。**我們現在該怎麼辦？**

突然，附近傳來荊棘被扯開的聲音，有貓正在強行突破周圍的灌木叢。

「別亂動，有貓來了。」黑足一邊警告，一邊起身。他們的情況很糟，但必要時仍會一戰。他聞到空氣中的氣味，認出來者是雷族。

糾刺也聞到了，她恐慌地睜大眼睛。他們數量太少，而且受傷太重，應付不了戰鬥。「我們不能繼續待在這裡，最後像兔子一樣被困住。」她嘶聲說道。

沒時間了。他們趕緊起身，伸出爪子，繃緊神經準備再戰。樹枝「啪」的一聲斷裂，一隻體型巨大、肩膀寬闊的深棕色虎斑貓衝進他們的庇護所。他形單影隻，身上流血。

「虎爪，你活下來了。」黑足好一會兒才認出雷族副族長，他遍體鱗傷，腳步踉蹌，腹部有一道又深又長的傷口，皮毛沾滿泥巴和鮮血，臉上有數不清的血痕。

虎爪齜牙咧嘴地咆哮。「不是托你們的福。」

「我們本來打算等傷好了立刻去救你。」黑足向他保證。**我們還是要回去救碎星，不管需要發動多少次攻擊。**

其他貓一一對虎爪致意，接著糾刺和斷牙溜出藏身處，為大家狩獵。黑足有點遲疑地聞聞虎爪的傷口，那上面髒兮兮的，快要結痂了。他正看著，忽然發現虎爪腹部蒼白的皮毛上淌出一股鮮血。「你在流血。」他對虎爪說。

「沒什麼，」虎爪不以為意地說。「過幾天就會好。」他小心翼翼地側身躺下，眉頭微微一皺。

「那些雷族貓的攻勢比我預料的還要凶猛，」黑足喵聲道。虎爪事前說過，他們輕輕鬆鬆就能打敗雷族，但事實並非如此。「尤其是那隻所謂的寵物貓，火心。他雖然出生在兩腳獸地盤，卻學會戰士的格鬥本領。」這隻橘毛貓比黑足預料的更強壯、更敏捷。

虎爪全身緊繃，不顧傷勢猛然站起，一臉憤怒。「他只是一隻寵物貓！永遠不要把他和戰士相提並論。他沒有資格出現在森林裡，沒有資格對藍星說話，但他卻一副血管裡流著部族血的樣子。」他轉過身，繞著小圈子踱步，尾巴頻頻甩動。「我會找來更多貓教你們戰鬥技巧，然後再去對付雷族，火心必死無疑！」

黑足眨了眨眼睛。虎爪的琥珀色眼睛一度精光暴射，他看起來有幾分抓狂。不過，虎爪說得沒錯，寵物貓確實沒有資格冒充族貓。「我們會準備好，」他喵聲道。「等我們救出碎星，整個影族都會支援你，而且我們善於戰鬥。」

虎爪默默盯著他一會兒，只有尾巴末端在抽動。「黑足，」他終於喵聲道。「碎星死了，因為他試圖逃跑，雷族便殺了他。」

黑足喘不過氣，突然覺得自己被掏空了，彷彿他只是一團被皮毛和骨頭包住的虛無。**我現在該怎麼辦？**少了碎星帶領，他怎麼找得到回影族的辦法？如果他不是影族貓，那他又是誰？「我現在真的要變成無賴貓了。」他終於啞著嗓子說，心被絕望淹沒。

虎爪瞇著眼睛，緊盯著黑足。「我們可以讓影族站在我們這邊。」他看了好一會兒後，喵聲道。

「可以嗎？」黑足胸中燃起一絲希望的火花。對於想要的東西和事情走向，虎爪似乎總是胸有成竹。

「一旦爭取到影族的支持，我們就可以向雷族復仇，」虎爪繼續說道。「他們殺了碎星，火心搶走我在藍星身邊的位置，現在他們還偷走我的小貓。他們把我趕走，卻不放我的小貓。」

狐狸心。怒火開始在黑足體內燃燒，令他全身發熱。像這樣一個搶奪小貓又殺害他族族長的部族，不配生存下去。「你有計畫嗎？」他問。

「有，我可以讓你們回影族。」虎爪伸出長爪，插入泥土中。「但我需要知道你們會忠心不二，你們能否像追隨碎星那樣追隨我？」

全場一度靜默。黑足想，**碎星的每個命令我都照辦了**。少了族長，他還算什麼？虎爪強壯而堅決，琥珀色眼睛閃爍著熟悉的光芒：那種眼神屬於目標明確的貓，他能讓其他貓追隨他，一同度過酷寒的枯葉季，並投入血腥戰鬥。黑足顫抖著，心頭瞬間充滿感激。碎星已逝，但眼前有一位值得追隨的族長，他終於不孤單了。

「我不會讓你失望的。」他承諾。虎爪的鬍鬚抽動一下，表示贊同。

第八章

結果我什麼也沒學到。景象消失時，黑足垂下頭，羞愧難當。虎爪眼中閃爍的光芒當然很熟悉，他和碎星都一樣：為了得到想要的權力，不惜毀滅自己的部族。碎星殺死自己的父親，還害得小貓們身陷險境，最後導致他們死亡。虎星曾試圖殺死自己的族長，失敗後接管了影族，繼續進行復仇計畫。他們只在乎自己，其他全都不重要。**而我居然樂意追隨他們。**

藍星仔細打量他。「你想要這條命嗎？」她問。

黑足覺得筋疲力盡，但他現在不能停下來，於是點了點頭。

「我需要你說出來。」藍星喵聲道。

「我想要這條命。」黑足低聲說。

藍星上前，用鼻子碰了碰他的鼻子。「這一條命，我賜予你判斷的能力。在難以決定時運用它，針對你的選擇，考量所有可能性和後果。」

一波新的疼痛貫穿全身，黑足想到剛才在往日情景中看到自己多麼缺乏判斷力，不禁感到深深的絕望。他曾輕易相信虎星能解決他所有煩惱，但那隻雷族貓根本不在乎影族貓，只想利用他們來報復火心和雷族。黑足看著過去的一切在眼前重現，終於明白了。

正是因為追隨虎星時幹的勾當，使得黑足如今在星族面前無地自容。

藍星轉身離去後，黑足用腳掌使勁撐住身體，像是預料到會被狠揍一拳，因為他打從骨子裡明白，下一隻從星族戰士群中走出來的貓會是誰。因此，當他終於抬頭，看到石毛正在凝望他，他絲毫不覺得意外。

這隻河族公貓看起來比他們上次見面時好多了。當時他精疲力竭，餓得要命。現在，淺淺的藍灰色皮毛顯得光滑，閃爍著微弱的星光。他看著黑足好一會兒，接著緩緩走上前，彷彿腳掌重得很難抬起。他的每一步看起來都那麼不情願，似乎不想接近黑足，但又知道自己非過去不可。

這也不能怪他。對石毛來說，要把一條命送給奪走自己生命的貓，當然很難。

石毛用尾巴抽打黑足的肩膀，黑足感到眼前一切漸漸消失……

黑足蹲在虎星站立的骨頭堆某一側，豹星蹲在另一側。虎星在頂端俯視統領的營地。虎族戰士圍繞著他們聚集——以前的影族和河族，現在團結在虎星麾下——興奮得渾身顫抖。

在骨丘腳下，群貓的中央，虎族戰士——曾是雷族的暗紋，還有曾被稱為斷牙的鋸齒——看守著河族前任副族長石毛和兩名驚恐的河族見習生。這三隻貓都很瘦，肋骨從蓬亂的毛中露出來。石毛站在見習生前面，似乎想替他們擋住衛兵。

虎星站在獵物骨頭堆上開始說話。「各位虎族貓，大家都知道我們的處境多麼艱困。禿葉季的寒冷威脅著我們，兩腳獸威脅著我們。森林中其他兩個部族還不夠明智，沒有意識到應該與虎族結盟，因此他們也是一種威脅。在強敵環伺下，我們必須確保戰士的忠誠。虎族容不下牆頭草，容不下那些在戰鬥中搖擺不定的貓，更容不下那些背叛族貓的傢伙。」整片空地的虎族都號叫著表示贊同。

黑足噘嘴看著暗紋。這隻貓直等到他們的族長順利成為影族一員後，這才追隨虎星。暗紋見狀也不甘示弱地瞪視黑足。**我不相信他**。黑足暗想。

不過，這不是虎星現在要說的，反正遲早有時間處理暗紋的問題。現在，虎族需要解決另一個問題。

黑足感到一股興奮正節節升高。他們是有史以來最強大的部族，大家在虎星麾下團結一致。空地上每隻貓齊心一志，隨時準備與虎族敵貓戰鬥，眾志成城，勢不可擋。**這就是我的歸屬**。黑足想。

虎星繼續說下去。「尤其是我們無法容忍可恨的半族貓，任何忠誠的戰士都不會和其他部族成為伴侶，這樣會稀釋戰士祖先為我們定下的純正血統。雷族的藍星和灰紋都蔑視戰士守則，與河族成為伴侶。這樣的結合產生的小貓，就像你們現在看到的這些，他們絕對不值得信任。」

黑足看到虎星以眼神示意，便開始吶喊。「污穢！污穢！」其他貓也跟著叫起來，瞪著石毛和兩個見習生。他們嚇得縮成一團，耳朵壓得低低的。石毛擋在他們前面，對著前族貓咆哮。

黑足一邊號叫，一邊覺得滿足。許多貓曾在他小時候說三道四，指控他和手足是半族貓。但這不是真的，現在即使大家不知道他父親是誰，也知道他不是半族貓。如果虎星不相信黑足是百分之百的影族，他就不會任命黑足為副族長。

虎星繼續發言，說明他為何憎恨且不信任那些牆頭草。黑足看著石毛擋在幼貓前面保護，一絲不安忽然擾亂了興奮的心情。他知道自己會因一時情緒受影響而遭到虎星鄙視，但他和石毛曾在部族會議上並排坐在大岩下，以副族長身分團結一致，畢竟他們都知道自己有一天會領導部族，再說黑足也很尊敬石毛，儘管對方血統不純，依然是優秀的戰士。

黑足急急呼出一口氣，摒除雜念。他不能感情用事；他必須保護部族。半族貓不可信，即使他們曾經是忠誠的戰士。

虎星的演說已接近尾聲，大家目不轉睛盯著他，臉上洋溢興奮之情。「我們必須除掉害群之馬！」他宣布。「這樣一來，我們的部族就會乾乾淨淨，到時勢必能得到星族的青睞。」

石毛挑釁地抬起頭，身體微微晃了一下。**他一定是餓到全身發軟了**。他們已經好幾天沒餵俘虜吃東西，何必把獵物浪費在非我族類身上呢？但這隻藍灰色公貓穩定地喵聲道：「從來沒有一隻貓質疑我的忠誠，你們儘管放馬過來，當面指控我是叛徒！我和霧足幾個月前才得知藍星是我們的母親，我們這輩子一直是忠心耿耿的河族戰士，那些不認同的貓不妨站出來證明自己是對的！」

河族貓焦急起來，微微躁動。虎星開始斥責豹星選擇石毛擔任副族長，黑足環顧空地上那些憂心忡忡的面孔。

他認為他們不會和虎星爭論。豹星正低頭默默向虎星表示歉意，並且刻意不看前任副族長，她的族貓自然會仿效她。這是他們證明忠誠的機會，證明他們值得成為虎族的一分子。他們不僅需要讓這種情況發生，還應該歡呼雀躍。

虎星數落完豹星，又低頭看看兩隻半族貓。他動了一下尾巴末端，接著再度開口。「石毛，我給你一個機會，證明你對虎族忠心耿耿，把這兩隻半族貓見習生殺了。」

黑足背脊上的毛豎起，心臟怦怦直跳。**他會照做嗎？**這是石毛成為虎族一分子的唯一機會。但是，他自己也是半族貓，真的會忍心殺死兩個見習生？

石毛眨著眼睛，一度顯得有些茫然，接著他轉頭對前族長說：「我只聽妳的命令，」他咆哮。「妳一定知道這樣做是不對的，妳希望我怎麼做？」他的口氣凶狠，但望著她的眼神充滿懇求。

豹星瞬間成為目光焦點。**她到底忠於誰？**黑足到現在還不信任她。這也是豹星證明自己的好機會。

前任河族族長面無表情地看著石毛好一會兒，最後，她喵聲道：「在這大家都要為生存而戰的艱困時期，我們必須仰賴每一位族貓的貢獻，無法容忍不忠，你就聽從虎星的命令吧。」

幾隻貓倒抽一口氣，但河族戰士沒有開口反抗族長。**他們正在學習效忠，**黑足滿意地想。**他們正在學習身為虎族貓的真諦。**

石毛盯著豹星好一會兒，然後低頭望著見習生。他們緊緊依偎，帶著新的恐懼仰望他，接著慢慢站起身，準備戰鬥。

石毛微微點頭，對見習生的勇氣表示嘉許，接著猛然回頭挑釁地瞪著虎星。「你得先殺了我才行！」他啐道。

傻瓜。石毛親手葬送了唯一的機會。

虎星低頭看著暗紋，尾巴頻頻抽動。「很好，殺了他。」

暗紋高興地翹起尾巴，朝石毛撲去。

太慢了。黑足不以為然地想。這隻黑紋公貓體型比石毛大，但動作笨拙。石毛及時向後跳開，朝攻擊他的貓伸出爪子猛抓。暗紋皮肉被刺穿，發出一聲痛喊，對準石毛的臉重重一擊，卻被這隻體型較小的貓躲開了。

他們一邊尖叫，一邊狠抓對方，在地上打滾。黑足悄悄伸出爪子，刨著腳下的土。即使石毛已經餓得半死，暗紋的動作還是太慢。石毛是為了保命而戰，而暗紋只是奉命戰鬥，缺乏石毛那股拚命的狠勁。周圍的貓都沉默不語，緊張地注視著兩具纏鬥的身軀，有的忐忑不安，有的興奮激動。

石毛一扭身，牙齒陷進暗紋的後頸。暗紋掙扎著推開他，兩隻貓各自跳開，氣喘吁吁，鮮血順著暗紋的臉流下來。

黑足沮喪地嘶吼。「快點，暗紋！你打架活像寵物貓！」

暗紋嘶叫一聲，再度撲向石毛，藍灰色公貓俐落地躲開，爪子刮過暗紋側腹。暗紋踉蹌了一下，石毛便趁勢將他扳倒在地。

笨手笨腳。黑足暗自怒吼，暗紋的戰鬥方式把大家的臉丟光了。**在我們和其他部族一較高下前，他需要接受更多訓練。他平常花太多時間在新鮮獵物堆上，對上戰場毫不在意。**

石毛把暗紋壓在身下，尾巴瘋狂甩動，暗紋只能拚命掙扎。虎星發出咆哮聲，轉頭對黑足說：「殺了他。」

黑足早就技癢，迫不及待要展示真正的影族——虎族——貓高超的戰鬥技巧。他毫不猶豫地投身戰場，將石毛從暗紋身上拖下來，高高舉起爪子，對準河族副族長的喉嚨。

第九章

我不想再回憶了。

景象消失，黑足全身顫抖，眼睛閉了一下。**我從來沒有質疑過命令。石毛會成為比暗紋更好的族貓，我當時明明知道的，他忠心又勇敢，即使他是半族貓也無妨。**

他強迫自己把視線從腳掌移開，再次與石毛對望。他心裡有幾分想要乞求星族貓原諒：**我當初不該那樣，都是虎星害的。**但話還沒說出口就消失了。他現在對石毛說任何話都顯得毫無意義，他當初可是毫不猶豫地殺了他。

石毛慢慢走近，目光冰冷。「你想要這條命嗎？」

黑足只能勉強擠出一絲力氣回答，他覺得全身都被掏空了。「我想要。」他啞著嗓子說。**事情到了這地步，已經停不下來了。**

石毛不帶感情地以鼻子拂過黑足的鼻子。「這一條命，我賜予你正直的能力。」他喵聲道，聽起來和他的表情一樣不情願。「憑你的判斷力運用它，未來確保你率領自己和部族走在正確的道路上。」他猛地抽離，隨即轉過身去，頭也不回地消失在閃閃發光的貓群中。

一陣熟悉的疼痛鑽過他的肌肉，黑足有些畏縮，但他覺得視力似乎愈來愈敏銳。他看得到更多過去，他曾做過一些可怕的事，四處尋找強大的族長投靠，卻從未想過他們的所作所為以及命令是否正當——是否為了他們領導的部族，也就是貓群的利益著想，還是僅僅為了滿足自己對權力和復仇的渴望。亡者的面孔再次浮現在眼前，他為自己造成的諸多痛苦滿懷歉疚。

我能比碎星和虎星更好嗎?他想要比他們更好，但是，一陣刻骨銘心的疼痛襲來，他知道自己無法確定。**我到現在才開始思考他們的決定是否正確，這說明了我是什麼樣的貓?**

接受一條新命的疼痛消失後，他抬頭看著星族貓，他們已經賜予他七條命。毫無疑問，另一隻貓即將站出來，一旦他獲得九條命，就會當上影族族長。

「可以繼續這樣下去嗎?」他脫口而出。「你們說，繼續是我自己的選擇，但我覺得這樣不對。每一段回憶都讓我比上一段更沒有把握，我真的適合領導影族嗎?」**一定有更適合的貓**。他不能讓影族在他的領導下受苦。

夜星從貓群中踱了出來，高舉尾巴致意。他們曾一起長大，黑足不禁為老朋友的現身感到欣慰。夜星的綠眸裡沒有一絲敵意，毛皮則光滑亮麗，這隻曾經病懨懨的貓，現在看起來前所未有地健康。

「你很誠實，」他喵聲道，黑足便低下頭看著腳掌。他可以做到的至少還有誠實，影族確實需要找到最好的族長。

夜星見黑足沒有回答，便發出充滿興味又熱情的呼嚕聲。「每個族長都曾後悔自己的某些選擇，身為族長不一定要完美無缺，重要的是從經驗中記取教訓，並做出改變。」他來到黑足身邊，以尾巴輕拂他的背，讓他安心。「不要失去質疑自己的能力，族長需要確保自己做的是正確的事，這一點其他貓無法代勞。」

眼前的景象逐漸消失，黑足再次回到過去，回到虎族之前的時代，那時他還是一隻尋找歸屬的無賴貓。

我又能見到我的家了。

黑足明白，影族允許他和其他無賴貓越過邊界，只是因為疾病在部族中蔓延，虎爪讓他們為無法狩獵的影族貓代勞。但當他叼著田鼠進入影族領地時，腳步還是比這幾個月來更加輕鬆。呼吸著家鄉熟悉的氣味，在松樹下而不是野外臨時領地的橡樹和梣樹下生活，感覺真好。

走在他前面的是一些族貓，即使他們說他不再屬於影族也無妨。曙雲、圓石和燧牙永遠都會是他真正的族貓。曾拜他為師的曙雲！忠誠而穩重的圓石！還有同窩手足燧牙！

他想要用尾巴輕撫兄弟的背，便從糾刺身後走過，來到影族貓群旁。燧牙熱情地看著他。「見到你真開心，」他發出低低的呼嚕聲。「我好想你。」

「我也一樣，」不過，黑足很擔心。燧牙看起來糟透了，比實際年齡老了好幾個月，肋骨都凸出來，皮毛乾枯斑駁。「你還好嗎？你確定還能巡邏？」

燧牙嚴肅地搖了搖頭。「影族每隻貓都生病了，我跟大多數族貓比起來還算好。」

他們漸漸接近影族營地，黑足先前對重回自家領地的狂喜已慢慢消散。整個地方臭氣熏天，因為新鮮獵物堆正在腐敗，外加疾病肆虐，還有一些貓因重病無法適當清潔自己。

來到營地外圍時，圓石放下口中的麻雀，轉頭面對虎爪的無賴貓。「我們都沒能逃過這場疾病，」他鄭重地喵聲道。「如果你們不想冒著被感染的風險，最好立刻離開。」

黑足看著虎爪，他們答應要跟著他，但如果這位前雷族副族長想要離開，黑足不確定自己會跟他走還是留下來。他還沒有見到以前的族貓，總不能就這樣掉頭離去，不能拋下受苦的他們，但虎爪現在是他的族長。

虎爪驕傲地抬起頭，嘴裡叼著松鼠說話。「我們不怕提供幫助。」黑足點了點頭，心頭湧現對虎爪的感激之情。一隻貓若能關心其他部族的貓，絕不會無緣無故攻擊自己的族長，他絕對是一隻值得追隨的貓。

圓石領著他們穿過荊棘，來到影族營地中央的空地。虎爪帶著無賴貓把獵物搬到已經快要空掉的新鮮獵物堆上。黑足滿意地看著他們帶來的大量獵物：至少今天影族貓不會挨餓了。

黑足轉過頭，看到那些貓在營地邊緣望著他們，他勉強壓下驚喘的衝動。燧牙剛才說自己的身體狀況比大多數貓都好，現在看來不是謊話。在暗影中望著黑足的那些眼睛因發燒而明亮，許多貓看起來虛弱得無法站立，彷彿他們是被同樣生病的族貓扔在那裡，只能就地倒下。

他們之前巡邏時遇到的花楸莓從戰士窩走出來。她又瘦又憔悴，但還能走路。她雖然步履蹣跚，彷彿一陣風就能把她吹倒，但她跟燧牙一樣，也是影族中看起來最健康的貓。「曙雲說你們會幫我們狩獵，」她喵聲道。「但沒想到你們會親自把獵物送過來。」

糾刺上前，用鼻子碰了碰這位前族貓棕色與奶油色相間的臉頰。「我們一定要知道你的狀況，拜託，不要趕我們走。」

黑足聽著兩隻母貓關愛的問候，心隱隱作痛。**拜託**，他暗自乞求。**拜託，讓我們留下來**。他已經太久沒回來了。

附近傳來樹枝摩擦的沙沙聲響，影族巫醫鼻涕蟲和碎星被趕走後接任族長的夜星踉蹌走出巫醫窩。黑足看到夜星，對老朋友涉入放逐碎星一事的怨氣霎時煙消雲散。夜星全身只剩下皮包骨，暗淡的皮毛下每根肋骨清晰可見。從他搖搖晃晃、重重靠著鼻涕蟲的樣子看來，他幾乎要走不動了。「你敢來這裡，勇氣可嘉。」他對虎爪說。

虎爪低下頭。「前族貓不會眼睜睜看著你們挨餓，我現在忠於他們。這不是勇氣；只是遵循戰士守則。」

黑足內心充滿感激。虎爪雖然粗魯，有時對麾下的貓也很嚴厲，但他明白，整個部族終究會在艱困時期團結起來。他不僅不會阻止追隨者照顧前族貓，反而會提供幫助。

曙雲催促夜星前往新鮮獵物堆，卻見鹿足蹣跚走來，眼睛因發燒變得明亮。「我們還能自己狩獵，」他咆哮。「當初這些貓離開部族是有原因的，也許在歡迎他們回來之前，我們應該先想清楚。」

別聽他的。黑足默默乞求。他只想再次被這裡的貓接納，如果有必要，他會親自餵飽營地每一隻貓。

鼻涕蟲惱怒地壓低耳朵。「說不定就是你口中的『這些貓』救了大家，讓我們免於餓死，」他喵聲道。「對他們表示點感激吧，鹿足。」

除了鹿足，沒有其他貓站出來反對他們，黑足提心弔膽地等了一會兒，終於放下心。顯然，大家願意讓他們留下來。

虎爪、鼻涕蟲和夜星繼續談論影族近況，黑足發現姊姊和伴侶縮在戰士窩外的暗影中。他們動也不動，把黑足嚇得宛如喉嚨被掐住，無法呼吸。他們該不會死了吧？但他走過去時，蕨影抬起了頭。「黑足，」她虛弱地喵聲道。「你還好嗎？」

「這個問題應該是我問妳才對。」他對她說。她瘦得讓他心疼。他迅速走到新鮮獵物堆，叼了一隻肥美的青蛙，回到蕨影和狼步身邊。他用爪子和牙齒將青蛙平分給他們，確保雙方都能分到柔軟的腹部。

狼步感激地對他眨了眨眼睛。「我好久沒吃青蛙了，」他喵聲道。「在病情惡化之前，我還可以稍微打獵，但身體已經有點不聽使喚，青蛙的動作對我來說太快了。」

「吃吧，」黑足喵聲道。「妳需要力氣才能好起來，花楸莓說病是腐肉場老鼠傳開的？」

蕨影點了點頭。「那是第一個不對勁的跡象，所有老鼠開始死去，」她全身發顫地說。「許多貓也死了。」

「我知道。」黑足環顧營地，看到貓群中有些位子空了，每隻影族貓的目光都疲憊而痛苦。夜星的副族長煤毛要是能陪在他身邊，絕對不會擅離職守。他問：「煤毛死了嗎？」

狼步嘆口氣，點點頭。「夜星病得太重，無法任命新的副族長。多虧了星族，他有九條命。」

不安在黑足的肚裡翻騰。夜星有九條命嗎？很難確定。碎星還活著時，夜星就被任命為族長了。星族是否能任意改變擁有九條命的對象？他們會這麼做嗎？黑足不喜歡鼻涕蟲纏著族長追問，這位巫醫似乎也不確定夜星有幾條命。「我相信，只要多吃新鮮獵物，他就會好起來。」黑足雖這麼說，心裡卻有些猶疑不定。

蕨影和狼步吃著青蛙，黑足則在前族貓之間走來走去，為他們送去新鮮獵物，並努力讓他們舒服一點。戰士窩的苔蘚已經變得又臭又乾，他和胖尾把它拔掉，換上新的窩。

他把泡過水的苔蘚拿給因發燒而渾身發燙的枯毛。「你們都回來了嗎？」她滿懷希望地喵聲問道，嗓子有些沙啞。「你們要留下來嗎？」

「希望可以。」他悄聲告訴她，舔了舔她側腹的毛，讓它平順。

黑足照顧一隻又一隻生病的影族貓，深情地為所有貓的遭遇而心痛。他們曾經放逐他，把他和碎星身邊的支持者一起趕出去。但現在這已不重要了，他不在乎他們害他變成無賴貓，只要能讓他回來，重新成為影族一分子，這就夠了。

他是影族貓，這份歸屬感從來沒有像現在這樣強烈。

第十章

往日景象漸漸消失，黑足嘆了口氣，抬頭看著夜星。先前石毛讓他看的影像比前面幾段都要鮮明，這不是星族的恩惠，而是詛咒。「虎星並不關心生病的影族貓，不是嗎？他只想要你讓他當下一任副族長，以便你死後他們會讓他接任族長。」

夜星以關愛的眼神望著他。「他也騙了我，」他喵聲道。「但現在重要的是，你跟他不一樣，你很關心影族貓。你既不是為了復仇，也不是為了占影族的便宜；你唯一想要的就是幫助族貓。」

「我想這是真的，」黑足喵聲道，口氣依然有點猶豫。他的心情還沒完全平靜，憤怒和羞愧依然讓他感到全身發熱。他為什麼會相信這麼奸詐的一隻貓？應該說是兩隻奸詐的貓：碎星和虎星都只在乎自己的權力和仇恨，而不關心麾下的貓。他們既凶狠又工於心計，而他卻相信他們。這兩隻貓害得影族分崩離析。

我開始領導影族後，一定會比他們做得更好。他對自己保證。然後，他意識到自己的想法是真心誠意的，便寬慰地深吸一口氣。無論做什麼，他都不會犯虎星或碎星的錯誤。他滿足地從心底深處發出呼嚕聲。

他現在知道自己該怎麼做了，很簡單。他一直把自己的部族看得比什麼都重要，一心只想保護影族貓。

我不知道會不會成為好族長，但我一定會為麾下的貓盡最大努力。他想。

「你想要這條命嗎，黑足？」夜星問道。

這一次，黑足肯定地回答。「我想要。」

夜星和黑足臉貼著臉，嘴裡不停發出呼嚕聲。「這一條命，我賜予你忠誠的能力。忠於戰士守則，忠於森林中所有貓，尤其是影族。」

痛楚再次流過黑足全身，但現在他覺得這股疼痛讓他變得更堅強。

他環顧周遭的星族戰士，不由得納悶，祂們是不是早就計畫好用這種方式。也許祂們知道，必須先讓他把姿態放低，他才能看清該如何改變。正因如此，祂們才會透過這幾隻貓賜予他每條命。祂們明白，雖然他曾經追隨凶惡的貓，也做過可怕的事，但他依然可以成為好族長。

夜星緩步離開時，用尾巴拂過黑足的背。黑足實在捨不得他離開。

夜星沒入星光閃閃的貓群中，又有一隻貓站出來。她的毛和夜星一樣黑，眼睛是明亮的綠色。她看著黑足，彷彿對他瞭若指掌，儘管黑足從未見過她。

他低下頭，本能地想對這位陌生的貓表示尊敬。

「你知道我是誰嗎？」她緊盯著他問道。

黑足張大了嘴。他很肯定，自己應該知道，有一個名字呼之欲出，但他說不出口。一會兒後，黑色母貓發出歡快的咕嚕聲。「我是高影，而影星這個名字是你比較熟悉的。我是影族第一任族長。」

黑足倒抽一口氣，心跳加速。「你要給我一條命？」他問。「你希望我領導影族？」

影星緩步走近，目光銳利。「我希望你能勝任這個職務。」黑足不安地變換站姿。「我也希望如此，」他對她說。「我會努力的。當然，我們應該會享有幾季的平靜生活。」

「別太天真了，」影星冷冰冰地喵聲道，甩著尾巴從他身邊走過，然後又回來盯著他的眼睛。「這不是件容易的事，不要以為從現在開始一切都會好起來。各部族雖然戰勝了鞭子，領地也暫時安全，但麻煩就和季節一樣，總是週而復始。」

以後會發生什麼事？黑足張開嘴，但還來不及問，眼前開始閃現各種景象，速度愈來愈快。這些跟他在各條命中看到的回憶不同，都是未曾發生的事。

大地遭到許多怪獸破壞，在他們的巨齒下支離破碎。大橡樹轟然倒下，黑足驚駭地縮成一團，恐懼令他作嘔，他感到腳掌下的地面都在震動。

許多貓從他身邊飛奔而過，對他視而不見。兩腳獸追過來，黑足看看那些貓，發現霧足也夾在他們中間，她是石毛的河族姊妹。除了霧足，他沒認出其他貓，因為他們跑得太快了。

在下一個景象中，他的族貓——他有一瞬間清楚看到枯毛的臉——在一座他不認識的湖邊踱步，那裡離領地很遠。他好像看到自己的白色皮毛也在其中，但還來不及仔細看清，影像就消失了。

現在浮現的是貓兒生病的情景，他們奄奄一息，叫著討水喝。疾病的氣味飄過來，很快又消失，被綠葉季的四喬木清新氣味驅散。

他瞬間震驚地再次看到自己，年紀更大，看起來被打敗了，一隻不知名的公貓在他耳邊低語，淡黃色眼睛瞇成一條縫。**我在幹什麼？**

一群不認識的貓，在一個不認識的地方，只見他們轉身走開，漸漸遠離一隻深薑黃色公貓。

景象消失，他又回到四喬木溫暖的夜晚。他大口喘氣，覺得噁心又頭暈，因為那些畫面閃得太快。「那是未來嗎？」他問影星。「那些是以後會發生的事嗎？這是在警告我？」

影星的尾巴劃過半空中。「通往未來的道路有很多，就算是星族也無法預見未來會發生的每件事。」她告訴他。「只是一些夢境，意味著將來可能發生的事，你的選擇是重要關鍵。」

黑足還在喘氣，只能努力平穩呼吸。他不想看到四喬木倒下，不想被淡黃色眼睛的公貓擺布，也不希望自己臉上出現那種可怕的表情。「我會盡力做出正確的選擇。」他保證。

「我們也只能這樣要求你。」她上前，跟他鼻子碰鼻子。她身上散發著黎明前涼爽的氣味。「這一條命，我賜予你在漫長未來裡部族最需要的特質，也就是領導力。」

他耐心等待。新生命帶來的劇痛使他的肌肉痙攣收縮，他痛得齜牙咧嘴，她則靜靜地看著。他覺得她的目光透著一絲同情，但這並沒有減輕他的痛苦。

痙攣停止後，他終於感受到平靜，這還是進入慈母口以來的第一次。從現在起，他必須小心翼翼，謹言慎行，影族今後就靠他了。黑足望著影星明亮的綠眸，對她點了點頭。

她低下頭，然後挺起身子，看起來比以前更高。「謹以此嶄新名號向你致敬，黑星。」她對他說。黑星抬起頭，胸中充滿了自豪。

「往日一去不復返，」影星繼續說。「你現在獲得族長的九條命，星族授予你守護影族的資格。好好保護部族；照顧老幼；尊重祖先和戰士守則傳統，讓這九條命活得光榮而有尊嚴。」

「我會的。」黑星對她說，覺得嘴巴有些乾。

她轉身面對星族貓，他們一起高呼影族新族長的名字。

「黑星！黑星！」

國家圖書館出版品預行編目(CIP)資料

貓戰士外傳 . XXI, 說不完的故事 7 / 艾琳・杭特（Erin Hunter）著；謝雅文、蔡心語譯 . -- 初版 . -- 臺中市：晨星出版有限公司 , 2024.03
296 面；14.8x21 公分 . --（Warriors；70）
譯自：A Warrior's Choice
ISBN 978-626-320-784-4（平裝）
873.59　　113001383

貓戰士外傳之XXI

說不完的故事7 *A Warrior's Choice*

作者	艾琳・杭特（Erin Hunter）
譯者	謝雅文、蔡心語
責任編輯	謝宜真
文字校對	謝宜真、謝宜庭
封面繪圖	梅林Huwalli
封面設計	張蘊方
美術編輯	張蘊方
創辦人	陳銘民
發行所	晨星出版有限公司 407台中市西屯區工業區30路1號1樓 TEL：04-23595820　FAX：04-23550581 行政院新聞局局版台業字第2500號
法律顧問	陳思成律師
初版	西元2024年03月15日
讀者訂購專線	TEL：（02）23672044 /（04）23595819#212
讀者傳真專線	FAX：（02）23635741 /（04）23595493
讀者專用信箱	service@morningstar.com.tw
網路書店	http://www.morningstar.com.tw
郵政劃撥	15060393（知己圖書股份有限公司）
印刷	上好印刷股份有限公司

定價290元

（缺頁或破損的書，請寄回更換）

ISBN 978-626-320-784-4